Sheila Reynolds

Küsse auf Sullivans Island

Liebesroman

FOREVER

Forever by Ullstein
forever.ullstein.de

MIX
Papier
FSC® C083411

Originalausgabe bei Forever
Forever ist ein Verlag
der Ullstein Buchverlage GmbH, Berlin
April 2019 (1)

Umschlaggestaltung:
zero-media.net, München
Titelabbildung: © FinePic®
Innengestaltung: deblik Berlin
Gesetzt aus der Quadraat Pro powered by pepyrus.com
Druck- und Bindearbeiten: CPI books GmbH, Leck

ISBN 978-3-95818-344-5

1. Kapitel

»Habt ihr schon gehört, der Sohn der Hendersons hat in Mount Pleasant ein Mädchen geschwängert!«

»Nein! Und, wie haben Jenith und Rooster es aufgefasst?«

»Sie haben ihn von der Farm gejagt und …«

Kopfschüttelnd drehte Susan sich weg. Diese Klatschweiber waren kaum zum Aushalten. Mal davon abgesehen, dass die Damen überhaupt nicht up to date waren, denn das Baby von Hendersons Sohn würde schon nächsten Monat auf die Welt kommen. Nicht, dass Susan sich für derlei Tratsch interessieren würde, allerdings arbeitete das schwangere Mädchen nebenberuflich bei ihr im Verlag in der Buchhaltung, weswegen Susan der fleißigen Studentin gerade den Antrag für den Mutterschaftsurlaub unterschrieben hatte.

In dem Versuch, sich etwas von dem Gerede der älteren Damen abzulenken, begutachtete Susan die riesige Fleischtheke, obwohl sie eigentlich ganz genau wusste, was sie wollte. Heute hatte sie es auf das rote Roastbeef abgesehen. Das war Michaels Lieblingsessen, und es war Tradition an ihrem Hochzeitstag, da es damals zum Empfang ihrer Hochzeit ebenfalls Roastbeef gegeben hatte.

Zehn Jahre! Susan konnte es immer noch nicht fassen, wie schnell die Zeit vergangen war. Als wäre es gestern gewesen, erinnerte sie sich an den Tag. Michael, der mit seiner massigen Footballspielerfigur schwer einen Anzug gefunden hatte, hatte am Altar der kleinen Kirche in L.A. gestanden und ihr liebevoll zugezwinkert. Damals hatten sie nur Augen füreinander gehabt. Michael hatte sie wortwörtlich auf Händen getragen, und Susan, eigentlich stur und eigensinnig, hatte sich liebend gerne von ihrem Märchenprinzen vergöttern lassen.

Das war inzwischen leider Vergangenheit. Heute konnte sie froh sein, wenn er ihr nach dem Aufstehen überhaupt noch Guten Morgen sagte. Ständig fragte Susan sich, wo bloß die Leidenschaft hin war? Zu Beginn ihrer Ehe hatten sie keine Sekunde die Finger voneinander lassen können. Eigentlich war das bis zu ihrem siebenten Hochzeitstag so gewesen, und genau genommen hatte Susan zu diesem Zeitpunkt gedacht, es würde für immer so bleiben.

Doch dann hatte sich von einem Tag auf den anderen alles verändert. Mit dem Tod von Susans Vater war quasi auch ihre Ehe beerdigt worden.

Da sie den Verlag ihres Vaters, der inzwischen seit vier Generationen in der Familie war, geerbt hatte, war ihr nichts anderes übrig geblieben als nach Charleston zu ziehen. Hier hatte sich seit jeher der Hauptsitz von *Tyler House* befunden. Eigentlich war es, als Susans Ururgroßvater den Verlag vor knapp hundertsiebzig Jahren gegründet hatte, gar nicht vorgesehen gewesen, dass das Unternehmen mal expandieren würde. Erst unter der hervorragenden Führung ihres Vaters, Harry Tyler, war der Verlag zu einem landesweiten Unternehmen mit fünf weiteren Niederlassungen geworden.

Das Verrückteste an der ganzen Geschichte war, dass sie ihren alten Herren nicht besonders gut gekannt hatte. Was jedoch nicht bedeutete, dass sie ihn nicht geliebt hatte. Ihre Eltern hatten sich scheiden lassen, als Susan zwölf Jahre alt war, weswegen sie gleich nach der Trennung mit ihrer Mum nach L.A. gezogen war. Doch für sie hatte damals schon festgestanden, dass sie einmal in die Fußstapfen ihres Dad treten wollte, was für sie dank ihres Highschool-Abschlusses mit Bestnoten überhaupt kein Problem war. Sofort schrieb sie sich an einer der renommiertesten Universitäten des Landes ein, der University of California in Berkeley. Jeder Kurs, den Susan in den nächsten sechs Jahren belegte, und es waren wirklich viel mehr gewesen, als sie eigentlich gebraucht hätte, hatte ihr dazu verholfen, die großartige Verlegerin zu werden, die sie heute war. Von Betriebswirtschaft über Amerikanistik bis hin zu Journalismus hatte sie sämtliche Informationen wie ein ausgetrockneter Schwamm aufgesaugt.

Während ihres Studiums lernte sie dann auch Michael kennen. Allerdings nicht, wie bei ihr zu vermuten gewesen wäre, in einem ihrer Kurse, nein, sie waren sich ganz klischeehaft bei einem Footballspiel begegnet. Der damals sehr beliebte Michael hatte ein Footballstipendium für Berkeley gehabt und von Anfang an sehr erfolgreich bei den Golden Bears gespielt, dem College Footballteam der Uni. Schon bevor Susan ihm während ihres fünften Semesters begegnet war, hatte sie so einiges über den aufstrebenden Defense-Spieler gehört gehabt, denn sein Ruf als Frauenheld war ihm weit vorausgeeilt.

Aus irgendeinem Grund hatte die recht schüchterne Brünette es ihm jedoch sofort angetan, und von da an waren sie ein Paar gewesen. Bis heute.

Nach dem College war Michael ein semiprofessioneller Footballspieler geworden, und Susan hatte, wie geplant, eine Stelle in der Niederlassung ihres Dad in L.A. angetreten. Die kommenden Jahre waren hart, aber auch verdammt aufregend gewesen. Susan hatte ihrem Freund bei jedem Spiel von den vordersten Rängen zugejubelt, und Michael hatte sie auf jedes noch so langweilige Verlagsessen begleitet, ohne jemals ein Gesicht zu ziehen.

Doch nun schien das Gefühl der Verliebtheit verschwunden.

Sobald feststand, dass sie nach Charleston ziehen mussten, hatte Michael einen Groll auf sie entwickelt, der seine Liebe für sie abgelöst hatte. So viele Jahre hatte er sich in Kalifornien einen Namen gemacht und war ein recht angesehener Footballspieler geworden, doch in South Carolina kannte ihn kein Mensch, und inzwischen war er zu alt gewesen, um sich ein weiteres Mal einen Namen zu machen. Mal davon abgesehen, dass Susan seit einiger Zeit das Gefühl hatte, dass er es auch nicht wirklich wollte. Mittlerweile hatte er sich in die Rolle des leidenden Märtyrers perfekt eingefunden und konnte ihr tagtäglich vorwerfen, dass sie am Scheitern seiner Karriere schuld war.

»Schätzchen, was darf es bei dir sein?« Eine raue, kratzige Stimme holte Susan aus ihren Erinnerungen.

Ein wenig verwirrt blickte die Verlagschefin sich um und blieb an den leuchtend grünen Augen der rüstigen Metzgerin hängen. »Entschuldige, Mable, was hast du gesagt?«

Lächelnd schüttelte die grauhaarige Frau ihre Locken. »Ihr Karrierefrauen, es ist doch immer das Gleiche mit euch. Ständig seid ihr gehetzt, gestresst oder in Gedanken. Ihr bekommt gar nichts mehr vom Leben mit.« Doch gleich nach ihrer großmütterlichen Standpauke schlug sie wieder einen versöhnlicheren Tonfall an. »Ich wollte von dir wissen, was du haben möchtest, mein Kind.«

»Roastbeef«, entgegnete Susan schnell, da die drei Tratschweiber ihr tuschelnd neugierige Blicke zuwarfen. Immerhin war es ein offenes Geheimnis, dass die erfolgreiche Unternehmerin es nicht hinbekam, ihre Ehe vernünftig zu führen. Auf keinen Fall hätten Susan oder eine ihrer Freundinnen irgendetwas ausgeplaudert, doch ein lautstarker Streit zwischen Susan und Michael auf ihrer ersten Weihnachtsfeier im Verlag hatte die Gerüchteküche zum Überkochen gebracht. Seitdem zerrissen die Leute sich ihre Münder über sie.

»Kann ruhig ein großes Stück sein«, fügte Susan hinzu. »Ich möchte einen Braten machen.«

Die kleine, zierliche Frau hinter der Theke bekam große Augen. »Ah ja, euer Hochzeitstagessen, richtig?« Verschwörerisch zwinkerte sie Susan zu und legte das saftige Rindfleisch auf die Waage. »Kann es denn möglich sein, ist schon wieder ein Jahr vergangen?«, fragte Mable sie heiter, während sie das Fleisch in eine Folie einwickelte und es ihr über den Tresen hinweg reichte.

Da Susan lieber nicht an ihr letztes Hochzeitstagessen erinnert werden wollte, nickte sie höflich, reichte Mable ihr Geld und verließ so schnell sie konnte das Geschäft.

Hoffentlich würde dieses Essen heute besser werden, denn im vergangenen Jahr hatten Michael und sie den ganzen Abend damit verbracht, sich anzuschreien, sodass Susan vor lauter Aufregung den Braten völlig vergessen hatte, woraufhin das schöne Roastbeef verkohlt war. Tagelang hatte sie das Haus lüften müssen, da alles nach angebranntem Fleisch gestunken hatte.

Draußen sog sie erleichtert die frische Frühlingsluft ein. Die Sonne schien von einem hellblauen, wolkenlosen Himmel, und ein lauer Wind wehte vom Meer herüber. Ein traumhaftes Aprilwetter.

Mit den drei lästernden Hexen um sie herum hatte der Laden sich unangenehm eng angefühlt, so als würde ihr jemand die Luft abschnüren. Es war grotesk, dass sie, die gefürchtete Verlagschefin, Angst davor hatte, dass die Klatschweiber von Charleston über sie sprachen oder sie gar verurteilten.

Ein Blick auf die Uhr sagte ihr, dass sie viel zu spät dran war.

Wenn sie sich jetzt nicht schnellstens nach Hause aufmachte, würden sie den Braten erst um Mitternacht essen können. Und gerade heute wollte sie ausnahmsweise mal alles perfekt machen, damit es nicht wieder irgendeinen Grund zum Streiten gab. Susan hatte sich felsenfest vorgenommen, heute endlich mal wieder einen romantischen Abend mit ihrem Mann zu verbringen. Und wenn sie dabei draufgehen würde!

Bestimmt nickend, schlug sie den Heimweg ein und wurde dabei auf ein dröhnendes Geräusch aufmerksam. Mit knatterndem Auspuff und röhrendem Motor kam ein Motorradfahrer die ruhige historische Ladenstraße hinaufgebrettert. Die schwarz glänzende Maschine hielt direkt auf die Metzgerei zu und blieb mit quietschenden Reifen davor stehen.

Susan hatte zwar keine Ahnung von Motorrädern, aber dieses sah selbst in ihren Augen kostbar aus. Das Chrom war auf Hochglanz poliert, und das elfenbeinfarbene Gehäuse wirkte sehr edel. Der Schriftzug Harley Davidson prangte darauf.

Von dem Typen, der darauf saß, konnte Susan nicht mehr erkennen als den blickdichten schwarzen Bikerhelm sowie seine Lederkluft und die dazugehörigen Boots.

Und obwohl ihr das ganze Metier des Motorradfahrens völlig fremd war, zog Susan anerkennend ihre perfekt gezupfte Augenbraue nach oben. Sie konnte sich gut vorstellen, wie frei man sich auf so einer Maschine fühlen musste. Der Wind in den Haaren und die atemberaubende Geschwindigkeit wirkten sicher sehr berauschend.

In diesem Augenblick riss der Beutel in ihrer Hand, und das Roastbeef, Gott sei Dank dick in Folie verpackt, fiel auf den Gehweg.

»Scheiße!«, fluchte Susan leise vor sich hin und versuchte sich, soweit es ihr enges, von Liv maßgeschneidertes Kostüm zuließ, elegant zu bücken, um das Fleisch so schnell wie möglich vom Boden aufzuklauben.

Der Motorlärm brach ab, und ein wenig steif stieg der Fahrer von seinem Gefährt, vermutlich war das dem dicken Anzug geschuldet. Während Susan das Fleisch wieder behelfsweise in die kaputte Tüte stopfte, fragte sie sich, wie dieser Biker wohl unter seiner Maskierung aussah. Sie konnte es sich nicht erklären, aber aus irgendeinem Grund war sie von Motorrad und Biker fasziniert. Nur deswegen hockte sie immer noch auf dem Boden und starrte zu dem Mann hinüber, der endlich seine behandschuhten Hände an den Helm hob und das Ding vom Kopf nahm.

Wären sie in einem Trickfilm gewesen, wäre Susan sicher die Kinnlade bis zum Boden hinuntergeklappt. Der Kerl war der heißeste, verruchteste Typ, den sie jemals gesehen hatte. Was nicht viel zu bedeuten hatte, denn Susan war, entgegen ihrer relativ großen Klappe, tief in ihrem Inneren eher schüchtern. Sie hatte niemals eine Partyzeit genossen, hatte sich nicht ihre Hörner abgestoßen und war auch nie in irgendwelchen zwielichtigen Clubs unterwegs gewesen. Fakt war, dass sie ständig nur damit beschäftigt gewesen war, sich ihren Traum, Verlegerin und Lektorin zu werden, zu erfüllen. Auf dem College war sie dann ihrem ersten richtigen Freund begegnet und hatte diesen schlussendlich geheiratet.

Offenbar hatte der Biker Susans Blick im Rücken gespürt, weswegen er sich jetzt mit krauser Stirn zu ihr herumdrehte. Geschockt von seinen strahlend blauen Augen, saß Susan stocksteif auf dem Boden und blickte ihm wie erstarrt entgegen. Die kurz geschorenen schwarzen Haare, die breiten Wangen sowie die leicht behaarte Kinnpartie wirkten so männlich, dass Susan sich ihm am liebsten sofort an den Hals geworfen hätte.

Unauffällig schüttelte sie ihren Kopf. Was kam ihr da eigentlich in den Sinn? Sie war verheiratet! Und heute war ihr Hochzeitstag! Dieser Fremde sollte sie nicht im Geringsten interessieren. Tatsächlich war es das erste Mal seit dreizehn Jahren, dass sie sich zu einem anderen Mann hingezogen fühlte. Denn trotz ihrer mittlerweile miesen Ehe hatte sie all die Jahre nur Augen für Michael gehabt.

Ein süffisantes Lächeln umspielte den herzförmigen Mund des Fremden, und zu Susans Leidwesen kam er geradewegs auf sie zu. Sie hörte das laute Dröhnen seiner ledernen Bikerstiefel. Susans Haut färbte sich vom Haaransatz bis zu ihrem Hals feuerrot. Sie fühlte sich ertappt, einen fremden Mann angegafft zu haben, was ihr praktisch noch nie passiert war. Normalerweise war sie stets die Perfektion und Abgeklärtheit in Person, zumindest nach außen hin.

Doch es wurde noch schlimmer, denn während der Biker sich ihr näherte, ließ er seine Handschuhe in der Gesäßtasche verschwinden und zog danach langsam den Reißverschluss seiner Jacke auf, wobei er sie wie in Zeitlupe von seinem straffen Körper raffte. Lässig schwang er die Jacke über seine Schulter, hielt sie dabei mit dem rechten Zeigefinger fest und steckte die andere Hand in die Hosentasche. Der Typ war wirklich der coolste Mensch, dem Susan jemals begegnet war. Sie hatte zunächst gedacht, sein Gesicht wäre das Beste an ihm gewesen, doch nun wurde sie eines Besseren belehrt, denn der muskulöse Oberkörper hatte ein Wörtchen mitzureden. Selbst durch das hochwertige schwarze Hemd konnte sie erkennen, dass der Biker ein ziemlich gut trainierter Kerl war. Die Ärmelenden hatte er bis zu den Ellenbogen hochgekrempelt, wobei ein Paar muskulöse, voll tätowierte Unterarme zum Vorschein kam. Susan war in solchen Dingen nicht besonders erfahren, denn sie hatte nicht einmal ein chinesisches Sternzeichen oder sonst eine Sünde aus ihren Jugendzeiten an ihrem Körper. Der sexy Typ hingegen schien solchen Dingen offener gegenüberzustehen, denn neben der stilvollen Körperbemalung steckten in seinen Ohren auch noch dicke, schwarze Stecker.

Bei ihr angekommen, blieb der Fremde lässig stehen und lächelte ihr mit dem bezauberndsten Lachen entgegen, das sie jemals gesehen hatte.

»Kann ich Ihnen behilflich sein?«, fragte er sie in perfektem Englisch, was gar nicht so recht zu seiner äußeren Erscheinung passen wollte. Da Susan sich ihr Leben lang mit Sprache beschäftigt hatte, verriet sein Ton ihr sofort, dass er eine gute Bildung genossen haben musste und daher sicher auch gut situiert war, worauf auch das teure Designerhemd schließen ließ.

Mit dem letzten bisschen Verstand, das ihr noch geblieben war, sprang sie eilig auf und klemmte sich das Roastbeef unter den Arm. Gott, musste das bescheuert aussehen! Aber immer noch besser als der Schmach ausgesetzt zu sein, dass die Tüte riss. Dann müsste sie den Braten sicher liegen lassen und beschämt die Flucht ergreifen.

»Vielen Dank! Sehr höflich von Ihnen«, entgegnete Susan in ihrem professionellsten Tonfall. Das war das Schöne an ihrem Job und ihrer Ausbildung. Die Welt konnte untergehen, sie konnte sich gerade tierisch über etwas geärgert oder sogar drei Gläser Sekt mit den Mädels geleert haben, sobald sie ihren Mund öffnete, kamen höfliche Worte heraus, so wie sie es gelernt hatte. Als ihre Mum sie einmal beschreiben musste, meinte sie nur über ihr Glas Champagner hinweg, ohne das man sie praktisch nie sah: Außen hui und innen pfui! Damals hatte sie es als eine Beleidigung empfunden, doch an sich war an der Aussage schon etwas dran. Susan schaffte es ganz gut, das Chaos in ihrem Inneren zu verbergen. So auch jetzt.

Nach ihrer anfänglichen Unsicherheit war sie nun wieder in ihrem Element. »Verzeihen Sie, ich muss schnellstens nach Hause und das Abendessen zubereiten.« Sie deutete auf das Roastbeef und warf neckisch ihren voluminösen Pony nach hinten. »Viel Spaß bei Mable, aber nehmen Sie sich vor den Hexen da drin in Acht!« Zur Krönung zwinkerte sie dem Biker noch zu, drehte sich kokett um und stakste in ihren schwarzen Pumps elegant die Straße entlang, wissend, dass der Kerl ihr nachsah, denn erst als sie in die Nebenstraße bog, in der ihr Mercedes stand, hörte sie die Glocke der Metzgerei läuten.

In der Sicherheit ihres Autos fuhr sie sich mit den Händen über das Gesicht. Hatte sie da eben tatsächlich geflirtet? Und das an ihrem Hochzeitstag?

Stöhnend steckte sie den Schlüssel ins Schloss und ließ den Motor aufheulen. Das war sicher kein gutes Omen!

2. Kapitel

»Schatz, ich bin zu Hause!«, rief Susan gewohnheitsmäßig, obwohl sie schon seit Monaten darauf keine Antwort mehr erhielt. Genauso wie sie Michael immer noch mit seinem Kosenamen ansprach. Mit der freien Hand schlug sie die Eingangstür zu und schlüpfte aus den Pumps, wobei sie einen Blick in den Spiegel über der Flurkommode werfen konnte. »Irgendwie sahst du schon mal besser aus«, murmelte sie ihrem Spiegelbild zu und begutachtete ihr leicht eingefallenes Gesicht. Es wirkte länglich und schmal, außerdem traten ihre markanten Wangenknochen nun noch deutlicher hervor. Ihre herzförmigen Lippen waren ebenso blass wie ihr Teint, was ziemlich ungewöhnlich war, da sie sonst eigentlich einen leicht gebräunten Hautton besaß. Alles in allem hatten privater und beruflicher Stress in den letzten Monaten ihren Tribut gefordert.

Schulterzuckend wandte sie sich ab und schlitterte in ihrer Feinstrumpfhose auf den glatten schwarzen Fliesen Richtung Wohnbereich. Sie machte sich keine Hoffnung, dass Michael sofort angeeilt käme, um ihr vielleicht zur Hand zu gehen oder zu fragen, wie ihr Tag war. Das machte er schon lange nicht mehr. Susan ging eher davon aus, dass er gar nicht zu Hause war. Oder zumindest war er nicht im Haus selbst. Vor ein paar Monaten war er nämlich mit der absurden Idee gekommen, er wolle sich in der

Garage einen Männerbereich einrichten. Seitdem hockten er und ein paar Loser, die er Gott weiß wo kennengelernt hatte, ständig in dem Anbau, tranken Bier und spielten Videospiele. Susan war es schleierhaft, wie ein paar vierzigjährige Männer nichts Besseres zu tun haben konnten als den lieben langen Tag X-Box zu zocken. Das hatte sie Michael auch schon zur Genüge gesagt, doch er wurde dann immer richtig bockig und warf ihr an den Kopf, dass sie und ihr Job daran schuld seien, dass er nichts mehr mit seinem Leben anzufangen wisse. Videospiele seien nur seine Art, seinen Verlust zu kompensieren.

Abrupt blieb Susan im Türrahmen stehen, als hätte sie der Schlag getroffen. Das Zimmer, vormals bekannt als Küche, sah aus wie ein Schlachtfeld. Zu dem Haufen Geschirr von gestern Abend, den Michael mit seinen Kumpels beim Footballgucken produziert und den Susan ihn wegzuräumen gebeten hatte, waren noch weitere Stapel an Gläsern und Tellern hinzugekommen.

Mit knirschenden Zähnen warf Susan förmlich das Roastbeef in den Kühlschrank, zog sich ihren schwarzen Blazer aus und begann erst einmal damit, die Küche wieder auf Vordermann zu bringen. Angeekelt stapelte sie die Teller mit den angebackenen Essensresten sowie die zig halb gefüllten Gläser mit Michaels Proteinshakes in die Spülmaschine und schrubbte gründlich die Arbeitsplatte. Sie wollte ja nicht, dass das Roastbeef sich eine Lebensmittelvergiftung wegfing, bei den vielen Keimen, die sich mit Sicherheit in ihrer weißen Hochglanz-Designerküche gebildet hatten. Diese Eigenart, alles, was sie in den letzten zwei Jahren geschaffen hatte, mit einer absoluten Respektlosigkeit und Gleichgültigkeit zu behandeln, machte Susan fuchsteufelswild. All ihre Ersparnisse hatte sie in die kleine Stadtvilla gesteckt, die sie sich in dem angesagten und teuersten Wohnviertel von Charleston hatten bauen müssen. Michael hatte nicht eingesehen, warum er ihretwegen seine Finanzen anrühren sollte. Susan wäre ja lieber an den Strand nach Sullivans Island gezogen, wo ihre Freundinnen Liv und Lauren lebten, doch nach ihrem Umzug hatte Michael es doch tatsächlich geschafft, ihr ein schlechtes Gewissen einzureden. Schließlich sei er doch nur ihretwegen hier, und wenn er schon nicht mehr seinen Traum verwirklichen konnte, dann wollte er wenigstens schön wohnen. Zum Glück war es ihm egal gewesen, wie sie das Haus gestalteten, sodass Susan sich hatte voll austoben können. Entgegen den meisten Vorurteilen, dass Menschen, die sich mit Büchern beschäftigten, auch auf Antiquitäten und altes Zeug standen, mochte Susan es doch eher schlicht und modern. Das Haus hatte sie im zeitgemäßen Architekturstil errichten lassen, geradlinig und eckig, mit weißer Fassade, hohen Fenstern und warmen Holzverkleidungen. Auch im Inneren war alles modisch eingerichtet, mit weißen Hochglanzmöbeln, Sichtbeton an den Wänden, aber warmen Dielenfußböden, die im Kontrast zu den kalten Materialien standen. Natürlich hatte sie in der zweiten Etage ein riesiges Büro, das eine überdimensionale Bibliothek beherbergte. Schließlich beschäftigte sie sich nicht nur mit Büchern, weil sie es musste, sondern weil sie das geschriebene Wort liebte. Obwohl sie in letzter Zeit kaum noch Zeit dazu gehabt hatte, ein Buch in die Hand zu nehmen.

Nachdem alles wieder vor Reinheit blitzte, begann Susan die Kräuter und den Knoblauch zu zerhacken. Während sie die Pfanne erhitzte und das Fleisch scharf anbriet, wandelte sich ihre Wut in Enttäuschung. Sie hatte ja bei ihrer Hochzeit gewusst, dass Michael nicht der geborene Hausmann war, doch er war ihr gegenüber stets fair und hilfsbereit gewesen. Jetzt hingegen ließ er sich einfach nur noch gehen. Schlimmer noch, sie hatte allmählich das Gefühl, dass er sie dafür bestrafen wollte, dass er ihretwegen seinen Traum vom Footballspielen aufgegeben hatte.

Dabei hatte sie ihn nicht einmal dazu gezwungen, im Gegenteil, sie hatte ihm angeboten, dass sie eine Fernbeziehung führen könnten. Er hätte weiterhin in Kalifornien spielen können, bis er vielleicht einen Vertrag in einem Team in West Virginia bekommen hätte. Doch sobald Susan ihm von ihren neuen Jobverhältnissen berichtet hatte, war er umgehend in den Bock-Modus umgestiegen. »Eine Fernbeziehung funktioniert nie«, hatte er ihr auf den Kopf zugesagt. »Einer von beiden geht immer fremd, und am Ende war´s das dann.«

Susan war geschockt über diese bornierte Ansicht gewesen, zumal sie ja nicht verlangt hatte, dass sie auf Lebzeiten getrennt leben sollten, sondern nur für ein paar Monate, bis die Saison vorbei gewesen wäre und er hätte wechseln können.

Da sie die Stille nicht mehr ertragen konnte und ihre Gedanken schon wieder Purzelbäume schlugen, schlurfte Susan am Esstisch vorbei zu dem weißen Buffetschrank und betätigte ein paar Knöpfe der Bohse-Stereoanlage, bis ihr die Klänge von Jon Bon Jovi entgegenklangen. Sie drehte die Anlage voll auf und wippte im Takt mit ihrem Kopf zu *Livin´ on a Prayer*, wobei sie gedankenverloren an der Glasfront stand und in den perfekt angelegten Garten schaute. Nicht, dass Michael, der ja eh den ganzen Tag zu Hause war, irgendetwas damit zu tun hätte, nein, Ms. Meyers, ihre Haushaltshilfe, hatte mal wieder beste Arbeit geleistet. Was in letzter Zeit nicht immer selbstverständlich war. Irgendwie hatte ihre Reinlichkeit in den vergangenen Wochen schlagartig abgenommen. Ständig vergaß sie etwas, das Susan ihr aufgetragen hatte, oder schluderte bei ihrer Arbeit. Wenn das so weiterging, würde Susan ein ernstes Wörtchen mit ihr sprechen müssen.

Mit einem Haargummi, das sie stets um ihr Handgelenk trug, band sie sich ihre gewellten braunen bis weit über den Rücken reichenden Haare zu einem Dutt und begann damit, die Kräuter zum Roastbeef in die Pfanne zu geben. Ein köstlicher Geruch von Knoblauch, Thymian und Rosmarin erfüllte nun die Küche.

Während sie den Ofen anschmiss und das Blech mit Alufolie auskleidete, musste Susan unweigerlich an den Fremden auf seinem Motorrad denken. Was er wohl hier in Charleston trieb? Immerhin war die Stadt keine Metropole, sodass selbst Susan, die außer ihrem Büro in den letzten zwei Jahren nur wenige Orte besucht hatte, etliche Einwohner zumindest vom Sehen her kannte. Ständig lief man sich beim Einkaufen, bei der Post oder in den zahlreichen Hafenrestaurants über den Weg. Und anders als in L.A., wo die Menschen sich gekonnt ignorierten, weil jeder stets mit sich selbst beschäftigt war, verlangte es die typische Südstaatenfreundlichkeit, dass man sich hier untereinander austauschte und den anderen fragte, wie es ihm ging. Anfangs hatte Susan das als ziemlich lästig empfunden, da sie meist einen vollen Terminplan hatte und ständig nur von einem Treffen zum anderen gehetzt war. Doch mittlerweile hatte sie sich geändert, wozu ihre drei besten Freundinnen sicher eine Menge beigetragen hatten. Wenn Mrs. Hawk aus der Bücherei sie jetzt nach einem ihrer neuesten Talente auszuquetschen versuchte, freute sie sich regelrecht über ein kleines Pläuschchen.

Jedenfalls, das wusste sie genau, war ihr der Fremde noch nie unter die Augen gekommen. Sie nahm sich vor, morgen bei ihrem allwöchentlichen Mittagessen die Mädels auszuhorchen, ob eine von ihnen den Mann schon einmal gesehen hatte oder sogar wusste, wer er war. Nicht, dass es für Susan besonders wichtig war, und dennoch ...

Als sie das schmackhaft duftende Roastbeef vorsichtig auf das Blech legte, es würzte und in den Ofen schob, klimperte der Schlüssel in der Haustür. Offenbar hatte Michael sich heute mal von der Couch in der Garage erhoben und das Haus verlassen. Allein das war schon ein großer Schritt für ihn. Manchmal hatte Susan das Gefühl, mit einem vierzigjährigen Teenager verheiratet zu sein.

Ohne auch nur einen Ton von sich zu geben, stapfte Michael in die Küche, ließ seine Sporttasche auf den Boden fallen und schaute Susan mit mürrischer Miene an. Obwohl dieser Ausdruck ihn wesentlich schlechter aussehen ließ, musste sie zugeben, dass Michael York immer noch ein sehr attraktiver Mann war. Das kantige Gesicht mit dem ausgeprägten Kinn, die welligen strohblonden Haare sowie der absolut durchtrainierte Körper machten immer noch etwas her.

Susan, die gewillt war, heute einmal nicht zu streiten, weswegen sie erst gar nicht den Sauhaufen in der Küche erwähnte, lächelte ihren Mann freudestrahlend an.

»Na, bist du beim Sport gewesen?« Zumindest roch er so. Susan hasste diese blöden Trikots, die er ständig trug, doch leider war das so eine Eigenart von Footballspielern.

Michael ließ ein undefinierbares Brummen hören, während er sich über den Biervorrat im Kühlschrank hermachte. »Siehst du doch«, war seine einzige Antwort, bevor er das Bier beinahe in einem Schluck austrank. »Erwartest du heute Besuch?«, fragte er und ließ sich auf einen Stuhl am Esstisch fallen.

Perplex starrte Susan ihn an. Früher hatte es mal WIR geheißen, und sie hatten zusammen Besuch empfangen, doch jetzt waren sie zwei völlig separate Einheiten, die zufälligerweise zusammenwohnten. Jeder erledigte seinen Kram für sich. Außerdem war sie zusätzlich schockiert, dass er sogar ihren Hochzeitstag vergessen hatte. Was war aus ihrem einst so romantischen Ehemann geworden, der ihr Blumen ins Büro geschickt und ein Candle-Light-Dinner am Strand arrangiert hatte?

»Ähm, n-nein«, stotterte sie irritiert vor sich hin, »d-das ist für uns.«

Ohne auch nur einen Anflug von Reue zu zeigen, erhob Michael sich und zuckte mit den Schultern. »Kann nicht, bin mit den Jungs im Pub zum Footballgucken verabredet. Hättest ruhig mal sagen können, dass du endlich mal wieder etwas kochst, dann hätte ich mir diesen besonderen Tag freigenommen.« Garstig blickte er sie an, wohl in der Hoffnung, dass sie auf Kontra ging und er einen Streit vom Zaun brechen konnte.

Es war nicht das erste Mal, dass Susan auffiel, dass Michael es regelrecht darauf anlegte, mit ihr zu zanken. Doch heute hatte sie einfach keine Kraft mehr. Sie war um fünf Uhr aufgestanden, hatte den ganzen Tag im Verlag geknüppelt, ohne auch nur eine Pause zu machen, und war dann zu ihrem Lieblingsfleischer geeilt, um ihrem Ehemann ein leckeres Essen zuzubereiten.

Schweigend stand sie da und ließ ihre Schultern sinken.

Da Susan nicht auf seine Sticheleien einging, drehte ihr Ehemann sich um und verließ die Küche. Bevor er an der Tür war, klaubte er sich jedoch noch aus der obersten Schublade in der Küchenzeile einen Hundertdollarschein und wedelte damit demonstrativ vor ihrer Nase. »Den brauche ich, sonst kann ich nicht mal ein Wasser bezahlen«, erklärte er erneut angriffslustig.

Und obwohl Susan sich versprochen hatte, nicht auf seine Provokationen anzuspringen, konnte sie jetzt nicht mehr an sich halten.

»Das ist die Haushaltskasse. Von dem Geld kaufe ich Lebensmittel ein«, zischte sie mit einer Mischung aus Wut und Traurigkeit in ihrer Magengegend. Da war sie wieder, diese Respektlosigkeit und Selbstverständlichkeit, die ihr Ehemann seit Neuestem an den Tag legte.

Seine Augen funkelten böse. »Ach, Baby, nimm doch einfach

noch einen armen jungen Autor unter Vertrag, und quetsch ihn aus, dann hast du wieder genug Geld.« Dann drehte er sich auf dem Absatz um und verschwand pfeifend in Richtung Badezimmer.

Sprachlos öffnete und schloss Susan ihren Mund, ohne dass ein Wort herauskam.

Mit zitternden Beinen sackte sie am Küchenschrank nach unten und legte ihre mittlerweile nassen Wangen auf ihre angewinkelten Knie. Lautlos weinte sie vor sich hin, bis das Rauschen der Dusche verstummte. Dann sprang sie auf und wischte sich die Tränen von den Wangen. Schließlich wollte sie Michael auf keinen Fall die Genugtuung geben, dass er sie weinen sah.

Mit zerknirschter Miene ließ sie sich auf einen der Stühle am Esstisch nieder und starrte gedankenverloren in den Ofen, in dem der Braten vor sich hin brutzelte.

»Frohen Hochzeitstag«, murmelte sie und rieb sich ein paar lästige Tränen aus dem Auge.

3. Kapitel

Mit einem Gefühl im Kopf, als würde ein Bienenstock direkt hinter ihrer Stirn wohnen, schlurfte Susan wie ein Zombie die berühmte Rainbow Raw entlang.

Gott sei Dank hatte sie heute ihre hohen Pumps zu Hause gelassen und sich stattdessen für die bequemen Loafers entschieden. Nur an wenigen Tagen im Jahr trug Susan Hosen und flache Schuhe dazu, doch heute war so ein Tag.

Nachdem sie die halbe Nacht geheult und die andere Hälfte damit verbracht hatte, zu horchen, wann Michael nach Hause kam, war sie heute Morgen einfach nicht in der Lage gewesen, sich perfekt aufzubrezeln. Gut, ihre schwarzen Jeans waren immer noch ein Designerstück, und der stylishe rote Blazer machte ebenfalls eine Menge her, doch für ihr Verständnis war ihr heutiges Outfit gleichbedeutend mit einem Jogginganzug. Nicht, dass sie andere dafür verurteilte, wenn sie in Jeans und Turnschuhen herumliefen, ganz im Gegenteil, sie beneidete sie tatsächlich darum. Doch sie empfand stets einen abartigen Zwang, sich perfekt aufdonnern zu müssen. Wohl ein seelischer Schaden, den ihre Mutter ihr durch zu viel Zurschaustellung in der L.A.-High Society angetan hatte. Da ihre Mutter selber nie etwas Gescheites erreicht hatte außer reich zu heiraten und sich dann noch reicher scheiden zu lassen, hatte sie ihre Tochter wie ein Transparent vor sich hergeschoben und stets und ständig mit ihr angegeben. Doch nicht, weil sie stolz auf ihre Tochter war, nein, sondern weil sie keine eigenen Talente besaß, mit denen sie hätte prahlen können.

Susans Gedanken fuhren Karussell. Vier Uhr morgens war es gewesen, als Michael endlich nach Hause gekommen war. Er musste wohl mächtig betrunken gewesen sein, denn er hatte wohl zehn Minuten gebraucht, bis sein Schlüssel das Loch gefunden hatte. Außerdem lagen heute Morgen seine Klamotten von der Eingangstür bis zur Garage verteilt wie die Brotkrumen von Hänsel und Gretel. Michael schlief seit geraumer Zeit auf der ausklappbaren Couch.

Grübelnd wäre sie beinahe in ein altes Rentnerehepaar hineingelaufen, aber in letzter Sekunde konnte sie gerade noch ausweichen und, noch viel wichtiger, das Roastbeef retten. Da Michael es nicht gewollt hatte und Susan gestern Abend der Appetit gründlich vergangen war, hatte sie sich dazu entschieden, dass sie den Braten an die Mädels verfüttern würde. Schließlich war sie heute sowieso an der Reihe, Essen zu besorgen.

Wenn sie es recht bedachte, war es beinahe ein Jahr her, dass ihr Mann mit ihr gemeinsam in einem Bett geschlafen hatte.

Ob er womöglich eine Affäre hatte?, dachte Susan nicht zum ersten Mal, und ein Schwall sauer schmeckender Galle stieg ihre Speiseröhre hinauf. Leider war dieser Gedanke gar nicht so abwegig. Immerhin verstanden sie sich überhaupt nicht mehr, und das letzte Mal, dass sie miteinander geschlafen hatten, war ein halbes Jahr nach ihrer Ankunft in Charleston gewesen. Was, wie sie jetzt verblüfft feststellte, inzwischen auch schon eineinhalb Jahre her war. Kein Wunder, dass sie den Biker so angeschmachtet hatte.

Mit der Wucht einer Abrissbirne rannte Susan in eine Mauer hinein. Der Aufprall war so heftig, dass sie durch den Schwung zurückgeschleudert wurde. Lediglich ein fester, warmer Griff um ihr Handgelenk sorgte dafür, dass sie nicht auf ihrem knochigen Hintern landete. Früher hatte sie einmal schöne, weibliche Kurven besessen, auf die sie immer stolz gewesen war, doch heute, mit all dem beruflichen und vor allem privaten Stress, sah sie richtiggehend abgemagert aus.

Von dem Aufprall blieb Susan regelrecht die Luft weg, weswegen sie sich nach vorne beugte und tief einatmete. »E-entschuldigen Sie«, stammelte sie atemlos und wedelte etwas hysterisch mit ihren Armen. »I-ich war in Gedanken ...«

Moment mal, diese schwarzen Stiefel kannte sie doch. Oh nein, das konnte doch nicht wahr sein! Die Luft anhaltend, richtete sie sich Stück für Stück auf, nur um sich mit jedem Millimeter, den sie von dem Bikeroutfit erspähte, bestätigt zu fühlen.

»Na, so eine Überraschung!«, sagte der Fremde mit einer sehr dunklen und rauchigen Stimme, die so klang, als hätte sich ihr Urheber in seinem Leben schon den ein oder anderen Whiskey gegönnt. Bei ihr hatte das leider nichts bewirkt, ihre Stimme war, trotz des reichlichen Whiskeykonsums, immer noch dieselbe.

Zum zweiten Mal in zwei Tagen blickte sie in diese Wahnsinns-eisblauen Augen. Nur dass sie heute noch viel näher an dem Biker dranstand und somit eine bessere Aussicht auf sein herbes, maskulines Gesicht hatte. Am liebsten hätte sie ihre Hand gehoben und wäre ihm durch den stoppeligen Bart gefahren, doch sie konnte sich gerade noch zusammenreißen.

Peinlich berührt stellte Susan fest, dass der Kerl immer noch ihr Handgelenk festhielt. Sie entwand es seinem Griff.

Da sie nicht aufhören konnte ihn anzustarren und auch noch keinen Ton von sich gegeben hatte, fühlte der Fremde sich wohl bemüßigt, etwas zu sagen, denn er wandte nun seinen Blick ab und deutete belustigt auf den Boden. »Bitte sagen Sie mir, dass das nicht das Fleisch von gestern ist?«

Mit hochgezogenen Augenbrauen folgte Susan seinem Finger. Himmel, der Braten! Den hatte sie ja völlig vergessen. Während ihrer Aufprallaktion musste ihr die Kühltasche aus der Hand gerutscht sein. Komisch, das war ihr überhaupt nicht aufgefallen.

Ihre Wangen wurden feuerrot, und Susan bückte sich, um den Braten aufzuheben – erneut. »Nein, keine Sorge, das ist nicht der Braten von gestern«, stammelte sie. »Also doch, er ist es schon, aber ich habe ihn inzwischen zubereitet. Nicht, dass Sie denken, ich renne ständig mit einem rohen Stück Fleisch auf der Straße herum, wie so eine Verrückte. Ich bin auf dem Weg zu einem Mittagessen. Obwohl wir dort weniger essen und eher Sekt trinken, doch Sektpause klingt irgendwie schräg. Nicht, dass ich Alkoholikerin wäre oder so.« Mittlerweile redete Susan sich um Kopf und Kragen, was völlig untypisch für sie war. Sie wusste überhaupt nicht, warum sie in Anwesenheit des Bikers so nervös war. Sicher lag es daran, dass Biker einen recht schlechten Ruf hatten und Susan keine Ahnung hatte, wie sie sich verhalten sollte. Ja, so war es wohl.

In diesem Augenblick wurde ihr bewusst, was sie da alles von sich gegeben hatte. Am liebsten hätte sie die Hände vors Gesicht geschlagen und wäre davongelaufen.

Wieder trat ein spitzbübisches Lächeln auf sein Gesicht. »Oh, ich halte Sie nicht für verrückt oder für eine Alkoholikerin, wenn wir schon einmal dabei sind.« Seine Augen fixierten sie. »Nein, ganz im Gegenteil ...«, flüsterte er kryptisch und stand dabei so dicht vor ihr, dass Susan seinen himmlisch maskulinen Duft wahrnehmen konnte. Sie war wie steif gefroren und hatte keine Ahnung, was hier gerade vor sich ging. Sie wusste nur, wenn sie sich jetzt bewegte, würde sie es sicher auf ewig bereuen.

»Susan, wo bleibst du denn?«, erklang plötzlich die Stimme ihrer Freundin Jules. »Ich bin am Verhungern, und solange du nicht mit dem Essen da bist, darf ich auch keinen Sekt trinken! Lauren stellt immer so bescheuerte Regeln auf.«

Erschrocken wich Susan von dem Fremden ab und linste um ihn herum. Tatsächlich war sie nur noch zwei Hauseingänge von der Schneiderei ihrer Freundin Liv entfernt, wo sie sich jeden Donnerstag zum Klatschen und Tratschen trafen. Jules´ Kopf ragte aus der Eingangstür hervor, wobei ihre rabenschwarzen Haare wie eine Fahne im Wind wehten. Erst jetzt hatte sie den gut aussehenden Biker entdeckt und machte große Augen.

Noch bevor sie irgendetwas Peinliches sagen oder tun konnte, würgte Susan sie eilig ab. »Mach doch schon den Sekt auf, ich bin gleich da.« Dabei warf sie ihrer Freundin einen Blick zu, der keine Widerworte duldete. Verwegen schmunzelnd zog diese sich in den Laden zurück. Na, das konnte ja gleich heiter werden!

»Sind Sie sicher, dass Ihre Freundin kein Alkoholproblem hat?«, scherzte der Fremde und ließ ein kurzes, raues Lachen hören.

Auch auf Susans Gesicht stahl sich ein Lächeln, ihr erstes seit ein paar Tagen. »Auch nicht mehr als jede andere arbeitende Frau in South Carolina«, erwiderte sie, winkte ab und wandte sich dann zum Gehen, bevor Jules sie noch vor Hunger lynchte.

»Es war schön, Sie wiederzusehen«, gab der Biker zu und beäugte sie mit verschmitzter Miene.

Susan lächelte. »Ebenso«, entgegnete sie und eilte in Livs Laden hinein.

»Wer war das?«

»Kanntest du ihn?«

»Und warum hast du ihn uns noch nicht vorgestellt?«

Die Fragen ihrer Freundinnen stürmten wie Gewehrkugeln auf sie ein. Eiligst linste Susan noch einmal durch die Schaufensterscheibe und vergewisserte sich, dass sie die Ladentür wirklich abgeschlossen hatte. Für zwei Tage waren das genug Peinlichkeiten gewesen, da musste dieser heiße Typ nicht auch noch mitbekommen, dass ihre Freundinnen sie wie die Teenager ausfragten. Obwohl es ja gar nichts zum Ausfragen gab.

»Hier, mein berühmtes Roastbeef«, sagte Susan und versuchte die Raubkatzen abzulenken, indem sie demonstrativ mit der Tasche herumwedelte.

Jules´ Augen weiteten sich. »Ich bin wirklich total ausgehungert!«, stieß sie leidend hervor, griff sich die Tasche und verschwand damit in der kleinen Küche, die sich hinter der Anprobeecke befand, auf die sie nun alle zusteuerten, bevor sie sich auf ihre üblichen Plätze niederließen.

»Also, sag schon«, meinte Lauren leider Gottes erneut, während sie vier Sektgläser befüllte und Susan eines davon reichte. »Wer war dieser hinreißende Mann?« Ihre blaugrauen Augen funkelten neugierig.

»Jules, in der Tasche sind auch noch frische Brötchen und Salat«, rief Susan in Richtung Küche.

»Das sehe ich selber«, entgegnete diese ungeduldig. »Jetzt hör auf abzulenken, und beantworte endlich Laurens Frage.«

»Wo ist denn Maggie? Leistet sie uns heute gar nicht Gesellschaft?«, fragte Susan ungerührt. Maggie war Livs neue Angestellte und eine Seele von Mensch. In den letzten Monaten war sie für Liv eine Freundin geworden, und auch die Mädels hatten die aufgeweckte Blondine schnell in ihr Herz geschlossen.

»Hat heute frei«, entgegnete die Schneiderin kurz angebunden und setzte sich nun ebenfalls auf einen der weißen Ledersessel. Selbst die sonst recht zurückhaltende Liv beobachtete die

Verlagschefin mit neugieriger Miene, während sie das Sektglas an ihre schmalen Lippen hob.

Susan stand auf und hob die Hände. »Macht bitte nicht so ein Gewese darum. Ich kenne diesen Mann ja gar nicht, und es ist auch überhaupt nichts vorgefallen, was im Mindesten beredenswert wäre. Ich bin ihm gestern vor Mables Laden begegnet, als ich das Roastbeef gekauft habe. Und wie es der Zufall so wollte, habe ich ihn gerade eben über den Haufen gerannt.« Immer noch peinlich berührt von ihrer eigenen Schusseligkeit kippte sie schnell ihr Glas Sekt herunter und hielt es Lauren hin, damit sie noch einmal nachschenken konnte. Vielleicht sollte sie sich über ihr Trinkverhalten doch mal Gedanken machen.

»Wisst ihr, was das Schlimmste dabei war?«, fragte sie vorsichtig in die Runde, auf der nun gespanntes Schweigen lag. In diesem Augenblick trat Jules, die heute einen verboten kurzen Lederrock und eine durchsichtige schwarze Bluse mit nichts als einem BH darunter trug, aus der Küche und reichte jedem einen kleinen Teller mit Essen.

Mit hochgezogener Augenbraue ließ sie sich neben Susan nieder, die sogleich ihre Beine über Jules´ Schoß legte und sich laut ausatmend gegen die Lehne sinken ließ.

»Dass ich nicht aufhören konnte, den Kerl anzustarren«, beantwortete sie ihre Frage nun selbst.

Ein erfreutes Auflachen war zu hören, während Lauren und Jules sogar abklatschten. Wie die Kinder, einfach unmöglich, dachte Susan und schüttelte ihren Kopf, während sie den Teller mit ihrem Essen auf dem kleinen Beistelltisch absetzte. Irgendwie hatte sie überhaupt keinen Hunger. Das arme Roastbeef hatte es nicht gerade leicht.

»Hab ich´s doch geahnt«, sagte Jules feixend und machte sich mit vollem Genuss über das Fleisch her. Wenigstens eine, die den leckeren Braten zu schätzen wusste. »Schon allein wie ihr beide euch da draußen angeschmachtet und Händchen gehalten habt …«

Susan fielen beinahe die Augen heraus. »Wir haben nicht Händchen gehalten!«, fuhr sie ihre Freundin an. »Er hat mich nur festgehalten, weil ich sonst von der Wucht unseres Zusammenstoßes umgefallen wäre. Hör bitte auf, solche Gerüchte in die Welt zu setzen!« Wütend funkelte Susan die schwarzhaarige Collegeprofessorin Jules an.

Betretenes Schweigen machte sich breit.

»Süße, das war doch nur ein Scherz«, meinte Liv. Sie versuchte die Situation wieder zu kitten. Das war typisch für sie, jeder wusste, dass sie Streitigkeiten nicht leiden konnte.

Lauren legte ihren Kopf schief. »Ist irgendetwas mit dir? Ist es wegen Michael?«

Was wollte sie ihren Freundinnen vormachen? Susan richtete sich mühevoll auf und zog ihre Beine in den Schneidersitz. »Tut mir leid, Jules, war nicht so gemeint.«

Diese winkte recht unbeteiligt ab und machte sich weiter über ihr Fleisch her. Es war Susan stets ein Rätsel, wie jemand so Schlankes so viel essen konnte.

»Gestern hatten Michael und ich unseren zehnten Hochzeitstag«, erklärte sie und ließ damit die Bombe endlich platzen. Sie begoss das mit einem weiteren Glas Sekt.

Liv nickte wissend und zog ihre roten Augenbrauen verdächtig hoch. »Aha, daher auch das Roastbeef.«

»Was ist passiert, Süße?« Mit mitfühlender Miene rutschte Lauren jetzt nach vorne.

Gedankenverloren griff Susan nach dem Brötchen auf ihrem Teller und biss davon ab. Nicht, dass sie Hunger verspürte, allerdings zeigte das zweite Glas Sekt schon seine Wirkung, und wenn sie nicht etwas aß, würde sie nachher in den Verlag zurücktaumeln. Eigentlich vertrug sie Alkohol recht gut, zumindest wenn es sich um einen zwanzig Jahre alten Whiskey handelte, doch bei Sekt versagten ihre Beine sofort.

Stockend berichtete sie von ihrem versauten Hochzeitstagsessen gestern Abend, das nie stattgefunden hatte, und von ihrer noch beschisseneren Nacht. Dabei ließ sie nichts aus, auch nicht, dass sie sich die ganze Nacht die Augen ausgeheult hatte, denn immerhin waren das hier ihre besten Freundinnen.

»Wisst ihr, daraufhin ist mir endlich klar geworden, dass das mit Michael und mir endgültig vorbei ist.« Traurig blickte sie in die Gesichter ihrer Freundinnen.

4. Kapitel

»Halleluja«, brach es aus Jules hervor, was ihr sofort einen finsteren Blick von Lauren einbrachte.

»Jules, sei ein bisschen einfühlsamer, unsere Freundin hat uns gerade eröffnet, dass sie sich von ihrem Mann trennen will, und du bejubelst das auch noch. Sei doch bitte nicht so kindisch!«

Ihre blauen Augen zogen sich zu Schlitzen zusammen. »Das ist doch nun wirklich nichts Neues. Schließlich erzählen wir ihr seit Monaten, dass sie sich von dem Scheißkerl trennen soll. Nichts für ungut, Süße, aber dein Mann ist ein mieses Stück Scheiße.« Oje, das kannten sie nur zu gut von Jules. Sie fühlte sich immer bemüßigt, ihre Freundinnen zu verteidigen und für sie einzustehen.

Liv lachte trocken auf. »Meine Damen und Herren, die hoch angesehene Professorin unserer Universität, Jules Parker!«

»Es ist ja nicht so, dass ich spinne«, verteidigte Jules sich. »Doch im letzten Jahr hat der Kerl sich einfach zu viel geleistet.« Wütend stopfte sie sich den letzten Rest Roastbeef in die schmalen Backen und beäugte gierig den vollen Teller, den ihr Susan mit Freuden reichte. Dankbar warf Jules ihr einen Luftkuss zu und machte sich nun über eine weitere Portion her.

Susan genügte das trockene Brötchen, mal davon abgesehen, dass sie sowieso nichts schmeckte. Es war so, als wären seit dem

Ärger mit Michael ihre Geschmacksnerven abgestorben. Sie konnte sich kaum noch daran erinnern, wann sie das letzte Mal etwas mit Freuden gegessen hatte. Oder überhaupt etwas mit Freuden getan hatte. Es war, als würde ihr Leben plötzlich nicht mehr in Farbe, sondern in Schwarz-Weiß ablaufen. Ja, sicher, es funktionierte noch, und das gar nicht schlecht, aber es machte irgendwie keinen richtigen Spaß mehr. Komischerweise nicht nur auf Michael gemünzt, sondern auch auf die Arbeit und alles was so drum herum ablief.

Mit einem schiefen Blick zu Jules griff sich nun auch Lauren ihren Teller von dem kleinen Glastisch, der inmitten der Sitzecke stand, und begann hastig zu essen. Offenbar hatte sie Angst, dass Jules sich auch noch über ihre Portion hermachen könnte. »Susan, es ist ja nicht so, dass wir wollen, dass ihr euch trennt …«, sagte sie, nachdem sie geschluckt hatte.

»Oh doch, das wollen wir!«, fiel Jules ihr mit vollem Mund ins Wort, woraufhin Lauren ihrer besten Freundin ein Kissen gegen den Kopf warf.

Liv und Susan tauschten belustigte Blicke aus. Es war doch immer dasselbe mit den beiden.

Als wäre nichts vorgefallen, fuhr Lauren fort: »Aber so ungern ich es auch eingestehe, Jules hat recht. Michael ist ein schlechter Ehemann. Ich weiß«, fügte sie rasch hinzu, als sie sah, dass Susan ihren Mund öffnete, »er war früher einmal ganz anders. Aber Fakt ist, dass er sich verändert hat, und es wird Zeit, dass du dich auch veränderst.«

Laut aufstöhnend schob Jules sich ein weiteres Stück Roastbeef in den Mund. »Köstlich, Süße«, lobte sie Susan und griff nach ihrem Glas Sekt. »Ich hasse es ja, wenn Lauren so furchtbar altklug daherquatscht«, begann sie jetzt in ernstem Tonfall, vorher streckte Lauren ihr noch die Zunge heraus, »doch sie hat nicht ganz unrecht. Du versuchst die Frau zu sein, die du warst, als ihr noch glücklich wart. Doch das seid ihr nicht mehr. Und auch wenn ich diesem Mistkerl am liebsten eine Kugel Schrot in den Hintern schießen würde, ist es nicht nur seine Schuld. Ihr habt euch an irgendeiner Abzweigung eures Lebens in verschiedene Richtungen entwickelt, und jetzt gibt es kein Zurück mehr auf euren gemeinsamen Weg.«

Mit betretenen Mienen nickten die Mädels zustimmend. Susan war immer wieder erstaunt, wenn aus Jules´ Mund ernste Worte kamen. Aber eigentlich hatte sie es voll drauf.

»Aber vielleicht könntest du ja mit diesem heißen Biker einen neuen Weg einschlagen«, schlug die schwarzhaarige Jules jetzt diabolisch vor und duckte sich unter Susans Arm hinweg, die sie gerade in den Schwitzkasten nehmen wollte.

Liv knabberte verträumt an einem Stück Roastbeef herum. »Meint ihr, er ist am ganzen Körper tätowiert?« Von allem, was Susan ihren Freundinnen heute erzählt hatte, war offenbar das das Einzige, was hängen geblieben war.

Jules ließ ihre Augenbrauen hüpfen. »Das will ich doch schwer hoffen. Susan, es ist deine Aufgabe, es herauszufinden!«

Diese warf Liv einen bösen Blick zu. »Musst du ihr auch noch Futter geben? Und außerdem, was interessiert es dich, du hast doch einen anbetungswürdigen Freund? Oder was meinst du, würde Jayden davon halten, wenn er wüsste, dass du zwielichtigen Rockern nachgaffst?«

Schmunzelnd winkte Liv ab. »Ach, das würde er nicht so schlimm finden. Schließlich weiß er, dass ihm niemand das Wasser reichen kann.« Sie zog ihre Augenbrauen nach oben und aß genüsslich noch einen Bissen von ihrem Roastbeef. Sofort fielen den anderen die Kinnladen herunter. So eine Aussage aus Livs

Mund war beinahe so verrückt wie ein Vegetarier, der ein Steak verputzte.

»Wirklich? Aber er hat doch so kleine Hände?«, sagte Jules fachmännisch mit gerunzelter Stirn, bevor sie einen Schluck von ihrem Sekt nahm.

Lauren verdrehte die Augen, während sie die Teller einsammelte. »Sag bloß, du glaubst an dieses Ammenmärchen?«

»Nun ja«, entgegnete sie vielsagend und kniff ihre Lippen zusammen. »Was soll ich sagen, Colin hat die größten Hände, die ich jemals gesehen habe, und sein ...«

Liv grätschte mit hochrotem Kopf dazwischen. »Schon gut, schon gut, wir können es uns denken. Themenwechsel!«, bat sie und blickte flehentlich in die Runde, während Lauren sich mit dem dreckigen Geschirr rasch in die Küche flüchtete. Gleich darauf waren Wasserrauschen und Geschirrklimpern zu hören.

»Habt ihr gesehen, in der Queen Street haben sie in Windeseile ein neues Gebäude hochgezogen. Wisst ihr, was da reinkommen soll?«, rief Lauren aus dem Nebenraum, wofür Susan ihr unendlich dankbar gewesen wäre, wenn sie nicht gerade dieses Thema angeschnitten hätte.

Mit einem grummeligen Brummen gab Susan zu verstehen, dass sie wusste, was in das protzige Gebäude mit der Glasfassade hineinkommen würde.

Fragend blickten ihre Freunde ihr entgegen. Selbst Lauren steckte ihren Kopf aus der Küche.

»Ein Verlag kommt da rein«, verkündete sie die unschöne Neuigkeit.

Jules´ große Augen wuchsen noch einmal um ein Vielfaches. »Is nich wahr! Und was für ein Verlag? Vielleicht einer für Erotikromane?« Amüsiert zuckten ihre Mundwinkel, während sie die Sektgläser einsammelte und zu Lauren in die Küche brachte.

Susan stöhnte genervt auf. »Ach, Quatsch! Die verlegen das Gegenteil, nämlich Comics und Mangas.« Dies war ein Genre, von dem Susan tatsächlich überhaupt keine Ahnung hatte. Schließlich hatte sie immer nur im Verlag ihres Vaters gearbeitet, und *Tyler House* war seit Generationen ein Belletristikverlag für weltweite Bestsellerautoren. Außerdem besaß sie die Rechte für etliche Klassiker von Mark Twain über Jules Verne und Jane Austen bis hin zu Emily Dickinson.

»Ich habe mich über die mal ein bisschen informiert«, gestand Susan und beugte sich verschwörerisch nach vorne, wobei sie gleich rote Wangen bekam. Seit sie erfahren hatte, dass ein weiterer Verlag in Charleston Einzug halten würde, brodelte es in ihr, und nun konnte sie das endlich mal rauslassen.

Jules gab ein gespanntes Geräusch von sich, als sie zu ihnen zurückkam und sich wieder auf die Couch fallen ließ, wobei ihr Rock unverschämt weit hochrutschte. Wenn sie so vor ihren Studenten saß, war es kein Wunder, dass ihre Wirtschaftsvorlesungen an der *University of South Carolina* stets bestens besucht waren. »Uuuhh ... Betriebsspionage, klingt spannend.«

»Na ja, Spionage würde ich es nicht gerade nennen«, stammelte Susan verlegen. Sie selbst war sich etwas komisch dabei vorgekommen, als sie den Konzern gegoogelt hatte, doch wie hieß es doch so schön: Kenne deinen Feind!

»Jedenfalls ist das so ein neues, stylishes Unternehmen, wo nur junge Leute arbeiten, jeder gekleidet sein kann, wie er will, und alles ergonomisch auf die Mitarbeiter abgestimmt ist. Die haben einen Turn- und Ruheraum für die Angestellten, und außerdem gibt es noch einen Massageraum und eine Cafeteria, in der nur Bioprodukte verwendet werden.«

Liv ließ einen anerkennenden Pfiff ertönen. »Klingt ziemlich gut. Aber woher weißt du das alles, wenn der Verlag noch nicht einmal geöffnet hat?«

»Von ihrer Homepage. Die Niederlassung in Charleston wird ihre erste Zweigstelle.« Missgelaunt zog Susan eine Schnute.

Mit einem Geschirrtuch ihre Hände abreibend, gesellte sich Lauren wieder zu ihnen. »Und warum stört dich das so? Ich meine, eure Verlage haben ein völlig anderes Zielpublikum, ihr werdet euch sicher nicht in die Quere kommen.«

Da hatte Lauren recht, doch irgendwie störte es sie trotzdem, dass ein weiterer Verlag sich in ihrer Stadt niederließ. Charleston war eben schon immer der Hauptsitz von Tyler House gewesen. Amerikaweit kannte man den Verlag und brachte ihn mit der charmanten Hafenstadt in Zusammenhang. Außerdem befürchtete Susan, dass dieses neue, hochmoderne Unternehmen ihres altbacken und öde erscheinen lassen könnte. Tatsächlich hatte sie in der letzten Woche schon einige gute Mitarbeiter an den Comicverlag verloren.

»Diese Stadt ist einfach zu klein für zwei Verlage«, entgegnete sie nun ein wenig trotzig und verschränkte die Arme vor der Brust. Sie wusste, dass das mächtig kindisch klang, aber so war sie heute nun einmal drauf. Es war eben einfach nicht ihr Tag.

Liv schlug einen verständnisvollen Ton an, während sie die Meute dezent aufscheuchte. Die Mittagspause musste heute etwas kürzer ausfallen, denn wie Liv ihnen gleich nach ihrer Ankunft mitgeteilt hatte, erwartete sie jeden Augenblick eine Brautanprobe in ihrem Laden. »Ach, Süße, Konkurrenz ist gar nicht mal so schlecht für das Geschäft. Und außerdem könntet ihr doch versuchen zusammenzuarbeiten. Ihr könntet gemeinsam Events auf die Beine stellen, wie Schreib- oder Lesewettbewerbe, könntet Schulen unterstützen und regionale Autoren fördern.« Ermunternd nickte sie ihr zu. Für gemeinnützige Aktionen war Liv stets zu haben.

Doch Susan war genervt. Stöhnend klaubte sie ihre riesige Handtasche vom Boden auf, in der sich praktisch ihr halber Haushalt befand. Von Schminke über Wechselbluse bis hin zu Nähzeug gab es kaum etwas, was ihre Tasche nicht hergab. Die Perfektionistin in ihr war gerne für jeden Notfall und jede noch so kleine Eventualität gewappnet. »Du klingst schon wie die Sekretärin dieses Verlagssprösslings Ethan Anderson.«

Während Jules in ihre überdimensionalen Pumps hineinschlüpfte, warf sie ihr einen fragenden Blick zu.

Doch Susan winkte ab. »Ach, der Kerl, der in vier Wochen den Verlag übernehmen möchte, will sich mit mir treffen, um mich kennenzulernen, und wie Liv schon prophezeit hatte, um eine zukünftige Zusammenarbeit zu besprechen. Darauf habe ich aber überhaupt keine Lust«, fügte sie eilig hinzu. »Der Typ soll vom Schlag Berufssohn sein. Lebt immer nur auf Daddys Kosten und hat nun die Filiale hier in Charleston geschenkt bekommen. Vermutlich, damit er sonst keinen Blödsinn anstellt. Allerdings«, musste Susan zugeben, »machen sie es echt geschickt, denn es gibt von diesem Ethan Anderson, so heißt der Verlagssohn, nicht ein Foto im Internet. Selbst auf ihrer Verlagshomepage ist nichts zu seiner Person zu finden.«

»Ähm, Süße«, unterbrach Lauren sie vorsichtig. »Ich will ja nichts sagen, aber du hast ebenfalls in der Firma deines Dad gelernt, hast dort eine Filiale übernommen und leitest nun den Konzern.«

Wütend zog Susan die Glastür auf. »Auf welcher Seite stehst du eigentlich?«, fauchte sie ihre Freundin an und verließ dann den Laden.

Die kommenden Tage rasten nur so dahin. Susan war förmlich in Arbeit versunken, was sich am Wochenende auch nicht hatte ändern wollen. Da sie unter der Woche nicht einmal annähernd alles geschafft hatte, was auf ihrem Schreibtisch lag, war sie mit zig Ordnern und ihrem Firmenlaptop nach Hause gefahren. Die kommenden zwei Tage hatte sie quasi durchgängig in ihrem Büro verbracht, wobei lediglich der tolle Ausblick durch die lange Glasfront ihres Büros ein kleiner Trost gewesen war.

Ihren Mann hatte sie weder gesehen noch gesprochen. Lediglich ein paarmal hatte Susan ihn kommen und gehen gehört, aber das war es auch schon.

Auch der Montag hatte keine Veränderungen gebracht, nur endlose Diskussionen mit ihren Hausinformatikern zwecks nicht funktionierender Arbeitsplätze und lästigen Papierkram, der um ihren Schreibtisch zu wachsen schien wie eine Festung. Umso mehr freute Susan sich deswegen über die kleine Abwechslung, die der Dienstag mit sich brachte.

»Heute scheinst du wesentlich besser drauf zu sein als letzten Donnerstag«, merkte Liv an und orderte bei der Kellnerin für Susan und sich noch jeweils einen großen Cappuccino.

Sie saßen in dem kleinen niedlichen französischen Bistro im Hafen von Charleston und hatten gerade ihren wöchentlichen Stammtisch hinter sich gebracht. Unternehmerinnen aus Charleston und der näheren Umgebung hatten sich vor knapp einem halben Jahr zusammengefunden und besprachen gemeinsame Themen und Probleme. Obwohl Susan und Liv nicht das Gefühl hatten, dass es besonders viel brachte, waren die Treffen doch recht nett, und vor allem erfuhren sie stets alles Neue, was in der Stadt so vor sich ging.

Susan atmete schwer aus und starrte aus der großen Ladenscheibe in Richtung Hafen. Zig Segelboote und Jachten tummelten sich in dem riesigen Becken und boten ein interessantes Panorama. »Ich kann nicht sagen, dass ich mich wirklich besser fühle, nur, dass ich mich irgendwie mit meiner Situation abgefunden habe. Lauren habe ich übrigens gleich noch am Donnerstagabend angerufen und mich bei ihr entschuldigt. Ich weiß, sie hat mir nur gut zureden wollen.« Schuldgefühle und auch ein wenig Scham stiegen in Susan auf. Sie hatte sich neulich im Laden wirklich wie ein kleines bockiges Kind benommen.

Mitfühlend warf Liv ihr ein Lächeln zu. Die kleine Rothaarige war wirklich kaum wiederzuerkennen, zumindest was ihr Innerstes anging. Nach dem Tod ihres langjährigen Freundes Adam war sie am Boden zerstört gewesen, doch eine Auszeit und ihre Freundschaft mit Jayden hatten sie wieder auf die Beine gestellt. Inzwischen war sie ein völlig neuer Mensch geworden. Sie war selbstbewusster, hatte ihr Unternehmen ausgebaut, indem sie jetzt Boutiquen im ganzen Staat mit ihren Kleidern belieferte, und hatte sich für eine neue Liebe geöffnet. Susan fragte sich, ob sie irgendwann auch so weit wäre, sich für etwas Neues zu öffnen, sei es beruflich oder auch privat. Nicht, dass sie ihren Beruf nicht liebte, nein, aber irgendwie war sie nicht mehr so zufrieden wie früher.

»Wie bist du in Sachen Michael weitergekommen?«

Die Kellnerin trat an ihren Tisch und stellte vor jede von ihnen einen himmlisch duftenden Cappuccino. Dazu reichte sie bunte Macarons.

Frustriert rührte Susan Zucker in ihr Getränk. Das war schon ihr fünfter Kaffee heute. Wenn sie so weitermachte, würde sie wohl bald einen Magendurchbruch bekommen. Doch leider war das im Moment ihre einzige Chance auf den Beinen zu bleiben, denn an Schlaf war überhaupt nicht mehr zu denken. Ständig lag sie wach und grübelte über ihr Leben nach. Jede Nacht horchte sie stundenlang, bis Michael nach Hause kam, nur damit sie sich die nächsten Stunden mit dem Gedanken quälen konnte, er wäre bei einer anderen Frau gewesen. Außerdem fragte sie sich, wie ihr Leben wohl ohne Mann verlaufen sollte. Schließlich hatte sie noch nie alleine gelebt.

Wenn Michael dann endlich zu Hause war, kamen ihr weitere Gedanken in den Sinn. Betrieb sie den Verlag richtig? War es an der Zeit, etwas zu ändern? War es auch an der Zeit, ihr Leben zu ändern? Und die monumentalste Frage: War sie eigentlich glücklich? Das Schlimmste daran war, dass sie sich diese Frage gar nicht richtig beantworten konnte. Seit dem College war Susan stets und ständig so beschäftig mit ihrer Arbeit gewesen, dass sie gar keine Zeit gehabt hatte, darüber nachzudenken, ob ihr Leben eigentlich in den richtigen Bahnen verlief. Sicher, sie tat das, was sie sich immer gewünscht hatte, und noch wichtiger, das, worin sie wirklich gut war. Doch war es auch das, was sie heute noch glücklich machte? Irgendwie hatte sie sich auf dem langen, steilen Weg, der sich ihr Leben schimpfte, selbst verloren.

Schwermütig atmete Susan aus. »Nein, es ist immer noch alles beim Alten, nur eines hat sich geändert. Mir ist inzwischen bewusst, dass es vorbei ist. Aber glaubst du, ich finde mal die Zeit, mich mit Michael hinzusetzen und es ihm zu sagen?« Es war wirklich frustrierend. Den lieben langen Tag war sie im Verlag, und wenn sie abends nach Hause kam, war Michael entweder verschwunden, oder seine sogenannten Kumpels saßen bis vier Uhr morgens in seiner Garage und machten einen Lärm, als wäre eine Horde Rhinozerosse in ihr Haus eingedrungen. Selbst am Wochenende hatte sie ihn nicht zu fassen bekommen. Am Samstag war sie noch bis spät abends im Verlag gewesen und hatte alles erledigt, was sie während der Woche nicht geschafft hatte, und am

Sonntag war der Kerl den ganzen Tag abwesend gewesen. Wo er war und was er trieb, hatte Susan nicht gewusst.

»Ich befürchte schon«, sagte sie in bitterem Ton, während sie den Milchschaum von ihrem Löffel leckte, »wenn wir es nicht bald schaffen, miteinander zu reden, werde ich wohl per SMS mit ihm Schluss machen müssen.« Spöttisch lachte sie auf.

Gedankenverloren strich Liv ihren dunkelblauen, natürlich selbst entworfenen Hosenanzug glatt. »Glaubst du wirklich, dass du es zeitlich nicht schaffst, mit ihm zu reden, oder willst du es vielleicht einfach nur vor dir herschieben?« Entschuldigend legte sie ihren Kopf schief und schlürfte dann ebenfalls an ihrem dampfenden Getränk.

»Nein, nein«, widersprach Susan kopfschüttelnd. »Ich gestehe, die letzte Woche war hart, doch ich habe es endlich begriffen, wir gehören einfach nicht mehr zusammen. Da gibt es nichts zu retten oder zu kitten. Anfangs hatte ich noch die Hoffnung, dass eine Ehetherapie vielleicht helfen könnte, doch davon bin ich nach letzter Woche endgültig ab. Michael hegt solch einen tief sitzenden Groll gegen mich, der sich offenkundig schon in Hass verwandelt hat. Und ich verabscheue den Kerl, der aus ihm geworden ist. Und egal, wie lange man schon zusammen ist, das kann auf keinen Fall eine Grundlage für eine gesunde Beziehung sein.« Niedergeschlagen zuckte sie mit den Schultern. »Und dennoch bin ich der Meinung, unsere Beziehung verdient einen ehrlichen und anständigen Abschluss. Ich werde weder Michaels Kram aus dem Fenster werfen, noch werde ich auf einem Notizzettel mit ihm Schluss machen. Wir waren zehn Jahre lang verheiratet, Liv. Da sollte man wenigstens den Respekt voreinander wahren.«

Mitleidig kniff Liv ihre Lippen zusammen. »Süße, es tut mir

leid, dir das zu sagen, aber seinen Respekt vor dir hat Michael schon vor einer ganzen Weile verloren.«

Wie angeschossen ließ Susan ihren Kopf sinken, wobei ihre welligen braunen Haare nach vorne fielen. Wie war es nur so weit gekommen? »Du hast ja recht. Ich bin ein Feigling. Irgendwie klammere ich mich noch immer an die Vorstellung, dass wir beide das wieder hinbekommen könnten, auch wenn mein Verstand mir sagt, dass das auf keinen Fall passieren wird. Er ist oder besser gesagt war die Liebe meines Lebens. Wir hatten uns geschworen, auf ewig zusammen zu sein, und jetzt soll´s das schon gewesen sein?« Hilfe suchend blickte sie ihre Freundin an.

»Susan, das Leben ändert sich nun einmal. Sieh dir nur mich an. Gut, Adam und ich, wir hatten uns zwar keine ewige Liebe geschworen, aber es war uns beiden trotzdem klar, dass wir bis an unser Lebensende zusammenbleiben würden.« Mit ein bisschen trauriger Miene zuckte sie mit ihren Schultern. Sicher, sie liebte Jayden über alles, und dennoch wusste Susan, dass sie Adam, ihren langjährigen Freund, der im letzten Jahr gestorben war, noch ab und an vermisste.

Susan zog ihre Augenbrauen nach oben. »Aber das ist doch etwas völlig anderes. Euch beide, die ihr übrigens perfekt zueinandergepasst habt, hat das Schicksal getrennt. Bei mir und Michael ist es der Groll, den wir zwischen uns kommen lassen haben. Mal davon abgesehen, dass du und Adam ein Team wart«, fügte sie in etwas neidischem Tonfall hinzu. »Michael und ich, wir können ja nicht einmal mehr unter einem Dach zusammenleben, ohne uns das Leben schwer zu machen, geschweige denn an einem Strang ziehen.« Müde zuppelte Susan am Ärmel ihrer weißen Bluse, die heute einfach nicht liegen wollte, was möglicherweise daran lag, dass sie viel zu weit war. Obwohl Liv das Teil für Susan maßgeschneidert hatte, passte es hinten und vorne nicht mehr. Genauso wie die meisten ihre anderen Sachen. Susan brauchte keine Waage, um sich einzugestehen, dass sie in den letzten Wochen reichlich an Gewicht verloren hatte. Auch deswegen war es allmählich an der Zeit, ihre Ehe mit Michael zu beenden, denn wenn sie mit ihm zusammenblieb, würde sie womöglich noch krank werden. Mal davon abgesehen, dass sie irgendwann gerne mal wieder etwas mit Appetit essen würde, ohne das Gefühl zu haben, bei allem, was sie sich in den Mund stopfte, auf einem faden Stück Gummi herumzukauen.

»Ich glaube, es ist wie mit dem Pflasterabziehen«, philosophierte Liv vor sich hin und holte Susan aus ihren Gedanken. »Zuerst graut es einem davor, es abzureißen, weil es ja wehtun könnte, aber wenn man es dann getan hat, fühlt man sich befreiter und sieht, dass es gar nicht so schlimm war.«

Ihre Freundin hatte ja recht. Und eigentlich war die ganze Geschichte nichts Neues mehr für sie. Sicher, wenn sie mit Michael glücklich verheiratet gewesen wäre und ihn bei einer Affäre erwischt hätte, dann hätte sie wohl so richtig der Schock getroffen. Doch diese Wendung hatte sich seit Monaten, wenn nicht sogar seit knapp zwei Jahren angekündigt. Warum also scheute sie sich so davor, es zu tun? Sie war doch sonst eine knallharte Geschäftsfrau. Der Konzern ihres Vaters lief besser denn je. In ihrem Job musste sie tagtäglich wichtige Entscheidungen treffen, und in ihrem eigenen Leben grämte sie sich davor, ihren faulen, fiesen Mann endlich rauszuschmeißen?

Mit bestimmter Miene nickte sie Liv zu. »Du hast recht. Lieber ein Ende mit Schrecken …«

»… als ein Schrecken ohne Ende«, beendete Liv ihren Satz und prostete Susan mit ihrer Kaffeetasse unterstützend zu.

Etwas zu elanvoll schlug Susan ihren Keramikbecher gegen Livs, woraufhin der Cappuccino bedrohlich hin und her schwappte, sodass sich das immer noch heiße Gebräu schlussendlich über den Ärmel von Susans Bluse ergoss. Und das nicht gerade wenig davon!

»Wahhh ... heiß!«, rief Susan und schüttelte ihren Arm, vergeblich. Eilig öffnete sie den Knopf an der Bluse und krempelte so schnell sie konnte den Ärmel hoch. Währenddessen klaubte Liv vom Nachbartisch einen Stapel Servietten und breitete sie über den Tisch aus, um das Malheur schnell zu beseitigen.

»Scheiße!«, stieß Susan hinter zusammengekniffenen Zähnen hervor, als sie den großen roten Fleck auf ihrem Unterarm begutachtete. »Wie kann das Zeug denn noch so lange so heiß sein? Ich habe nachher noch ein wichtiges Meeting. Da kann ich auf keinen Fall so erscheinen.« Missmutig deutete sie auf den riesigen braunen Fleck auf ihrer wunderschönen weißen Bluse.

Liv hatte nun auch den letzten Rest Cappuccino vom Tisch gewischt und stopfte die nassen Servietten in den kleinen Tischabfalleimer. »Wie ich dich kenne, hast du sicher eine Ersatzbluse in deiner Tasche.« Das sagte sie mehr als Feststellung denn als Frage. Was bewies, wie gut sie ihre Freundin inzwischen kannte.

Triumphierend zog Susan eine blau-weiß gestreifte Bluse aus ihrem Überlebenskoffer, so nannten ihre Freundinnen ihre Handtasche, und hielt sie wie eine Trophäe in die Luft. »Gut, dass die Hose nichts abbekommen hat, denn eine Wechselhose hätte nicht einmal ich mitgehabt.« Sie rückte ihren Stuhl nach hinten und erhob sich umsichtig, bemüht, nicht gegen den Tisch zu stoßen. Fehlte ihr noch, dass sie erneut ihre Tassen zum Kippen brachte! »Ich gehe mich mal schnell umziehen. Orderst du schon mal die Rechnung?« Ein Blick auf die große antike Bahnhofsuhr hinter dem Tresen hatte ihr gezeigt, dass sie eiligst in den Verlag zurückmusste.

Liv nickte artig und hielt nach ihrer Kellnerin Ausschau. Ihre Augen weiteten sich plötzlich.

Während Susan sich durch die kleinen Tische durchschlängelte, verfolgte sie den Blick ihrer Freundin und blieb von einer Sekunde auf die andere wie steif gefroren stehen. Das konnte doch nicht wahr sein!

In der extrem langen Schlange an der Kasse stand der Biker, den sie zuletzt vor Livs Laden getroffen hatte, und lächelte sie verschmitzt an. Offenbar hatte er sie schon eine Weile beobachtet und amüsierte sich nun köstlich über ihr Missgeschick. Musste der Kerl sie denn immer in den kompromittierendsten Situationen erwischen?

Er selbst sah natürlich wieder umwerfend gut aus, wobei das Fehlen seiner Bikerkluft ihr einen genaueren Blick auf seinen Körper gestattete. Obenrum verdeckte ein beinahe hautenges weißes T-Shirt seinen Oberkörper. Susan befürchtete, dass sein breites Kreuz und die opulenten Oberarme den Stoff womöglich sprengen könnten. Darüber trug er eine lederne Weste, von der sie früher gedacht hätte, so etwas wäre altbacken, doch da hatte sie sich getäuscht. Untenrum trug der Fremde hautenge Jeans, die über einem Paar schwarzen Boots ausliefen. Doch das alles war nichts gegen die kleinen Grübchen, die sich beim Lachen auf seinen vollen, breiten Wangen bildeten.

Es war wirklich unfair, dass der Kerl so perfekt, souverän und cool rüberkam und sie selbst in seiner Gegenwart so wirkte, als könnte sie nicht einen anständigen Schritt vor den anderen setzen. Eigentlich war Susan noch nie ein Tollpatsch gewesen, doch in ihrem Leben hatte sich in letzter Zeit so einiges geändert, warum also nicht auch das.

Für eine Millisekunde schloss sie ihre Augen und atmete tief durch. Dann ging sie erhobenen Hauptes auf den Fremden zu und schenkte ihm ihr tollstes Vorzeigelächeln. »Kann es sein, dass Sie mich verfolgen?«, fragte sie und konnte kaum glauben, dass sie das wirklich gesagt hatte.

Seine Mundwinkel zogen sich noch weiter nach oben, offenbar war er auf ihre Begrüßung angesprungen. »Dasselbe wollte ich Sie gerade fragen. Geht es Ihnen denn gut?«, fügte er nun in ernst klingendem Tonfall hinzu, wobei er mit seinen maskulinen Händen auf ihren Arm deutete.

Peinlich berührt zog Susan diesen schnell hinter ihren Rücken und winkte rasch ab. »Halb so wild, ist nur ein kleiner Kaffeefleck. Nichts, was eine neue Bluse nicht retten könnte.« Demonstrativ hielt sie ihr Kleidungsstück in die Luft und machte sich auf in Richtung Damentoilette, in der Hoffnung, sich somit aus der Affäre ziehen zu können. Denn obwohl der Kerl mächtig heiß war und ihr aus irgendeinem Grund in seiner Gegenwart die Knie weich wurden, wollte sie nichts mehr als von hier zu verschwinden.

Auffällig winkte sie ihm zu, um zu verstehen zu geben, dass sie jetzt losmüsste. Sie dachte schon, sie wäre aus dem Schneider. Doch bevor sie die Tür zu den Toiletten öffnen konnte, erklang seine raue sexy Stimme laut durch das Café: »Wenn ich Ihnen dabei behilflich sein kann, sagen Sie Bescheid!«

Mit großen Augen warf sie einen letzten Blick über ihre Schulter und konnte gerade noch sehen, wie der Fremde ihr diabolisch zuzwinkerte.

Susan hatte in diesem Moment das Gefühl, dass es mucksmäuschenstill in dem Bistro geworden war und sämtliche Augen sich auf sie richteten. Das war morgen früh sicher Stadtgespräch bei den alten Tratschweibern. Hilfe suchend warf sie einen Blick zu Liv, doch die machte ein Gesicht, als müsste sie gleich vor Lachen losbrüllen.

Ohne sich noch einmal umzuschauen, stieß Susan die Holztür auf und verfluchte den arroganten Mistkerl.

5. Kapitel

»Nein, Jules, zum hundertsten Mal, ich habe keine Lust, mit in die neue Hafenbar zu kommen.« Genervt verdrehte Susan die Augen und warf die Kühlschranktür wieder zu, ohne sich was herausgenommen zu haben. Wie immer hatte sie keinen Hunger. Lustlos nahm sie eine Flasche Wasser aus dem Regal.

»Selbst wenn dort Bon Jovi persönlich spielen würde, mich kriegen heute keine zehn Pferde mehr vor die Haustür«, entgegnete sie leicht gereizt und klemmte ihr Handy zwischen Ohr und Schulter, während sie unter lautem Zischen die Flasche aufdrehte.

Eigentlich wäre sie liebend gerne mit den Mädels weggegangen, doch für heute Abend hatte sie sich etwas anderes vorgenommen. Gleich war es so weit, sie würde die Sache mit Michael endgültig klären. Liv hatte recht gehabt, sie musste es endlich hinter sich bringen. Es brachte doch nichts, das Ganze weiter vor sich herzuschieben. Das war Michael und ihr selbst gegenüber nicht fair.

Leider ließ Jules ein Nein nicht so leicht gelten. Ohne Punkt und Komma redete sie weiter auf sie ein, doch Susan hörte kaum zu. An ihrer Wasserflasche nippend ging sie ihr vorgefertigtes Gespräch im Kopf durch. Den ganzen Nachmittag schon hatte sie sich die Worte, die sie gleich an Michael richten wollte, zurechtgelegt. Gerade wenn sie nervös war, bereitete sie sich gerne vor.

Das gab ihr ein gewisses Gefühl von Sicherheit. Und so nervös wie heute war sie schon lange nicht mehr gewesen. Schließlich passierte es nicht alle Tage, dass sie ihre Ehe beendete.

In diesem Augenblick klapperte Michaels Schlüssel in der Haustür.

»Süße, ich muss auflegen, Michael kommt. Wir telefonieren morgen wieder.« Und noch während Jules´ kratzige Stimme protestierend aus dem Hörer schallte, drückte Susan auf den roten Knopf.

Mit wackeligen Beinen ließ Susan sich an den Esstisch fallen und lauschte den alltäglichen Geräuschen, die ihr Noch-Ehemann machte, als er das Haus betrat. Das Klimpern des Schlüssels, als er ihn in die kleine Schale auf der Garderobe schmiss, das Poltern seiner Turnschuhe, während er sie in die Ecke pfefferte, sowie das Dröhnen seiner Schritte, wenn er auftrat. Noch nie waren diese Geräusche so deutlich gewesen wie in diesem Augenblick, wo sie mit Michael Schluss machen wollte. Ob ihr diese stinknormalen Dinge später fehlen würden?

»Gibt´s was zu essen?«, dröhnte Michaels Stimme ihm voraus. Selbst so eine einfache Frage konnte er nicht mehr formulieren, ohne dabei aggressiv zu klingen.

Plötzlich fühlte sich Susan in ihrem Vorhaben noch deutlicher bestätigt.

Mit einer Miene, in die Susan am liebsten reingeschlagen hätte, trat ihr Ehemann in die Küche. Wie nicht anders zu erwarten, trug er ein ausgewaschenes Footballtrikot von irgendeiner semi-professionellen Mannschaft, in der er vor zig Jahren gespielt hatte, und dazu eine völlig ausgewaschene Jogginghose, auf der etliche Flecken waren. Wann war dieser Mann zu so einer Schlampe verkommen?

Unruhig räusperte sich Susan. »Im Brotkorb ist eine neue Packung Sandwichtoast, und im Kühlschrank findest du den leckeren Schinken, den du so gerne magst.« Es war gar nicht so leicht, aus der Rolle der sorgenden Ehefrau herauszukommen.

Mit hochgezogenen Augenbrauen schlurfte er lustlos zur Anrichte rüber und klappte den Brotkasten auf. »Wieder kaltes Essen, is ja mal ganz was Neues«, nuschelte er und fischte vier Scheiben Toast aus der Packung. »Warum habe ich überhaupt geheiratet, wenn meine Frau es nicht einmal hinbekommt, mir abends ein anständiges Essen vorzusetzen?«

Susan wusste, dass er sie damit nur reizen wollte, um einen Streit zu provozieren, und leider gelang ihm das auch bestens.

»Ich habe letzte Woche für dich gekocht, falls du es vergessen hast. Aber sicher ist dir das genauso entfallen wie an unseren zehnten Hochzeitstag zu denken.« Grimmig funkelte sie seinen Rücken an.

Doch er dachte nicht daran, sich schuldig zu fühlen. Im Gegenteil, er machte ihr weiter chauvinistische Vorwürfe. »Ach, jetzt soll ich dir also ewig dankbar sein, weil du einmal hinter dem Herd stehst? Und was war mit den restlichen zwei Jahren, seit wir hier wohnen? Da warst du ständig nur mit Arbeiten in deinem bescheuerten Verlag beschäftigt, anstatt bei mir zu Hause zu sein.« Bockig riss er die Kühlschranktür auf und holte sich die Zutaten raus, die er für sein Sandwich benötigte.

Wenn Susan es nicht besser wüsste, würde sie sagen, er klang wie eine gelangweilte Hausfrau. Doch diesen Schuh zog sie sich nicht an.

»Dieser bescheuerte Verlag«, zischte sie zwischen zusammengepressten Zähnen hervor und umklammerte krampfhaft ihre Flasche, sodass schon kleine Äderchen auf ihrem Handrücken hervortraten, »sorgt immerhin dafür, dass es dir mehr als gut geht. Oder fehlt es dir an irgendetwas?« Herausfordernd starrte sie seinen Hinterkopf an. Leider drehte der Mistkerl sich nicht um, sondern schmierte sich weiter gelassen sein Abendessen, was sie noch wütender machte.

»Wenn du mir meinen Job gelassen hättest, würde ich jetzt die Brötchen verdienen, so wie es sich für einen echten Mann gehört.« Und da war sie wieder, die alte Leier.

Stöhnend ließ sie ihren Kopf hängen. »Michael, wir haben das doch schon oft genug durchgekaut. Als Verlagschefin verdiene ich viel mehr für uns beide, als du es je gekonnt hättest.« Sobald die Worte ihren Mund verlassen hatten, wusste sie, dass es ein Fehler gewesen war.

Sofort sprang Michael darauf an und ging wie eine Rakete an die Decke. Mit zornesfunkelndem Blick drehte er sich endlich zu ihr herum. Wenigstens hatte sie nun seine volle Aufmerksamkeit.

»Das weißt du doch gar nicht. Ich war dabei aufzusteigen. Einer DER Topspieler in ganz Kalifornien. Ich hätte es sicher in den kommenden Jahren in die NBA geschafft.« Ein beinahe irrer Glanz stieg in seine Augen. Ab jetzt musste Susan gehörig aufpassen, denn wenn sie ein Wort zu viel sagte, würde es in einem regelrechten Tobsuchtsanfall enden, doch dafür hatte sie heute keine Nerven. Tatsächlich ärgerte sie sich jetzt schon, dass sie überhaupt auf seine Sticheleien eingegangen war.

Sie ließ die Schultern sinken. »Bist du es nicht auch manchmal leid?«, fragte sie und schaute ihren Ehemann traurig an. Wie schön waren die Zeiten gewesen, als sie sich noch geliebt hatten und als Streit ein Fremdwort für sie gewesen war.

Immer noch in Rage, fauchte er sie an: »Was soll ich leid sein?«

Susan wusste, dass er weiter streiten wollte, doch sie hatte einfach keine Kraft mehr dazu. »Na diese ganzen Streitereien«, erklärte sie nüchtern und nahm einen großen Schluck von ihrem Wasser, nur, um etwas zu tun zu haben.

Michael wirkte, als wüsste er nicht genau, worauf sie hinauswollte. Es konnte doch nicht angehen, dass er es schön fand, wie es zwischen ihnen beiden lief?

»Was soll ich sagen, du provozierst es ja regelrecht mit deiner notorischen Abwesenheit und dem Desinteresse an mir und meinem Leben«, warf er ihr vor, während er sich wieder seinem Sandwich zuwandte.

Noch vor einer Woche wäre sie auf dieses egoistische Geschwafel angesprungen, doch heute nicht. Heute wollte sie die Zügel in der Hand halten, nur einmal. »Dann verstehe ich nicht, warum du überhaupt noch hier bist, wenn ich solch ein schlimmer Mensch bin.« Zur Untermauerung ihrer Worte erhob sie sich und ging langsam auf ihn zu.

Doch so leicht war Michael nicht zu beeindrucken. Ohne aufzuschauen biss er von seinem Abendessen ab.

»Wieso soll ich denn gehen? Verschwinde du doch, wenn dir die Ehe mit mir nicht mehr passt. Du bist doch eh den ganzen Tag weg, was würde das denn für einen Unterschied machen?« Gleichgültig, als würden sie darüber diskutieren, wer den Müll rausbringt, zuckte er mit den Schultern.

Susan lehnte sich an die Küchenzeile. »Entschuldige bitte, aber das hier ist mein Haus. Ich werde ganz bestimmt nicht ausziehen.« Sie verschränkte ihre Arme vor der Brust und drückte ihre rot lackierten Fingernägel in die Unterarme. Der Kerl machte sie so wütend, dass sie vermutlich gleich rotsehen würde.

Neugierig blickte Michael ihr nun direkt in die Augen. Sie standen jetzt keine Armlänge voneinander entfernt.

»Was willst du mir eigentlich damit sagen?«, fragte er herausfordernd und legte sogar sein Sandwich beiseite. »Du willst dich doch nicht etwa von mir trennen?«

Die Frage stand wie eine rosa Giraffe im Raum. In dem Moment, als Michael die Worte ausgesprochen hatte, konnte Susan die Spannung beinahe fühlen.

Sie nahm all ihren Mut zusammen und richtete sich zu ihren vollen 1,70 Metern auf. »Doch, das will ich. Ich kann so nicht weitermachen. Wir beide lieben einander nicht mehr, und ich bin es wirklich leid zu streiten. Komm schon«, fügte sie in versöhnlichem Tonfall hinzu. »Wir sind doch beide nicht mehr glücklich.«

Kurz starrte Michael sie abschätzend an, und dann tat er etwas, womit Susan niemals gerechnet hätte, er setzte ein gespieltes Lächeln auf. »Du hast recht, mein Schatz, ich bin ebenfalls nicht mehr glücklich und glaube, dass wir uns scheiden lassen sollten.« Ein irrer Ausdruck trat in sein Gesicht, und er machte einen schnellen Schritt auf Susan zu, sodass sie keine Chance hatte zu reagieren.

Mit einem Griff, als würde sie im Schraubstock stecken, umfasste er ihre Oberarme und drückte seine großen, starken Hände fest zusammen. In diesem Augenblick bekam Susan es das erste Mal mit der Angst zu tun. Sie hatte in den vergangenen zehn Jahren schon des Öfteren erlebt, dass Michael cholerisch oder jähzornig wurde, aber er hatte sich nie gegen sie gewandt, seine Ehefrau.

»Da du dafür gesorgt hast, dass ich keine Chance mehr habe, eine Footballkarriere zu machen, und ich sonst nichts anderes gelernt habe, würde ich nach einer Scheidung von dir wieder von null anfangen müssen. Und ganz ehrlich, mein Liebling«, er spie ihr ihren ehemaligen Kosenamen mit so viel Abscheu wie möglich entgegen, »darauf habe ich überhaupt keine Lust.« Schwer atmend starrte er ihr entgegen, und Susan traute sich nicht, einen

Ton von sich zu geben, aus Angst, dass er sonst noch völlig den Verstand verlieren könnte. Früher hätte sie niemals Angst vor Michael gehabt, doch dieser Mann, der hier vor ihr stand, war nicht mehr der, den sie geheiratet hatte. Dieser Kerl war anscheinend völlig unberechenbar geworden.

»Aber dank deiner Weigerung, einen Ehevertrag abzuschließen, weil du ja damals davon ausgegangen bist, wir brauchen so etwas nicht, weil wir beide ein Leben lang zusammenbleiben würden, erhalte ich, sobald wir uns in gegenseitigem Einvernehmen trennen, die Hälfte deines privaten Vermögens.« Susan war erstaunt, wie berechnend er an die Sache ranging und dass er ganz genau wusste, was ihm nun zustand. Offenbar hatte er sich schon seit Längerem einen Kopf darüber gemacht.

Sie versuchte, sich nicht von seiner Aggressivität einschüchtern zu lassen, doch so recht wollte es ihr nicht gelingen.

Ein fieser Ausdruck trat auf sein Gesicht. »Leider hat dein Firmenanwalt vor zwei Jahren darauf bestanden, dass das Firmenvermögen ausschließlich in deinem Besitz bleibt. Doch ich nehme, was ich kriegen kann.« Berechnend zog er seine Augenbrauen nach oben. Empört öffnete Susan ihren Mund, geschockt über Michaels Gier, brauchte jedoch eine Weile, bevor sie ein Wort herausbekam. »Dieser Vertrag ist auch dazu da, dich zu schützen. Wäre oder würde der Verlag bankrottgehen, hätte niemals jemand an dich herantreten können.«

»Willst du mir jetzt ehrlich weismachen, du hättest das nur für mich getan?« Argwöhnisch starrte er ihr entgegen, wobei er seine rechte buschige Augenbraue ein wenig nach oben zog.

Susan schluckte schwer. Sie konnte nicht glauben, was sie hier gerade für eine Diskussion führten. »Schluss jetzt!«, brüllte sie regelrecht und fuchtelte mit ihren Händen. »Ich möchte, dass du aus meinem Haus verschwindest, und zwar so schnell wie möglich!«

Erneut setzte er ein zuckersüßes Lächeln auf und zeigte seine großen, strahlend weißen Zähne. Wenn er so lächelte, konnte man sich vorstellen, dass die Basketballfans damals verrückt nach ihm gewesen waren. Er hatte einfach so eine einnehmende Ausstrahlung, so ein Charisma. Leider hat Susan davon in den vergangenen zwei Jahren nicht sehr viel mitbekommen.

»Das werde ich auf keinen Fall tun, schließlich gehört mir die Hälfte von deinem Privatvermögen, was bedeutet, dass mir auch die Hälfte dieses Hauses gehört.« Triumphierend strahlte er sie an.

Susan konnte es nicht fassen. Wollte er jetzt tatsächlich hier wohnen bleiben, während sie zwei sich scheiden ließen? Wie sollte sie das nur überleben?

Von jetzt auf gleich veränderte sich seine Miene. Es war, als würde sich eine Horrormaske vor sein eigentlich attraktives Gesicht schieben. Seine Augen kniff er zu Schlitzen zusammen, und die Kinnpartie war so angespannt, dass sie leicht zuckte.

Langsam kam er auf Susan zu, die sich zusammenreißen musste, um nicht vor Michael wegzulaufen. Sie würde sich von ihm auf keinen Fall einschüchtern lassen.

»Du glaubst gar nicht«, presste er zwischen zusammengekniffenen Lippen hervor und machte bei jedem Wort demonstrativ einen Schritt, »wie sehr ich dich verachte! Du hast mich in den letzten zwei Jahren quasi kastriert. Ich war ein aufstrebender Footballspieler, ein richtiger Mann, und jetzt? Sieh mich doch an! Während du die Karriereleiter hochgeklettert bist, hast du mich an dieses Haus gebunden, keine Chance, aus dieser beschissenen Stadt zu fliehen.«

Fassungslos starrte Susan den Mann an, der einmal ihre große Liebe gewesen war.

»Ich habe dich nicht gezwungen, mit mir hierherzukommen. Ja, ich musste damals diesen Job annehmen, aber ich habe dir mehrere Möglichkeiten aufgezeigt, wie es mit uns hätte weitergehen können.«

Inzwischen stand Michael so dicht vor ihr, dass seine lange spitze Nase nur Zentimeter von ihrer entfernt war. »Damit ich mich im Provinz-Charleston irgendeinem Laienverein anschließe? Du spinnst wohl!« Zornig hob er seinen Zeigefinger an die Stirn.

Tatsächlich wusste Susan nicht so recht weiter. Offenbar war Michael genauso unglücklich mit ihr wie sie mit ihm. Er warf ihr vor, dass sie schuld an seiner Misere war, hatte aber auch keinen der anderen Wege einschlagen wollen. Allmählich bekam sie das Gefühl, dass er sich in der Rolle des armen, gequälten Ehemannes sehr wohlfühlte.

Doch Susan hatte nicht vor, ihn weiterhin in dieser Rolle zu bestärken. Sie richtete sich so hoch auf, wie es eben ging, und ihre zehn Zentimeter Pumps halfen ihr dabei.

»Michael, wir können noch ewig diskutieren, schließlich führen wir diesen Streit jetzt schon seit zwei Jahren und sind zu keinem Ergebnis gekommen. Fakt ist, wir beide lieben uns nicht mehr und halten es genauso wenig als Mitbewohner unter einem Dach aus. Zieh bitte aus!« Fast flehte sie ihn an. »Ich helfe dir auch bei der Wohnungssuche und werde dich auf jede erdenkliche Art unterstützen.«

Doch Michael grinste nur und ging pfeifend in Richtung Garage. »Ich werde dir das Leben so richtig schön zur Hölle machen«, versprach er, bevor die Tür zu seiner Männerdomäne laut ins Schloss fiel.

Zurück ließ er eine verblüfft dreinschauende Susan, die keine Ahnung hatte, was hier gerade geschehen war.

6. Kapitel

»Das hat er nicht wirklich gesagt!«, rief Lauren empört und fasste sich mit ihren Händen an die roten Wangen. Der zweite Martini hatte offenbar seine Wirkung gezeigt und verursachte zudem bei ihr noch einen lang anhaltenden Schluckauf.

Mit großen Augen nickte Susan zustimmend und kippte ihr Glas Whiskey beinahe auf ex hinunter.

»Dieser Mistkerl will wirklich im Haus wohnen bleiben.«

Jules wiegte ihren Kopf hin und her, wobei ihre glänzend schwarzen Haare von einer Seite auf die andere fielen. »Verständlich, von Rechts wegen gehört es zur Hälfte ihm, wenn die Scheidung durch ist. Also entweder bleibt er weiter bei dir wohnen, oder du musst ihm seinen Anteil an dem Haus auszahlen. Schöne Scheiße!«

Niedergeschlagen stimmte Susan ihr zu und öffnete den obersten Knopf ihrer Bluse. Es war immer noch dieselbe, die sie heute Nachmittag im Bistro gegen das voll gekleckerte Modell getauscht hatte. Es kam ihr vor, als wäre das tausend Jahre her. Seitdem hatte sich so einiges getan in ihrem Leben, dachte sie zynisch und schwenkte den letzten Tropfen Whiskey in ihrem Glas hin und her.

Nachdem der Mistkerl sie in der Küche völlig perplex zurückgelassen hatte, war Susan von jetzt auf gleich aus dem Haus geflüchtet. Da sie gewusst hatte, dass die Mädels sich in dieser neuen Bar am Hafen treffen wollten, hatte sie ihren Mercedes Jeep schnurstracks hierher gelenkt. Nicht eine Sekunde länger wollte sie noch mit Michael unter einem Dach verbringen. Blöd nur, dass dieses Dach eigentlich ihr gehörte und sie aus ihren eigenen vier Wänden geflohen war. Jetzt hatte sie nicht einmal mehr einen Ort zum Schlafen.

»Wenn du magst, kannst du heute Nacht bei mir bleiben. Jayden ist zu irgend so einer Anwaltstagung in Denver«, bot Liv gutmütig an und legte ihre kleine Hand mit den rot lackierten Fingernägeln liebevoll auf Susans. Die kluge Geschäftsfrau mit den feuerroten Haaren sah heute wieder zuckersüß aus. Sie trug ein rotes, weit ausgestelltes Kleid, das an den Stil der Fünfzigerjahre erinnerte. Liv hatte ihnen schon oft erzählt, dass sie für die Mode dieser Zeit schwärmte, was in ihrer neuesten Kollektion nicht zu übersehen war. »Außerdem würdest du mir damit ebenfalls einen Gefallen tun, denn ich schlafe so ungern alleine.« Etwas verlegen kratzte sie sich an ihrer kleinen Stupsnase, die von zig Sommersprossen übersät war.

Dankbar ergriff Susan die Hand ihrer Freundin und drückte sie zärtlich. Was würde sie bloß ohne ihre Mädels machen?

Apropos Freundinnen, Jules war die letzte Stunde damit beschäftigt gewesen, sich auszudenken, was sie Michael alles antun könnte. Je mehr Cocktails jedoch in sie hineinflossen, desto abstruser wurden ihre Vorschläge.

»Wir könnten ihn nackt am Mast im Hafen von Charleston aufknüpfen«, war nun ihre neueste Idee, wobei sie versuchte, ihr Kleid, welches den Namen auf keinen Fall verdiente, ein Stück weiter herunterzuziehen. Susan verstand nicht, wie Collin, Jules´ Mann, sie in solch einem knappen Jeanskleid aus dem Haus lassen konnte. Michael hätte ihr die Leviten gelesen, wenn die ganze

Stadt Ausblick auf ihre Pobacken gehabt hätte. Na ja, zumindest hätte er das früher gemacht, heute war sie sich nicht einmal sicher, ob er den Krankenwagen rufen würde, wenn ihre Haare in Flammen stünden.

Lauren verdrehte die Augen und versuchte Jules ihren Cosmopolitan wegzunehmen, was diese jedoch zu verhindern wusste. »He, wir sind hier nicht mehr auf der Highschool! Du kannst mir nicht mehr meinen Alkohol wegnehmen!«

Lauren, selbst leicht beschwipst, tadelte ihre Freundin mit erhobenem Zeigefinger: »Doch, wenn du auf so schwachsinnige Ideen kommst! Die letzte halbe Stunde hast du darüber nachgedacht, wo wir einen Auftragskiller herbekommen. Meinst du, dass wir Susan damit ernsthaft helfen?«

»Mhhh ... es wäre zumindest ein Anfang«, gab Susan schulterzuckend zu und schlug hinter Laurens Rücken mit Jules ein.

Lauren warf ihre nackten Arme in die Luft. Ebenso wie Liv und Jules hatte auch sie sich heute mächtig aufgebrezelt. Sie trug einen knielangen Jeansrock, dazu eine rote, weit ausgeschnittene Bluse und schwarze, kniehohe Stiefel. Ihre blonden Locken hatte sie zu einer Wahnsinnsmähne aufgetürmt, was wirklich klasse aussah.

»Bitte, benehmt euch doch wie die Kinder«, giftete sie die beiden anderen jetzt an und schlürfte beleidigt an ihrem bunten Cocktail, von dem Susan nicht einmal wusste, was das für einer war. Bevor sie die Mädels kennengelernt hatte, hatte sie stets einen weiten Bogen um Sekt gemacht. Irgendwie vertraute sie dem Zeug nicht. Es gab ihr so einen ekelhaften Rausch, und ihre Beine wurden dann immer schwer. Ganz anders als ein guter Whiskey. Diesen vertrug sie bestens, was wohl in der Familie zu liegen schien, denn ihr Dad war mit Abstand einer der größten Whiskeyliebhaber dieses Landes gewesen. Die paar Treffen, die sie als erwachsene Frau mit ihrem Vater verbracht hatte, hatten sie beieinandergesessen, teuren Whiskey geschlürft und noch teurere Zigarren gepafft. Doch das hatte Susan nicht nur für ihren Vater getan, sie mochte diese Dinge wirklich gerne. Im Gegensatz zu Michael, der sie stets für diese Angewohnheit verspottet hatte. Er hatte gemeint, dass das Männerangewohnheiten wären und dass sie als Frau keiner ernst nehmen würde, wenn sie Whiskey trank oder Zigarren rauchte.

In diesem Augenblick wurde Susan bewusst, wie sehr Michael sich in all den Jahren von ihr eingeschüchtert gefühlt haben musste. Sicher, auf dem College und in seinem Sport war Michael durchaus ein Macher gewesen, doch in seinem restlichen Leben war er ein ziemlich unsicherer Mensch. Er ging niemals Risiken ein, weder beruflich noch privat, und er wurde jedem gegenüber sofort fies, der willensstärker war als er. Wieso fiel ihr das alles erst jetzt auf?

Auch dass sie beide offenbar überhaupt keine Gemeinsamkeiten hatten, war ihr nie bewusst gewesen. Worüber hatten sie sich in den acht Jahren, in denen ihre Ehe durchaus gut gelaufen war, eigentlich unterhalten? Susan wurde bewusst, dass ihre Gespräche nie eine tiefere Ebene erreicht hatten. Von ihrer Arbeit hatte Michael nie viel wissen wollen, wobei er sein Desinteresse in den Anfangsjahren immer noch höflich damit abgetan hatte, dass er doch nichts davon verstünde und sie das alles schon machen würde. Er selbst war aber ein großer Verfechter davon, von seinem eigenen Job zu sprechen. Solange Michael noch Football gespielt hatte, war es für ihn auch das Größte gewesen, den lieben langen Tag darüber zu sprechen. Und obwohl das eine Sache war, von der sie nichts verstand, hatte Susan trotzdem jeden Abend stundenlang tapfer zugehört, während ihr Mann von diesem oder jenem Spielzug gefachsimpelt hatte.

Deprimiert über ihre Erkenntnis, dass ihre Ehe eigentlich von Anfang an zum Scheitern verurteilt gewesen war, bestellte sie sich noch ein Glas Whiskey und griff in die Schale mit den Erdnüssen, die am Ende des Tresens stand, um wenigstens etwas im Magen zu haben. Der Tisch, an dem sie standen, quasi eine Verlängerung der Bar, um die sie vier herumstehen konnten, war ausgezeichnet. So waren sie nahe an der Bar dran, hatten jedoch auch freien Blick in den Raum. Da die Bar erst letzte Woche eröffnet hatte, war es auch an einem Dienstagabend rappelvoll. Das Besondere an der Bar war, dass sie jeden Abend mit einem anderen Thema warb. Heute war es Countrymusik, was Susan mehr als gelegen kam. Es gab nur eines, was sie noch mehr als ein gutes Glas Whiskey zu schätzen wusste, und das war ein gutes Glas Whiskey zu waschechter Countrymusik. Auch darüber hatte ihr Ehemann stets seine Abneigung bekundet.

»Es sieht so aus, als würde das Firmengebäude dieses Comicverlages bald fertig werden«, meinte Liv, wechselte damit das Thema und fuhr sich durch ihre kurzen, dunkelroten Haare. Auch ihr hatte der Sekt schon leicht zugesetzt, unterhalb ihres Halses hatten sich vereinzelt rote Flecken gebildet, ein Anzeichen dafür, dass sie bald genug hatte. Was nichts zu bedeuten hatte, da die Schneiderin nicht viel Alkohol vertrug, was sie bei ihrem letzten Klassentreffen bewiesen hatte.

Missmutig hob Susan ihr neues Glas an die Lippen. Sie liebte den leicht süßlichen Geruch des Bourbons. »Ich dachte, ihr wolltet mich heute Abend aufmuntern?«, entgegnete sie und nippte an dem goldbraunen Getränk.

Livs Mundwinkel kräuselten sich. »Und ich dachte, du wärst mittlerweile damit einverstanden, dass der Anderson-Verlag in Charleston eröffnet?« Sie verschränkte ihre Hände ineinander und fixierte Susan mit einem neugierigen Blick.

»Ja, aber deswegen muss ich noch lange nicht über die Sache sprechen, schon gar nicht, wenn wir mal gemeinsam einen draufmachen. Es reicht schon, dass mich ständig die Sekretärin vom Verlagssöhnchen anruft und mir immer wieder ein neues Treffen mit dem Typen aufdrängen will. Ich sage euch, so langsam gehen mir die Ausreden aus.«

Plötzlich schob sich ein Kopf neben Susan an die Theke. »Sagen Sie dem Kerl doch einfach, dass Sie keine Lust auf ihn haben.«

Erschrocken fuhr Susan hoch und stieß ihr Whiskeyglas um, das mit lautem Geschepper zu Boden fiel. Der gute Whiskey, dachte sie und schob die Scherben mit ihren Gott sei Dank verschont gebliebenen Pumps vorsichtig an den Rand des Tresens.

Jules lachte trocken auf. »Da kennen Sie unsere Susan aber schlecht. Sie wird viel zu gern gemocht, als dass sie irgendjemandem etwas abschlagen könnte. Selbst wenn es um so ein Schickimicki-Essen mit diesem reichen Schnösel geht. Vertrauen Sie mir, Susan wird mit dem Kerl essen gehen, einfach weil sie nicht anders kann.«

Am liebsten hätte Susan ihre Freundin geschlagen, so sauer war sie, dass sie so intime Informationen an einen Kerl weitergab, den sie nicht einmal kannte. Mal davon abgesehen, dass sie immer noch sauer auf ihn war, weil er sie heute Nachmittag in dem Bistro bloßgestellt hatte.

Am liebsten hätte sie ihrer Freundin gleich hier und jetzt den Marsch geblasen, da das jedoch nicht ging, warf sie ihr lediglich einen vernichtenden Blick zu und wandte sich dann mit eiskalter Miene an den Mann neben ihr: »Entschuldigen Sie, aber das hier ist ein Privatgespräch. Wir Mädels wären heute doch gerne unter uns.«

Abschätzend starrte der Kerl sie an, wobei Susan erneut auffiel, wie verboten gut er aussah. Sein rot-schwarz kariertes Hemd, das in hautengen Jeans steckte, war an den Unterarmen unordentlich hochgekrempelt, sodass sie eine super Sicht auf die Tätowierungen hatte. Auch war das Hemd am Kragen leicht aufgeknöpft und erlaubte ihr somit einen Blick auf die breite Brust, auf der sich ebenfalls dunkelblaue Zeichnungen befanden.

Anerkennend musste sie sich eingestehen, dass der Kerl verdammt sexy war. Irgendwie wirkte er so maskulin und selbstbewusst, ganz anders als Michael. Susan bildete sich ein, über die Jahre doch ein gutes Gespür für Menschen entwickelt zu haben, und dieser Mann hier vor ihr war definitiv ein Macher. Er nahm sich, was er wollte, scheute sich nicht vor Konfrontationen und wusste genau, was er konnte. Und so ungern sie es auch zugab, genau das war der Grund, warum Susan in seiner Anwesenheit die Knie weich wurden. Nicht, dass sie das jemals laut ausgesprochen hätte.

Gerade wollte ihr Gegenüber seinen Mund öffnen, um auf Susans Ansage zu reagieren, als der DJ, der nur knapp einen Meter vom Tresen entfernt stand, ihn über die Lautsprecher unterbrach: »Das nächste Lied ist ein absoluter Klassiker, und gewidmet ist er der zauberhaften Dame hier vorne am Tresen namens Susan.«

Ruckartig drehte die Verlagschefin ihren Kopf zu dem kleinen Podest, auf dem der DJ seine Anlage errichtet hatte, und musste erschrocken feststellen, dass Jules an seiner Seite stand und ihr überschwänglich zuwinkte. Wann war sie denn dahin gekommen? Hatte sie ihr nicht eben noch direkt gegenübergestanden?

Die ersten Töne des Liedes erklangen, und Susans Züge wurden weicher. Diese Schlange! Jules wusste ganz genau, dass Susan diesem Song nicht widerstehen konnte. Genauso wie fast jeder eingefleischte Countryfan und amerikanische Staatsbürger.

Ein schiefes Grinsen trat auf das Gesicht des Fremden, und er deutete mit seinem Finger zur Decke: »Ist das etwa Garth Brooks mit *Friends in Low Places*?«

Nun konnte auch Susan sich ein Lachen nicht mehr verkneifen. »Na klar. Es ist eines meiner Lieblingslieder, und das Biest von einer Freundin da hinten«, sie deutete auf Jules, die immer noch neben dem DJ stand und ihr einen Luftkuss zuwarf, »weiß ganz genau, dass ich diesen Song liebe.«

Ungeniert zuckte der Fremde mit den Schultern. »Wenn das so ist, sollten wir wohl dazu tanzen.« Und ohne ihre Reaktion abzuwarten, nahm er Susan bei der Hand und zog sie in Richtung Tanzfläche, auf der ein paar Paare, von denen die Männer allesamt Cowboyhüte trugen, sich schon eifrig im Takt der Musik bewegten.

Da sie wusste, dass sich Wehren in diesem Augenblick eh nicht drin war, stellte sie sich in Position und setzte eine skeptische Miene auf. »Können Sie denn Line Dance tanzen?«

Er machte einen Schritt auf sie zu und ergriff bestimmt ihre Hand, die andere legte er gekonnt auf ihren Rücken. »Ich bin auf einer Ranch in Colorado aufgewachsen, also vermute ich, dass ich gerade so die Grundschritte beherrsche.« Diabolisch zwinkerte er ihr zu und machte selbstsicher den ersten Schritt.

Sofort wusste Susan, dass sie hier einen waschechten Könner vor sich hatte. Eigentlich hatte sie sich bisher stets für eine gute Line-Dance-Tänzerin gehalten, immerhin hatte sie damals während ihres Studiums vier Jahre in der Line-Dance-Gruppe der Uni mitgemacht, doch das, was sie da gelernt hatte, war nichts im Vergleich zu dem, was der Fremde konnte. Seine Bewegungen waren so perfekt ausgeführt, wie Susan es bisher nur im Fernsehen bei Meisterschaften gesehen hatte.

Ihre Lippen kräuselten sich. Der Kerl sang doch tatsächlich

den Text mit, was irgendwie süß war, da er so gar nicht singen konnte.

»Cause I've got friends in low places, where the whiskey drowns …«

In diesem Augenblick wurde ihr klar, dass es genau der richtige Song für diesen Abend war. Sie würde ihren Kummer in Whiskey ertränken und Michael vergessen, denn sie hatte gute Freunde, die ihr dabei helfen würden.

Der Fremde war ihr mittlerweile ziemlich nahe, und sie musste sich zusammenreißen, ihren Kopf nicht auf seine Schulter zu legen. Auch wenn der Song alles andere als ein Schmusesong war. Benebelt von seinem betörenden Duft, der ebenfalls sehr männlich roch, lehnte sie ihren Kopf ein wenig nach hinten und blickte zu dem Fremden auf: »Darf ich Sie mal etwas fragen …«

»Paul«, ergänzte er und schielte zu ihr herunter. Himmel, Susan war ja schon nicht klein, immerhin maß sie mit ihren Pumps beinahe 1,80 Meter, doch ihr Tanzpartner war noch einen halben Kopf größer.

»Paul«, wiederholte sie, erfreut, endlich seinen Namen zu kennen, »nehmen Sie es mir nicht übel, aber Sie sind doch niemals ein einfacher Junge aus Colorado, der nebenbei ein bisschen Line Dance beherrscht.«

Energisch schob er sie weiter über die Tanzfläche und vollzog mit ihr Schritte, die sie schon seit Jahren nicht mehr getanzt hatte. Es machte ihr unglaublich viel Spaß, und sie konnte sich nicht mehr daran erinnern, wann sie so etwas das letzte Mal gemacht hatte. Wenn sie ehrlich war, hatte sie noch nie mit einem ihr wildfremden Mann so eng aneinandergedrückt getanzt.

Als das Lied zu Ende war, war Susan tatsächlich ein wenig aus der Puste. Die Menge applaudierte, und Susan fächerte sich mit der Hand etwas Luft zu. Ihr Gesicht war erhitzt, was sicher nicht nur am Tanz lag.

Der nächste Song wurde eingespielt, *Always on my Mind* von Willie Nelson, und wie selbstverständlich zog Paul sie an seine muskulöse Brust, dieses Mal noch enger als zuvor, da das Lied ein waschechter Schmusesong war.

»Okay, ich verrate Ihnen ein kleines Geheimnis«, raunte er ihr mit seiner kratzigen Stimme ins Ohr, die bei Susan sofort eine flächendeckende Gänsehaut auslöste. »Ich bin kein normaler Countrytänzer, so wie es quasi jeder Mann im Süden der USA ist, tatsächlich habe ich als Jugendlicher den Line Dance ziemlich professionell betrieben und war sogar zweimal Gewinner des Länderausscheides von Colorado.«

Susan nickte anerkennend. Andere Menschen, so jemand wie Michael, hätten sich jetzt darüber kaputtgelacht, dass ein Mann wie Paul Tänzer war, doch noch aus ihrer Collegezeit wusste sie, wie hart diese Sportart sein konnte. Und der Beste von Colorado zu sein, einem Staat, in dem quasi an jeder Ecke ein guter Line-Dance-Tänzer aufwartete: Das war schon etwas, worauf man sich was einbilden konnte.

»Ihr Geheimnis ist bei mir sicher«, versprach Susan und zuckte kurz zurück, als ihre Wange Pauls berührte. Sie war heiß und ein wenig kratzig durch den Stoppelbart, der über die markante Kinnpartie verlief. Doch das war nicht der Grund, weswegen sie zurückgezuckt war, es lag eher daran, dass bei der Berührung eine Art Kribbeln durch ihren Körper gegangen war, das sie schon seit sehr, sehr langer Zeit nicht mehr empfunden hatte. »Sie tanzen aber auch nicht schlecht«, gab er anerkennend zu und drückte seine Hand fester in ihren Rücken. Susan war sich sicher, dass Paul ihr Zurückzucken bemerkt hatte, doch offenbar machte es ihm nichts aus. Im Gegenteil, er legte nun seinen Kopf sachte an ihren und glitt weiter mit ihr übers Parkett. Wenn Susan es nicht besser gewusst hätte, hätte sie gesagt, sie beide würden schweben, so leichtfüßig und vor allem perfekt aufeinander abgestimmt bewegten sie sich.

»Collegetanzen«, presste sie mühselig hervor. Die Nähe des Mannes sowie sein atemberaubender Duft schienen ihre Sinne regelrecht zu benebeln. »Wenn man Whiskey und Countrymusik so sehr liebt wie ich«, fuhr sie fort, vor allem um sich ein wenig abzulenken, »kommt man um Line und Squaredance nicht herum.«

Ihre Hand, die immer noch fest von Pauls umgriffen war, begann auffällig zu schwitzen, was definitiv ihrer Nervosität geschuldet war. Panisch schaute sie zu ihren Freundinnen hinüber, doch die unterhielten sich angeregt und hatten kein Auge für sie. Na, vielen Dank auch!

Sie hätte wirklich ein wenig Hilfe gebrauchen können, denn nachdem die anfängliche Euphorie nachgelassen hatte, war Susan sich nicht mehr so sicher, was sie hier eigentlich tat. Heute Nachmittag hatte sie den Mann noch verfluchen wollen, weil er sie im Bistro so bloßgestellt hatte. Und sie hatte immer noch keine Ahnung, wen oder was er in ihr sah. So, wie sie sich bei den bisherigen Treffen benommen hatte, musste er in ihr eine hilflose, tollpatschige Frau sehen, die nicht einmal einen Kaffee trinken konnte, ohne sich zu bekleckern.

Außerdem war ihr letztes Date schon über fünfzehn Jahre her. Sie hatte keine Ahnung, wie man sich verhielt. Hinzu kam, dass sie damals zweiundzwanzig Jahre alt gewesen war. Zu jener Zeit liefen solche Treffen noch ein wenig anders ab.

Aber vielleicht war das hier auch gar kein Date. Immerhin tanzten sie beide einfach nur miteinander. Vermutlich interpretierte Susan in die ganze Sache viel mehr hinein als an ihr dran war.

Als das Lied zu Ende ging, ließ Paul von ihr ab und lächelte ihr etwas unsicher zu. Das war das erste Mal, dass der Kerl nicht voller Selbstsicherheit strotzte.

»Ich denke, ich sollte Sie jetzt wieder zu Ihren Freundinnen zurückbringen«, verkündete er höflich und bot ihr seinen Arm an.

Susan konnte ihre Enttäuschung kaum verbergen. Sie legte knapp nickend ihre Hand auf den nackten Unterarm und ließ sich von ihm ans Barende geleiten. Hatte sie es doch geahnt, der Kerl hatte nur ein wenig mit ihr flirten wollen und schob sie nun wieder ab. Doch was hatte sie eigentlich erwartet? Dass er ihr hier und jetzt die Kleider vom Leib reißen und sie wild an sich drücken würde? Mmmh, gar keine so schlechte Vorstellung, dachte Susan und schalt sich im nächsten Moment selbst für ihre Gedanken.

Eines musste man Paul lassen, er war der perfekte Gentleman. Am Tisch angekommen, lud er die vier Mädels allesamt auf einen Drink ein, verabschiedete sich höflich, wobei er Susan seine Hand reichte und ihre etwas länger als nötig hielt. Dabei warf er ihr einen eindringlichen Blick zu, den Susan jedoch nicht zu deuten wusste.

»Es war mir eine Ehre, mit Ihnen zu tanzen, Susan. Eine so gute Partnerin hatte ich schon seit Jahren nicht mehr an meiner Seite«, dann tippte er sich mit seinem Finger an die Stirn, nickte den Mädels noch einmal zu und verschwand schnurstracks aus der Bar.

Wie einer Fata Morgana starrte Susan ihm sehnsüchtig hinterher und nippte gedankenverloren an dem Whiskey, den er ihr bestellt hatte.

7. Kapitel

»Ich glaube, ich werde verschwinden«, erklärte Susan müde und trank den letzten Schluck ihres Whiskeys aus. Irgendwie war ihr der Spaß an dem Abend vergangen. Oder besser gesagt, sie wusste, dass sie nicht mehr so einen Spaß haben würde, wie sie gerade mit Paul gehabt hatte. Außerdem war es schon spät, und sie musste morgen wieder früh im Verlag sein.

Liv ließ von ihrem Strohhalm ab. Ihre Haare standen wie bei einem Igel in alle Richtungen von ihrem Kopf ab. »Ich dachte, du willst mit bei mir schlafen?«

Doch Susan winkte ab, während sie ihre Rechnung bei der Barfrau beglich. Dann griff sie unter den Stehtisch, an dem an einem Haken ihre Handtasche hing. »Ach, ist schon gut. Die Idee war nicht schlecht, aber ich habe keine Sachen zum Wechseln mit. Und ich kann auf keinen Fall mit diesen Klamotten morgen im Büro auftauchen.« Obwohl sie die Bluse am liebsten niemals wieder ausgezogen hätte, weil sie so wunderbar nach dem geheimnisvollen Paul roch. Kurz runzelte Susan die Stirn. Er war wirklich geheimnisvoll. Außer seinem Namen und dass er einmal Tänzer gewesen war, wusste sie praktisch nichts über ihn.

»Sollen wir dich vielleicht nach Hause begleiten?« Mit besorgter Miene legte Lauren ihre Hand auf Susans Unterarm.

Susan konnte sich gut vorstellen, dass ihre Freundinnen sie

nicht allein lassen wollten, doch sie konnte sich ja schließlich nicht für immer von ihrem eigenen Haus fernhalten. Ja sicher, vorhin war sie kurz durchgedreht und getürmt, doch aufgeben war auf keinen Fall ihr Ding. Sie würde sich bestimmt nicht aus ihrem schönen Haus, für das sie in den letzten zwei Jahren so hart gearbeitet hatte, vertreiben lassen.

Aufmunternd zwinkerte sie Lauren zu. »Ach Quatsch. Ich nehme mir einfach ein Taxi und lasse das Auto stehen. Morgen früh lasse ich mich dann von meiner Assistentin Anna abholen.« Die gute Anna war erst seit ein paar Wochen ihre Assistentin, aber in der kurzen Zeit war ihr die junge Frau richtig ans Herz gewachsen. Ein wenig naiv schien sie noch zu sein, aber das war sicherlich ihrem Alter geschuldet. Schließlich war Susan mit sechsundzwanzig Jahren auch noch ganz anders gewesen als heute. Damals hatte sie noch Träume und Pläne gehabt. Heute war sie zynisch und abgestumpft. So schnell konnte es gehen.

»Süße«, lallte Jules und hickste laut auf. Gott sei Dank hatte sie mittwochs keine Veranstaltungen in der Uni, das wäre sonst sicher sehr unschön geworden. »Wir ´achen uns keine Sorgen ... hicks ... wie du nach ´ause kommst. Es geht uns eher ... hicks ... arum, was dich dort ´wartet.«

Liv nickte eifrig. »Ich sehe das genauso. Oder vielleicht ist das Schwein ja schon abgehauen und hat all deine wertvollen Dinge mitgenommen«, warf sie einen neuen Vorschlag in die Runde.

Etwas genervt verdrehte Susan die Augen. Ja sicher, vorhin hatte Michael es tatsächlich geschafft, sie ein wenig einzuschüchtern, doch sie war mit Sicherheit kein scheues Reh, das vor der Gefahr davonlief. Im Gegenteil, ihr Dad hatte ihr schon früh beigebracht, dass eine verlorene Schlacht immer noch besser war als gar nicht gekämpft zu haben. »Leute, ich weiß, ihr seid nicht gut auf Michael zu sprechen, aber er ist kein Psychopath, der zu

Hause mit einer Axt auf mich wartet«, stellte sie klar, während sie ihren dunkelblauen Blazer überstreifte.

»Sicher, denn dafür ´üsste er ... hicks ... seinen faulen Arsch von der Couch hochbequemen un´ einen schweren Gegenstand anheben. ´leine daran würde es bei ihm schon scheitern«, spottete Jules und wischte sich einen Tropfen Cosmopolitan aus ihrem Mundwinkel.

Ein breites Grinsen trat auf Susans Gesicht, und sie hielt Jules die Hand hin, welche sofort einschlug, allerdings leicht daneben. »Touché. Aber die Sache mit den Wertgegenständen ist gut«, pflichtete sie ihrer kleinen rothaarigen Freundin bei. »Ich werde gleich morgen alles zusammensammeln, was irgendeinen Wert für mich hat. Ich kann mir gut vorstellen, dass Michael im Laufe der Scheidung so richtig garstig und hässlich wird.« Schwermütig stieß sie die Luft zwischen ihren Wangen hervor und blickte in die mitleidsvollen Mienen ihrer Freundinnen. »Also, kommt nachher gut nach Hause«, versuchte sie eiligst vom Thema abzulenken und gab jeder ihrer Freundinnen einen dicken Kuss auf die Wange, bevor sie sich ihre Handtasche unter den Arm klemmte und die Bar verließ. Sie wollte nicht, dass die drei sich noch mehr Sorgen machten, als sie es ohnehin schon taten. Und das nicht erst seit gestern. Susan war klar, dass, seit sie nach Charleston gezogen war und die Mädels kennengelernt hatte, sie und ihre Eheprobleme ständig im Gespräch gewesen waren. Für die Zukunft nahm die Verlagschefin sich vor, dass sich das ändern musste. Viel zu lange hatte sie sich in die Rolle der unglücklichen Ehefrau eingefügt.

Auf dem Weg nach draußen stellte Susan erstaunt fest, dass die Bar immer noch rappelvoll war und die Gäste unentwegt zur Countrymusik tanzten. Schmunzelnd stieß sie die Glastür mit der Goldumrandung auf. Es war schon faszinierend, dass beinahe jeder sich über die Countrymusik echauffierte, aber wenn sie dann gespielt wurde, konnten plötzlich alle den Text und stürmten sofort die Tanzfläche.

Draußen atmete sie erst einmal gierig die frische Seeluft ein. Susan liebte den salzigen Geruch des Meeres und das Rauschen der Wellen, wenn sie gegen den Pier schlugen.

Obwohl die letzten zwei Jahre gefühlstechnisch nicht die beste Zeit ihres Lebens gewesen waren, war es räumlich betrachtet genau andersherum. Susan liebte diese Stadt mit ihren bunten Häusern, dem charmanten Kolonialstil und den verrückten Eigenheiten ihrer Bewohner. Die Südstaatler waren wirklich ein Schlag von Menschen, zu dem Susan sich gleich zugehörig gefühlt hatte. Das war sicher auch einer der Gründe gewesen, warum Susan so gerne Zeit mit ihrem Vater verbracht hatte. Wohingegen Kalifornien und seine Einwohner einfach nichts für sie waren. Den meisten Menschen dort ging es nur um ihre Karrieren, ihr Aussehen und Geld. Das beste Beispiel dafür war Michael. Das war auch einer der Gründe, warum er sich hier einfach nicht hatte wohlfühlen können. In dieser Stadt ging es um Traditionen, um Ehrlichkeit und um die Menschen.

Entgegen ihrer eigenen Aussage entschied Susan sich dafür, nach Hause zu laufen. Die Luft war angenehm lau, zahlreiche Menschen waren noch am Pier unterwegs, und aus den Hafenkneipen dröhnte Musik. Und nichts drängte sie, nach Hause zu kommen. Sicher, eigentlich hätte sie noch ein Stündchen bei den Mädels bleiben können, doch irgendwie war ihr nicht danach gewesen. Der Tag war von Anfang bis Ende verrückt gewesen, Susan brauchte einfach ein bisschen Zeit für sich, um ein paar Dinge in ihrem Kopf zu ordnen.

Vor allem die Sache mit Michael bereitete ihr gehöriges Kopfzerbrechen. Wie könnte sie ihn wohl aus dem Haus vertreiben?

Sie würde durchdrehen, wenn er bis zur Scheidung und vielleicht noch darüber hinaus bei ihr wohnen bleiben würde. Bis dahin wäre Susan mit Sicherheit schon im Gefängnis gelandet, weil sie ihn ganz bestimmt erschossen hätte.

Gedankenverloren wich sie einem wankenden Hafenarbeiter aus, der ihr etwas Obszönes entgegenlallte, dann aber weiter seiner Wege ging. Dabei wehte eine Fahne hinter ihm her, die selbst die gackernden Möwen betrunken machen könnte.

In diesem Augenblick packte sie eine Hand fest am Ellenbogen und zog sie in eine dunkle Gasse. Bevor Susan loskreischen konnte, legte sich eine weitere raue Hand auf ihren Mund. Mit großen Augen schaute sie in die Dunkelheit. Ihr Puls beschleunigte sich ins Unermessliche. Gerade wollte sie ihrem Angreifer ihre Faust ins Gesicht schlagen, als sie einen ihr bekannten Geruch wahrnahm. Plötzlich schlug ihr Herz noch schneller, aber nun nicht mehr aus Angst.

»Ich dachte, du hast mich vergessen«, flüsterte Pauls raue Stimme an ihrem Ohr, wobei seine weichen Lippen sanft ihr Ohrläppchen streiften. Ein Schauer jagte Susan durch den Körper.

Fragend blickte sie ihn mit krauser Stirn an, da seine Hand immer noch auf ihrem Mund lag, konnte sie nicht sprechen.

Allmählich gewöhnten ihre Augen sich an die Dunkelheit, und nun sah sie den verwirrten Ausdruck in seinem Blick.

»Bist du nicht wegen mir rausgekommen?«

Irritiert schüttelte Susan ihren Kopf. Sie hatte keine Ahnung, wovon Paul da sprach, doch eigentlich war es ihr auch egal. Die Hauptsache war, dass er hier war.

Ihre Reaktion schien ihn nicht zu verschrecken. Im Gegenteil, ein diebischer Ausdruck blitzte in seinen Augen auf. Er nahm jetzt die Hand von ihrem Mund und trat so nahe an Susan heran, wie es überhaupt möglich war. »Auch gut, dann weiß ich fürs nächste

Mal, dass ich dir ein bisschen deutlicher klarmachen muss, wenn ich mit dir alleine sein will.«

Susan schluckte schwer. Ohne sich auch nur einen Millimeter zu bewegen, schaute sie ihm tief in seine eisblauen Augen und erkannte dort dasselbe Verlangen, das seit ihrem ersten Treffen auch von ihr Besitz ergriffen hatte.

Begleitet von einem lustvollen Brummen, glitten Pauls Lippen an ihrem Hals entlang, wanderten zu ihrem Ohr hinauf und streiften ihre Wange, bis sie ganz knapp über ihren Lippen verharrten. Zielsicher legte er nun seine Hand um ihren Nacken und hatte sie somit noch fester in seinem Griff.

Susan konnte seinen Herzschlag auf ihrer Brust fühlen, so nahe war er ihr. Doch obwohl er nach ihrem Empfinden ruhig noch näher kommen konnte, bewegte sie sich keinen Deut. Was vor allem daran lag, dass sie viel zu nervös war, um irgendetwas zu machen. Sicher, wenn es um den Alltag und ihren Job ging, war Susan selbstbewusst und schlagfertig, doch das hier war absolutes Neuland für sie.

»Lass uns nur eine Sache klarstellen«, merkte er mit ernster Stimme an, hörte jedoch nicht auf, mit seinem Finger über ihrem Schulterblatt zu kreisen, was wahre Feuerspuren auf ihrer Haut hinterließ. »Macht es deinem Ehemann etwas aus, wenn ich dich gleich küsse, oder ist es ihm egal?«

Herausfordernd blickte er ihr jetzt direkt in die Augen. Für einen kurzen Augenblick war sie geschockt. Zum einen, weil er sie so eiskalt daran erinnerte, dass sie, trotz ihrer Entscheidung, Michael zu verlassen, immer noch verheiratet war, zum anderen, weil er überhaupt davon wusste. Doch dann fiel ihr ein, dass sie ja noch ihren Ring trug und Paul daraus sicher seine Schlüsse gezogen hatte.

Ohne auch nur eine Sekunde weiter darüber nachzudenken,

ließ Susan ihre Tasche fallen, griff mit beiden Händen nach Pauls Hemd und überwand somit die letzten paar Zentimeter zwischen ihnen. Dann presste sie, ohne zu antworten, ihre Lippen auf seine.

Erst reagierte Paul kaum, doch dann legten seine warmen Hände sich unter ihrer Bluse auf ihren Rücken und pressten sie fest an ihn. Susan hatte das Gefühl, keine Luft mehr zu bekommen, ob es von dem Kuss kam oder an der Tatsache lag, dass der hinreißende Mann sie wie in einem Schraubstock hielt, wusste sie nicht, doch es fühlte sich wunderbar an.

Inzwischen hatte ihre anfängliche Scheu sich gelegt, und sie hatten damit begonnen, wilde, gierige Küsse auszutauschen. Heißer Atem schlug ihr entgegen, und gleich darauf spürte sie seine Zunge auf Erkundungstour gehen.

Als wäre ihr der Boden unter den Füßen weggewischt worden, versank Susan voll und ganz in dem Kuss. Tatsächlich krallte sie sich fest an seinen Nacken, weil sie befürchtete, dass ihre weichen Knie einknicken könnten.

Leidenschaftlich fuhren seine Hände ihren Körper entlang, als wüssten sie nicht, wo sie anfangen sollten. Erfreut stellte Susan fest, dass der Mann ebenso gut mit ihrem Körper umgehen konnte, wie er auch im Tanzen war. Er wusste ganz genau, welche Stellen er streicheln musste, um ein wohliges Gefühl bei ihr auszulösen. Sein lustvolles Brummen an ihrem Mund war wie Balsam für ihre Seele.

Genau das hatte sie an diesem beschissenen Tag gebraucht. Einen Mann, der ihr endlich mal wieder etwas Interesse entgegenbrachte. Und so toll sich das hier auch anfühlte, es hätte ihr schon gereicht, wenn sie nur geredet oder weiter getanzt hätten. Nun ja, das war natürlich gewesen, bevor sie gewusst hatte, wie elektrisierend sich das hier anfühlte.

Jetzt wollte sie nur noch eines: weitermachen. Von Pauls Feuer angetrieben, ließ nun auch Susan ihre Hände wandern. Als Erstes streichelte sie über seinen Kopf, wobei die kurzen Haare angenehm unter ihren Fingerkuppen kribbelten.

Währenddessen gingen Pauls Hände langsamer und zielstrebiger vor. Wie eine warme Verheißung schob sich seine Hand unter ihre Bluse und streifte sanft über ihren Bauch, wobei sich ein Kribbeln in Susans Mitte ausbreitete. Genussvoll presste sie sich an ihn. Seine Hand fuhr ihren Bauch hinauf und sorgte für einen Schauer nach dem anderen. Hinter ihren geschlossenen Augen fingen Sterne an zu tanzen. Es war einfach schon zu lange her, dass ein Mann sie so berührt hatte. Michael hatte sie niemals so berührt. Für ihn zählte eben nur Michael. Und das war auch beim Sex so gewesen. Im Gegensatz zu den meisten Männern war ihr Ehemann ein regelrechter Sexmuffel. Ab und an hatte es ihn überkommen, und dann hatte es auch jetzt und sofort sein müssen, doch dabei ging er recht stupide und wenig einfallsreich vor. Außerdem war Michael ein wenig verklemmt und prüde, was bedeutete, dass Susan niemals eine verrückte Liebesnacht mit Schlagsahne, Eiswürfeln und Rollenspielen hatte erleben dürfen.

Doch dem Himmel sei Dank machte dieses Exemplar von Mann hier den Eindruck, als wäre es genau das Gegenteil davon. Zumindest hatte sie mit Michael nie in einer Gasse herumgeknutscht, weswegen sich die ganze Aktion schon gelohnt hatte.

Susan fühlte sich wie berauscht. Paul, der sie gegen die harte, kalte Steinwand drückte, die Tatsache, dass sie sich in der Öffentlichkeit befanden, und der Gedanke, dass sie endlich mal wieder etwas Ausgeflipptes tat. Etwas, das ihre Assistentin ihr nicht schon am Vorabend in ihren Kalender eingetragen hatte.

Gerade als Pauls Daumen sich zielstrebig unter ihren BH schob und sanft über ihre Brust strich, wurde Susan stocksteif.

Eben noch hatte sie das alles hier genossen, doch nun hörte sie augenblicklich auf, Paul zu küssen, und stieß ihn vorsichtig von sich.

Schwer atmend blickten sie sich beide an. Paul wischte sich mit dem Daumen über die roten Lippen. Er fixierte Susan mit seinen strahlenden Augen, in denen deutlich das Verlangen nach ihr abzulesen war. Doch er machte keinerlei Anstalten, wieder auf sie zuzukommen. Sein Gesicht zeigte ihr, dass er wusste, dass es vorbei war.

Ohne ein weiteres Wort zu sagen, bückte Susan sich und hob ihre Handtasche auf, die sie sich sofort wieder über den Arm streifte. Dann richtete sie sich auf, schaute Paul, der sie mit interessiertem Ausdruck auf dem Gesicht ganz genau beobachtete, noch einmal direkt in die Augen. Ohne etwas zu sagen, drehte sie sich herum und ging schnellen Schrittes aus der dunklen Gasse zurück auf den Pier.

Hier wirkte immer noch alles genauso wie vor ihrer Knutschaktion. Ohne auf die umherschlendernden Menschen zu achten, eilte sie auf das Ende des Hafens zu und stieg dort in ein wartendes Taxi.

Während die Lichter von Charleston an ihr vorbeizogen, begrub Susan ihr heißes, gerötetes Gesicht in ihren Händen.

Was hatte sie sich bloß dabei gedacht?

8. Kapitel

Susan hob den Hörer ihres Telefons an ihr Ohr und drückte auf die Kurzwahltaste eins.

»Anna, ist das Lincoln Manuskript mittlerweile eingetroffen?« Übel gelaunt fuhr sie sich durch ihre Haare und schlug die langen Beine übereinander. Da heute erneut ein Tag gewesen war, an dem sie weder Lust auf Röcke noch auf Anzüge verspürt hatte, trug sie elegante Jeans und ein rotes langärmeliges Poloshirt. So war das Anziehen heute Morgen viel schneller verlaufen, denn sie hatte so wenig wie möglich im Haus verweilen wollen, was nicht einmal nötig gewesen wäre, da Michael die ganze Nacht nicht nach Hause gekommen war. Und zum ersten Mal war es Susan völlig egal gewesen. Gestern hatte ihr Noch-Ehemann eindeutig gezeigt, was für ein Mensch aus ihm geworden war, und das hatte für sie die Dinge ins rechte Licht gerückt. Trotzdem, da sie keine Lust hatte, ihm zu begegnen, war sie heute Morgen eiligst in ihre Sachen gehüpft und hatte das Haus verlassen. Jedoch nicht ohne auf Livs Rat zu hören und all ihre transportablen Wertsachen in eine Kiste zusammenzupacken und mitzunehmen. Es reichte schon, dass der Kerl sich von ihr aushalten ließ, da würde sie ihm nicht auch noch die Gelegenheit lassen, sich die Diamantohrringe ihrer Großmutter oder die Baseballkartensammlung ihres Vaters, auf die Michael schon lange ein Auge geworfen hatte, unter den Nagel zu reißen. Da es alles undokumentierte Erbstücke waren, die ihre Angehörigen ihr noch zu Lebzeiten vermacht hatten, hätte sie nicht einmal einen Nachweis darüber gehabt, dass die Sachen ihr gehörten. Während Susan die Kiste mit Wertsachen in dem Safe in ihrem Büro verstaut hatte, war sie sauer auf sich selbst gewesen, dass sie nicht schon vorher auf die Idee gekommen war. Immerhin war sie inzwischen eine gestandene Geschäftsfrau, die vor jedem Vertragsabschluss sämtliche Fakten prüfte und sich und die Firma dreifach absicherte. Dass sie es bei Michael nicht getan hatte, zeigte ihr, wie sehr ihre emotionale Bindung zu ihm, oder zumindest die, die früher mal zwischen ihnen bestanden hatte, immer noch ihr Denkvermögen trübte. Doch damit würde jetzt Schluss sein. Sie wollte eigentlich keinen Krieg, aber sie wusste auch, dass Michael ihr keine andere Wahl lassen würde.

»Anna, bist du eingeschlafen?«, hakte Susan etwas gereizt nach, da sie keine Antwort von ihrer Assistentin erhielt.

Plötzlich klopfte es energisch an der Tür ihres Büros.

Das war ebenso eingerichtet wie ihr Haus: geradlinig, hochglänzend und modern. Ohne viel Firlefanz, der für eine Ablenkung sorgen könnte. Das Einzige, was sie sich an dekorativem Accessoire gestattete, waren zwei Fotos auf ihrem Aktenschrank. Das eine zeigte sie und ihren Vater. Das Bild war gemacht worden, als Susan mit zehn Jahren den Sommer in Charleston verbracht hatte. Das Motiv zeigt sie, wie sie auf dem großen Glasschreibtisch ihres Dad saß, völlig vertieft in ein Skript, während ihr Vater hinter dem Schreibtisch saß und genau das Gleiche tat. Dieses Foto erinnerte Susan stets daran, dass sie und ihren Vater vor allem die Leidenschaft zum geschriebenen Wort verbunden hatte.

Das zweite Foto war im letzten Jahr entstanden, nämlich auf Laurens und Mikes Hochzeit. Die beiden waren in der Highschool zusammen gewesen, waren sich dann auf ihrem zwanzigsten Jahrgangstreffen wieder begegnet und hatten schnell festgestellt, dass sie sich eigentlich immer noch liebten. Ein halbes Jahr später hatten Mike und Haley, Laurens schlaue Tochter, ihr gemeinsam einen Antrag gemacht.

Die Hochzeit, die darauf folgte, war eine unglaublich schöne und intime Feier gewesen, an die Susan gerne zurückdachte. Obwohl das eigentlich der Tag des Brautpaares gewesen war, hatten die Mädels während der Feier viel Zeit zusammen verbracht. Gemeinsam hatten sie gelacht, getanzt und reichlich Sekt getrunken. Am Ende des Abends hatten sie sich geschworen, immer füreinander da zu sein und sich niemals aus den Augen zu verlieren. So einen Schwur hatte noch keine Freundin mit Susan geleistet, was wohl daran lag, dass Susan, bevor sie nach Charleston gezogen war, nicht eine einzige Freundin gehabt hatte. Sicher, sie hatte Kommilitoninnen vom College, Kolleginnen auf der Arbeit und ein paar enge Bekannte, doch eine richtige Freundin war ihr bisher nicht vergönnt gewesen.

Schuld daran war wohl Susan allein. Sie hatte sich ihr Leben lang so aufs Arbeiten und das Erreichen ihrer Ziele versteift, dass sie sich niemals Zeit genommen hatte, Freundschaften zu entwickeln.

Und wenn man schon vom Teufel sprach: Die Bürotür wurde mit Elan aufgestoßen, und herein kamen ihre drei besten Freundinnen.

Fragend schaute Susan auf und fixierte ihre Assistentin, die als Letzte durch die Tür geflitzt kam.

»Ich habe ihnen gesagt, dass Sie nicht gestört werden wollen«, erklärte Anna aufgeregt, wobei ihre Stimme sich überschlug. Das arme Mädchen, der Gewalt einer Jules Parker war sie wohl nicht gewachsen gewesen. »Doch sie haben gar nicht auf mich gehört und sind einfach weitergelaufen.«

Susan erhob sich von ihrem roten Drehstuhl und trat um den Schreibtisch herum. »Ist schon gut, Anna. Von mir aus können Sie in die Pause gehen.« Sie warf einen Blick auf die Uhr, die sich über der Bürotür befand. »Vor einer Stunde hätten Sie schon Pause gehabt. Es ist nicht gesund, wenn Sie so viel arbeiten und dabei vergessen, sich auszuruhen.« Tadelnd, aber doch mit einem freundlichen Lächeln auf den Lippen scheuchte Susan ihre Assistentin aus dem Büro und schloss die Tür hinter ihr.

»Ja, wir wollen ja schließlich nicht«, sagte Jules, während sie es sich auf der schwarzen Ledercouch bequem machte, »dass sie eine überarbeitete, nicht essende Geschäftsfrau wird. Davon gibt es ja heutzutage schon genug.« Provokativ taxierte die schwarzhaarige Collegeprofessorin Susan.

Doch Susan hatte heute keine Lust auf einen Schlagabtausch. Sonst machte es ihr Spaß, sich mit Jules gegenseitig ein wenig zu necken. Sich ergebend hob sie die Hände und ließ sich erschöpft neben Jules auf die Couch fallen. Lauren und Liv gesellten sich zu ihnen und machten es sich in den beiden stylishen Sesseln bequem. Sie hielten zahlreiche Tüten in den Händen.

»Glaubt mir, ich möchte auf keinen Fall, dass Anna sich mich zum Vorbild nimmt. Ich verfüge über genug Selbsteinschätzung, um zu wissen, dass ich ziemlich verkorkst bin.«

Liv warf ihr einen Kuss zu. »Einsicht ist der erste Schritt zur Besserung.«

Aufmunternd klopfte Jules ihr auf den Oberschenkel, während sie aus ihren Ankle Boots schlüpfte. »Jetzt musst du dem nur noch Taten folgen lassen.«

»Das habe ich vor«, entgegnete Susan bitter und drehte sich

ihrer Freundin zu, »demnächst werde ich hoffentlich fünfundneunzig Kilo Ballast loswerden.«

Wie immer zog Jules ihre dünnen, unverschämt langen Beine auf die Couch, was heute nicht einmal obszön war, da sie keinen superkurzen Rock trug, sondern Jeans und dazu einen XXL-Pullover. Auch zeigte ihr Gesicht keine Spur von Make-up, und ihre Haare waren zu einem Zopf gebunden.

Susan zog ihre Augenbraue nach oben. »Jules Parker, kann es etwa sein, dass du einen Kater hast?« Schadenfreude machte sich in ihr breit.

Angeekelt zog Jules nun ihre Mundwinkel nach unten. »Können wir bitte über etwas anderes sprechen?«

Susan blickte zu Liv und Lauren hinüber, die gerade dabei waren, etliche Plastikschachteln, die dem Geruch nach zu urteilen mit köstlichem italienischem Essen gefüllt waren, aus der Tüte zu kramen, auf der *Luigis* stand. Allerdings konnten die beiden sich ein Lachen kaum verkneifen.

Eine Weile war es noch still, bevor die drei in schallendes Gelächter verfielen.

Jules warf ihnen einen vernichtenden Blick zu. »Das ist ja wohl die Höhe, dass euch mein Unwohlsein dermaßen amüsiert.« Bockig nahm sie eine der Schachteln entgegen und begann damit, in einem unfassbar großen Haufen Nudeln herumzustochern.

»Entschuldige bitte«, merkte Liv an und wischte sich eine Lachträne aus den Augen. »Warst du es nicht, die mir nach meinem Ausrutscher auf dem Klassentreffen vorgehalten hat, ein Kater sei nur etwas für Loser und dass man nur richtig trinken sollte, wenn man auch damit umgehen kann?«

Susan schlug sofort mit in die Kerbe. »Und mir hast du dasselbe vorgeworfen, als es mir nach Laurens Hochzeit so schlecht ging.«

Sie gekonnt ignorierend, stopfte Jules sich eine Gabel Rahmnudeln nach der anderen in den Mund. Offenbar fungierte das Mahl als so eine Art Katerfrühstück, denn je mehr ihre Freundin aß, desto besser schien sie wieder drauf zu sein.

Da Susan heute noch gar nichts zu sich genommen hatte und Liv ihr eine himmlisch duftende Spinatpizza reichte, entschied sie, dass es keine schlechte Idee wäre, mal wieder ein wenig Nahrung aufzunehmen. Merkwürdigerweise stieg mit dem Essen auch ihr Appetit, sodass sie seit Wochen endlich mal wieder ordentlich reinschaufelte. Auch wenn sie es niemals zugegeben hätte, auch Susan hatte heute einen leichten Kater. Ob vom Alkohol oder ihrem gestrigen Erlebnis, konnte sie nicht sagen.

»Warum seid ihr überhaupt hier?«, fragte Susan schmatzend und ließ sich von Lauren eine Papierserviette reichen. »Es ist doch gar nicht Donnerstag.«

Liv wickelte ein paar Spaghetti auf ihre Plastikgabel. »Wir wollten einfach sehen, ob du noch am Leben bist. Jules hier«, sie deutete auf ihre Freundin, die missmutig aufbrummte, »hatte Sorge, dass Michael sich vielleicht doch aufgerafft und dich mit einer Axt erschlagen hätte.« Obwohl sie es offenbar wie einen Scherz klingen lassen wollte, hörte Susan heraus, dass die drei sich vergangene Nacht wirklich Sorgen um sie gemacht hatten.

Jules zog ihre hohe Stirn in Falten. »Hätte ich jedoch gewusst, dass selbst du mich so verspottest, hätte ich mir nicht so viele Gedanken gemacht.«

In dem Wissen, dass die schwarzhaarige Professorin das nicht ernst meinte, warf Susan ihr einen Luftkuss zu und biss von einem weiteren Stück Pizza ab.

»Nein, keine Bange«, beruhigte sie ihre Freundinnen trotz alledem, »ich habe Michael nicht einmal zu Gesicht bekommen. Er war die ganze Nacht nicht zu Hause, und auch als Anna mich heute Morgen abgeholt hat, war weit und breit nichts von ihm zu sehen.«

Lauren horchte auf und ließ von ihrer riesigen Schüssel Salat ab. Offenbar hatte sie gestern nicht so dem Alkohol zugesprochen wie die anderen und brauchte deswegen kein Anti-Kater-Essen. »Meinst du, er hat eine Affäre?«

»Kann man es denn jetzt, wo sie nicht mehr zusammen sind, noch Affäre nennen?«, fragte Liv dazwischen und blickte Lauren neugierig an.

Doch diese überging die Frage einfach und schaute Susan drängend an.

»Keine Ahnung.« Susan zuckte mit den Schultern und warf den Pizzarand zurück in die Schachtel. »Zuzutrauen wäre es ihm. Wieso?« Skepsis klang in ihrer Stimme mit. Was spielte das jetzt noch für eine Rolle?

Jules antwortete, und sie wirkte plötzlich leicht hibbelig. »Ich glaube zu wissen, worauf Lauren hinauswill. Wir haben am College einen Kollegen, der hat sich im letzten Jahr von seiner Frau scheiden lassen. Bei einer normalen Scheidung hätte ihr die Hälfte seines Privatvermögens zugestanden. Doch als herauskam, dass sie während der Ehe eine Affäre gehabt hatte, erhielt sie gar nichts, außer einer geringfügigen Unterhaltszahlung.«

Susan horchte auf. Darüber hatte sie noch gar nicht nachgedacht. Wahrscheinlich weil sie nie den Wunsch gehegt hatte, sich von ihrem Mann zu trennen. Sicher, wenn sie in den letzten beiden Jahren auf die Anzeichen geachtet hätte, hätte sie schon eine Menge Geld zur Seite schaffen können, doch das war einfach nicht ihre Art. Außerdem war sie bis zum Schluss immer noch davon ausgegangen, das mit Michael wieder hinzubekommen.

Stöhnend schob Liv ihre Plastikschale beiseite, in der immer noch ein riesiger Berg Nudeln lag, der den Eindruck machte, sie hätte nichts davon gegessen. Das war typisch für *Luigis*, den wohl besten Italiener der Stadt. Er war bekannt dafür, dass seine riesigen Portionen beinahe unbezwingbar waren.

»Hast du denn so eine Klausel in deinem Vertrag?«, wollte Liv nun von Susan wissen und zog eine Cola Light aus einer der braunen Tüten, die sie mitgebracht hatten. Aha, auch Liv hatte also einen Kater, denn sonst würde sie keine Cola trinken. Susan wusste, dass das Livs Anti-Kater-Mittel Nummer eins war.

Susan überlegte kurz, während sie sich ebenfalls eine kalte Flasche des braunen Getränks geben ließ. »Ganz ehrlich, wir haben gar keinen Ehevertrag. Lediglich eine Vereinbarung, die das Firmenvermögen schützt.«

Empört blickte Jules von ihrem Teller auf. Sie war eine der wenigen Gäste von *Luigis*, die es schafften, ihre Mahlzeit komplett aufzuessen. »Aber du bist die Geschäftsführerin eines riesigen Verlags. Wie kannst du denn keinen Ehevertrag haben?«

Nach einem großen Schluck aus ihrer Colaflasche, der übrigens wahre Wunder bewirkte, schraubte Susan sie wieder zu. »Weil ich zu unserer Hochzeit noch nicht Verlagschefin war, und außerdem bin ich immer felsenfest davon ausgegangen, dass Michael und ich für immer zusammenbleiben würden.« Sie verzog ihr Gesicht. »Ein naive Vorstellung, wie sich jetzt herausstellt. «

»Der Firmenvertrag geschah auf Wunsch meines Vaters, er hatte es schon vor seinem Tod angeordnet. Mr. Higgins, unser Firmenanwalt, hat durchblicken lassen, dass mein Vater es nicht nur aus rechtlichen Gründen getan hat.

Mein Dad war damals gegen die Hochzeit«, erklärte sie nun ihren Freundinnen. Sie rechnete es ihm hoch an, dass er ihr trotzdem sein Lebenswerk vererbt hatte, obwohl sie seinen Mahnungen bezüglich Michael nicht Folge geleistet hatte.

Jules schluckte laut. »Wird mir immer sympathischer, dein alter Herr.«

Grübelnd polkte Susan das Etikett von ihrer Flasche ab. »Früher hat es mich fertiggemacht, dass mein Dad Michael nicht leiden konnte. Immer wenn mein Vater und ich uns getroffen haben, sei es privat oder geschäftlich, habe ich Michael nicht mitbringen dürfen. Damals kam es mir sehr ungerecht vor, und es hat mich auch ganz schön
fertiggemacht. Heute kann ich verstehen, warum er Michael nicht in seinem Leben haben wollte.«

Enttäuscht über die Wendungen in ihrem Leben stieß Susan Luft aus ihren aufgeplusterten Backen. »Ich werde die Woche wohl noch Mr. Higgins anrufen und die Scheidungspapiere zusammenstellen lassen. Vielleicht hat er ja noch eine Idee, wie wir mein Privatvermögen vor Michael schützen können. Und vor allem, wie ich ihn aus dem Haus rausbekomme.« Bei der Vorstellung, allein einen weiteren Tag mit einem Mann unter einem Dach zu wohnen, der ihr das Leben zur Hölle machen wollte, standen ihr alle Nackenhaare gleichzeitig zu Berge.

Damit waren die Mädels wohl einverstanden, denn alle machten zufriedene Gesichter. Es war wirklich süß, wie sehr ihre Freundinnen sich Gedanken um sie machten.

Schweigend hing jede für sich eine Weile ihren Gedanken nach, bis Susan sich verlegen räusperte, um auf sich aufmerksam zu machen.

»Was wäre denn eigentlich, wenn ich mich umorientiert hätte?«

Liv begann damit, die Essensreste und Pappschachteln in die mitgebrachten Tüten zu quetschen. »Ich denke, das wäre ebenfalls nicht so gut, da Michael dann seine vollen Ansprüche geltend machen könnte, schließlich wärst du dann für das Scheitern eurer Ehe verantwortlich.« Sie nahm Jules, die sich gleich darauf erschöpft in die Kissen fallen ließ, die beinahe leere Schachtel aus der Hand.

»Wieso interessiert dich das?«, fragte Jules und schloss müde ihre Augen.

Da Susan nicht schnell genug antwortete, wurden die drei sofort hellhörig. Mit gespannten Mienen schauten sie die Verlagschefin an. Selbst Jules öffnete wieder ihre großen Augen mit den langen schwarzen Wimpern und versuchte nicht zu neugierig dreinzuschauen. Doch vergebens.

»Nun ja«, wandte Susan ein, »dann solltet ihr Folgendes besser für euch behalten, denn nachdem ich die Bar gestern Abend verlassen habe, hat Paul mich noch abgepasst. Und was soll ich sagen, das Ganze könnte man definitiv in die Kategorie Fremdgehen einstufen.«

9. Kapitel

Nachdem Susan mit ihrer Geschichte geendet hatte, wusste sie nicht, ob sie froh war, ihren Freundinnen davon erzählt zu haben, oder nicht. Vor allem Jules war ihr mächtig auf die Nerven gegangen, weil sie wirklich jedes kleine anrüchige Detail hatte erfahren wollen.

Liv war die Erste, die jetzt das Wort ergriff. »Süße, ich will ja nicht sagen, dass ich dafür gewesen wäre, dass du in einer schäbigen Gasse am Hafen Sex hast, aber warum bist du so abrupt geflüchtet?« Sie zog ihre Beine in den Schneidersitz. Auch Liv hatte sich heute für eher unkonventionelle Mode entschieden, was Leggings und Pullover bedeutete. Ihre Schnürschuhe hatte sie genau wie Jules abgestreift, und zum Vorschein kam ein Paar rot-geringelte Socken. In einem passenden Moment musste Susan sie mal fragen, ob das der neuesten Mode entsprach.

»Das ist doch ganz offensichtlich«, erklärte Susan sofort, ein wenig entsetzt darüber, dass ihre Freundin ihr überhaupt so eine Frage stellte. »So ungern ich den Ausdruck auch benutze, bin ich wohl oder übel in dieser Stadt eine Frau des öffentlichen Lebens. Wenn mich nun einer dabei erwischt hätte, wie ich stehend an eine Wand gepresst in aller Öffentlichkeit Sex habe, wäre das eine waschechte Katastrophe gewesen. Ganz ehrlich, so ein Skandal könnte für den Verlag das Ende bedeuten. Wer will schon sein

Buch bei einem Verlag veröffentlichen, dessen Chefin öffentlich Unzucht treibt?«

»Autoren von Erotikromanen vielleicht?«, schlug Jules vor, und ihre schmalen Lippen kräuselten sich zu einem Lächeln.

Doch Susan war jetzt nicht nach Witzen zumute. »Hör auf mit dem Schwachsinn!«, schalt sie ihre Freundin und gab ihr einen kleinen Klaps auf den Oberarm. »Ich meine das todernst. Das wäre doch bei dir sicher nichts anderes?« Herausfordernd starrte sie Jules an.

»Sei gewiss, meine liebe Susan, dass Collin und ich schon des Öfteren Sex in der Öffentlichkeit hatten. Der Clou daran ist es, sich nicht erwischen zu lassen.« Diebisch grinste sie ihr zu und griff dann nach Susans halb voller Cola, um sie bis auf den letzten Tropfen auszutrinken.

Mit geschlossenen Augen schüttelte Lauren kurz ihren Kopf. »Was Liv damit sagen wollte«, begann sie und ignorierte Jules Anspielung, »man hätte die Sache auch anders regeln können. Ihr hättet zu ihm fahren können ...«

»Ich fahre doch zu keinem wildfremden Mann mit nach Hause!«, fiel Susan ihr empört ins Wort und riss ihre graugrünen Augen weit auf.

»... oder in ein Hotel«, beendete Lauren unbeirrt ihren Vortrag, wobei sie ihre Beine übereinanderlegte und die Hände um das obere Knie schlang. »So oder so wäre nichts Anrüchiges dabei gewesen, wenn du dich mal auf ein kleines Abenteuer eingelassen hättest.«

Susan lag schon eine passende Antwort auf der Zunge, doch Jules, die wieder ihre Augen geschlossen hatte, kam ihr wie immer zuvor. »Oder ging es vielleicht gar nicht um Paul, sondern um Michael? Hast du deswegen nicht weitergehen wollten, weil das Gefühl, ihn zu betrügen, einfach noch zu groß war?«

Ding, ding, ding, die Kandidatin erhält hundert Punkte!

Natürlich hatte Jules recht. In dem Moment, als sie gemerkt hatte, dass Paul weitergehen wollte, hatte Susan die blanke Panik gepackt. Doch es war tatsächlich nicht nur der Gedanke, Michael zu betrügen, der doch größer gewesen war, als sie gerne zugeben wollte, nein, es war auch so, dass sie in den vergangenen dreizehn Jahren immer nur mit einem Mann geschlafen hatte. Susan wusste überhaupt nicht mehr, wie man sich einem fremden Mann gegenüber verhielt. Sie war sich sicher, dass Paul ein ziemlicher Aufreißer war und sie hingegen ... nun ja, eben nicht.

Erschöpft seufzte Susan auf und ließ ihren Kopf wie Jules auf die Rücklehne der Couch fallen. »Es ist einfach nicht so leicht. Sicher, Michael wird mir noch eine Weile im Kopf herumspuken, aber mich hat auch der Gedanke erschreckt, mit einem anderen Mann zu schlafen. Himmel, ich war mit Michael dreizehn Jahre zusammen. In der Zeit hat sich so einiges verändert. Und ich bin nicht mehr Anfang zwanzig.« Mit ihrer Hand fuhr sie demonstrativ ihren Körper rauf und runter.

»Gott sei Dank!«, sagte Jules und öffnete ihre Augen, um Susan danach ernst anzuschauen. »Süße, ich weiß, dass du Angst hast, das ist verständlich. Aber lass dich davon bitte nicht zu sehr einschüchtern. Natürlich sind wir alle keine jungen Hüpfer mehr. Aber wir haben etwas, das man Erfahrung nennt. Und Lebensweisheit. Am wichtigsten ist doch, dass du dich wohlfühlst, egal was du machst. Jetzt bist du endlich an dem Punkt in deinem Leben angekommen, an dem es darum geht, dass du glücklich bist. Diese Chance erhalten nicht viele. Nutze sie!«

Bepackt voller Einkaufstüten, öffnete Susan die Haustür. Obwohl sie wusste, dass Michael nicht da war, seine Schuhe standen nicht an der Tür, fühlte sie sich dennoch ein wenig unwohl in ihren eigenen vier Wänden. Es war irgendwie so, als würde hier ein Fremder leben und sie beide versuchten sich zwanghaft aus dem Weg zu gehen.

Doch was sollte sie machen? Das hier war nun einmal ihr Zuhause, und sie hatte keine Lust, in ihr Büro umzuziehen oder sich bei einer ihrer Freundinnen einzuquartieren. Zumal jede von ihnen ihr eigenes Leben führte und sicher nicht gerade scharf darauf war, sie für unbestimmte Zeit aufzunehmen. Liv hatte Jayden, Jules hatte ihren Mann Collin, und Lauren hatte Haley und Mike. Da Liv und Jayden immer noch frisch verliebt waren, hätte Susan sie nur ungern stören wollen. Bei Jules wäre Susan nur dann eingezogen, wenn ihr Haus abgebrannt gewesen wäre und kein Hotel mehr geöffnet hätte. Sie wollte gar nicht wissen, was die beiden zu Hause so trieben, Jules´ obszöne Anspielungen reichten Susan schon aus. Und Lauren hatte einen pubertierenden Teenager, was für Susan das absolute No-Go war. Nicht, dass sie Haley nicht mochte. Im Gegenteil, das Mädchen war das intelligenteste Kind, dem sie jemals begegnet war. Sie war höflich und besaß eine Menge Witz, was ebenfalls selten in ihrem Alter war. Doch Susan machten Kinder einfach nervös. Sie konnte es nicht erklären, aber aus irgendeinem Grund fand sie keinen Zugang zu den kleinen Rackern, egal welchen Alters.

Vielleicht hing es ja damit zusammen, dass Susan keine Kinder bekommen konnte. Schon vor etlichen Jahren, sie war gerade achtzehn geworden, hatte ihre Frauenärztin ihr eröffnet, dass sie unfruchtbar war. Doch im Gegensatz zu den meisten Frauen war es für die aufstrebende Lektorin kaum eine große Sache gewesen. Das dachte sie zumindest damals. Ihre Kindheit war zwar nicht schlecht gewesen, hatte aber auch ihre Tücken gehabt. Der Rosenkrieg ihrer Eltern und ihre schlechte Beziehung zu ihrer Mum hatten dazu geführt, dass Susan schon im Jugendalter den Gedanken gehegt hatte, keine Kinder zu wollen. Als die Ärztin ihr dann die Nachricht verkündet hatte, war es für Susan eher ein Zeichen gewesen, was sie bestätigt hatte. Die Frauenärztin hatte damals gemeint, dass sich das legen würde und dass bei ihr sicher irgendwann auch der Wunsch heranwachsen würde, ein Baby zur Welt zu bringen. Spätestens wenn der passende Mann dazu auftauchte, hatte die Ärztin sie gewarnt.

Allerdings war dieser Wunsch bis heute komplett ausgeblieben. Als sie Michael kennengelernt hatte, hatte sie ihm nach einer Weile eröffnet, dass sie ihm nie würde eine richtige Familie schenken können, und zu ihrem Erstaunen hatte Michael damals geantwortet, dass sie ihm genug sei und er keine Kinder bräuchte, um eine glückliche Familie zu gründen. Eine Sache, die sie Michael auch heute noch, nachdem er sich in so einen Mistkäfer verwandelt hatte, hoch anrechnete.

Umständlich verfrachtete sie die schweren braunen Papiertragetaschen in der Küche, stellte die Musik laut an – Lady Antebellum – und begann damit, in den Tüten zu wühlen.

Jules´ Ratschlag war ihr den ganzen Tag nicht mehr aus dem Kopf gegangen. Wann hatte sie eigentlich das letzte Mal etwas für sich getan? Oder noch besser: Wann war sie das letzte Mal glücklich gewesen? Susan konnte es nicht sagen.

Nachdem die Mädels verschwunden gewesen waren, hatte sie sich noch ein wenig an ihren Schreibtisch gesetzt und weiterarbeiten wollen, doch so sehr sie sich auch angestrengt hatte, es war nichts von den Informationen hängen geblieben.

Also hatte sie etwas getan, was ihr noch nie eingefallen war, sie hatte ihr Büro einfach so, am helllichten Tage, verlassen und Feierabend gemacht. Ihre Assistentin hatte sie mit einem Ausdruck bedacht, als würde sie jeden Augenblick den Krankenwagen rufen.

Als sie auf die Straße trat, hatte Susan sich beschwingt gefühlt wie ein kleines Kind. Ohne irgendeinen Plan zu haben, war sie losgelaufen, und als würde sie die Welt mit anderen Augen sehen, hatte sie sich alles ganz genau angeschaut. Erschrocken war ihr aufgefallen, dass sie seit zwei Jahren durch die Innenstadt von Charleston hetzte, ohne jemals in den kleinen süßen Lädchen, die sich hier zu Dutzenden befanden, drin gewesen zu sein. Ohne Termine oder irgendwelche Verpflichtungen war sie mit einem Kaffee in der Hand in Richtung Hafen geschlendert, hatte sich dort hingesetzt und entspannt dem Treiben am Pier zugeschaut. Das sonnig milde Wetter hatte regelrecht dazu verführt, also hatte Susan etwas getan, was sie schon seit Ewigkeiten nicht mehr getan hatte, sie hatte sich in einer italienischen Eisdiele einen Vanilleeisbecher mit Erdbeeren und Sahne gegönnt. Nachdem sie das ganze Ding verputzt hatte, war sie zurück zum Verlag geschlendert, und ohne auch nur auf die Idee zu kommen, noch einmal in ihr Büro zu gehen, hatte sie sich in ihr Auto gesetzt und war zum Einkaufen gefahren. Plötzlich hatte sie einen immensen Hunger verspürt.

Mit Appetit hatte sie ihren Einkaufswagen durch die Regalreihen geschoben und sich mit absoluter Faszination umgeschaut. Sonst rannte sie lediglich durch den Supermarkt, kaufte die paar Dinge, die sie dringend brauchten, und machte, dass sie so schnell es ging wieder rauskam. Doch heute nicht. Heute war sie ein anderer Mensch gewesen. Bei Verkostungsständen war sie stehen geblieben, hatte Käse, Wurst, Pralinen probiert und sogar Weine verkostet.

Alles stellte sie plötzlich infrage. Warum kaufte sie seit Jahren immer die gleiche Zahnpasta? Würde eine andere ihr auch gut gefallen? Und warum nicht einmal eine mit Erdbeergeschmack kaufen?

Auch wenn sie eigentlich nur hatte normal einkaufen wollen, war ihr während dieser alltäglichen Tätigkeit klar geworden, dass sie in ihrem Leben festgefahren war, und das auf sämtlichen Ebenen.

Ohne Teller rauszuholen oder gar hübsch den Tisch zu decken, riss Susan sämtliche Verpackungen auf und probierte im Stehen und tanzend in ihrer Küche alles durch. Sie schleuderte ihre Pumps in eine Ecke und warf ihren Strickmantel über den Stuhl.

Sie fühlte sich so frei wie niemals zuvor.

Gerade als sie sich ein rosa Marshmallow in den Mund schob, klingelte es an ihrer Tür.

Singend schlitterte Susan über die glatten Fliesen und riss die Haustür auf, nur damit ihr gleich darauf ihre Gesichtszüge entglitten. Hastig schluckte sie das Marshmallow runter. »Paul, was machst du denn hier?« Und warum siehst du schon wieder so unverschämt gut aus?, fügte sie in Gedanken hinzu.

Kurz tastete er sie regelrecht mit seinen eisblauen Augen ab, wobei sich wieder diese unverschämt süßen Grübchen auf seinen Wangen bildeten.

»Ich wollte einfach sehen, ob du gestern gut nach Hause gekommen bist«, entgegnete er und lehnte sich dabei lässig gegen die Hauswand, wobei er seine Beine übereinander kreuzte. In seinen schwarzen Bikerklamotten sah er dabei einfach verstörend gut aus.

Susan wurde nervös. Sie hatte nicht damit gerechnet, Paul so schnell wiederzusehen. Und schon gar nicht bei sich zu Hause. »Woher wusstest du, wo ich wohne?«, fragte sie und versuchte dabei, ihre Unsicherheit zu kaschieren.

Ein Schmunzeln umspielte seine verführerischen Lippen. »Na ganz einfach. Ich habe zu den Frauen, die mich geküsst haben, eine magische mentale Bindung und kann sie überall ausfindig machen.«

Die Augen verdrehend, legte Susan ihren Kopf schief.

»Okay, okay«, gestand Paul, richtete sich auf und hob die Hände. »Als wir uns neulich auf der Straße begegnet sind, bist du gleich darauf in diesem Modegeschäft verschwunden ...«

»Im Styleworkshop«, ergänzte sie, mit einer Vorahnung im Hinterkopf.

»Genau, und da deine Freundin Jules dich damals dort hineingebeten hat, habe ich gehofft, dass sie vielleicht dort arbeitet. Wie es allerdings der Zufall so wollte, bin ich dort dann auf deine Freundin Liv gestoßen, der der Laden sogar gehört. Ohne eine Sekunde zu zögern, hat sie mir deine Adresse gegeben und gemeint, du würdest dich riesig freuen, wenn ich bei dir vorbeischauen würde.«

Susan schluckte schwer. Jedoch nicht, weil Paul hier vor ihrer Tür stand, sondern weil sie Liv am liebsten einen Kopf kürzer gemacht hätte. Nicht nur, dass sie den Kerl auf sie angesetzt hatte, sie hatte ihm auch ihre private Adresse gegeben. Das würde sie ihr heimzahlen!

»Also?«, warf Paul mit gerunzelter Stirn ein und blickte sie erwartungsvoll an.

Offenbar schien Susan auf der Leitung zu stehen, denn sie hatte keinen blassen Schimmer, was er von ihr wollte. Hatte er ihr eine Frage gestellt, die sie nicht mitbekommen hatte?

Unruhig trat der hinreißende Mann jetzt von einem Bein aufs andere. »Darf ich nun hereinkommen, oder lässt du mich tatsächlich auf deiner Türschwelle abblitzen?«

Unsicher warf Susan einen Blick in den Hausflur und dann wieder zu Paul. Sicher wollte sie ihn reinlassen. Am liebsten hätte sie ihn sogar bis in ihr Schlafzimmer vordringen lassen, doch ihr war irgendwie unwohl bei dem Gedanken, einen anderen Mann ins Haus zu lassen. Was, wenn Michael nach Hause kam? Sicher, sie hatten ihre Beziehung gestern beendet, doch einen anderen Mann nur einen Tag später mit ins Haus zu bringen, fand Susan sogar Michael gegenüber nicht richtig. Schon die Vorstellung, wie ihr Noch-Ehemann reagieren würde, wenn er die sündhaft teure Harley in der Einfahrt sah, bereitete Susan Bauchschmerzen.

Nun setzte Paul eine ernste Miene auf, was ihn irgendwie noch attraktiver wirken ließ. Seine sonst recht weichen Konturen wurden schlagartig härter, und die Grübchen verschwanden beinahe vollständig.

»Susan, ich weiß nicht, was bei dir so abgeht, offensichtlich bist du verheiratet, und ich möchte dich auf keinen Fall in Schwierigkeiten bringen. Und ich hatte auch nicht vor, über dich herzufallen oder dir die Klamotten vom Leib zu reißen.«

Schade, dachte Susan, verschränkte jedoch ihre Arme vor der Brust, um zu demonstrieren, dass sie Paul aufmerksam zuhörte.

»Ich bin einfach nur hier, um mit dir einen Kaffee zu trinken und ein Schwätzchen zu halten. So etwas tun Freunde doch, oder?«

Neugierig zog sie ihre akkurat gezupfte Augenbraue nach oben. »Ach, wir sind Freunde? Das sah gestern Abend aber ganz anders aus.«

In Pauls Augen blitzte es auf. »Du kennst meine Vorstellung von Freundschaft nicht.«

Susan schaffte es nicht mehr, ihre abwehrende Fassade aufrechtzuerhalten. Ein lautes, helles Lachen entrang sich ihrer Kehle. Dieser Kerl machte sie fertig, in jeglicher Hinsicht.

Kopfschüttelnd gab sie mit erhobenem Arm den Weg frei und gewährte somit Paul Eintritt in ihr Haus. Na, wenn das mal gut gehen würde.

10. Kapitel

»Das hast du nicht getan!«, stieß Paul ungläubig hervor und schob sich noch einen Schokokuss in den Mund, wobei ein wenig weißer Schaum an seiner Unterlippe hängen blieb.

Susan durchzuckte sofort die Vorstellung, die süßen Überreste von seinem weichen Mund abzuküssen. Unmerklich schüttelte sie ihre Mähne. Solche Gedanken entsprachen verknallten Teenagern, nicht erfolgreichen Verlagschefinnen.

Eilig kam sie wieder zu ihrem Thema zurück. »Doch, und es hat mir im Nachhinein überhaupt nichts gebracht. Im Gegenteil, Rachel hat ganz schnell herausgefunden, dass ich es war, und hatte mich danach noch mehr auf dem Kieker.« Susan hatte ihm gerade die Story erzählt, wie eine ihrer Kolleginnen in der Zweigstelle in Kalifornien sie ständig angemacht hatte, weil sie die Tochter des Chefs war. Ununterbrochen war sie damit aufgezogen worden, dass sie ihren Job nur bekommen hatte, weil Daddy ihn ihr besorgt hatte. Eines Tages hatte Susan endgültig genug gehabt.

»Verzeih mir, aber ich hätte dir niemals zugetraut, dass du so einfallsreich bist, was das Thema Bürostreiche angeht.«

Susan fühlte sich kein bisschen gekränkt, es zeigte lediglich, dass Paul eine gute Menschenkenntnis besaß.

»Habe ich auch nicht. Ich hatte so etwas noch nie zuvor getan.

Nicht einmal auf dem College. In Berkeley hatte ich von Anfang bis Ende ein Einzelzimmer, was bedeutete, dass niemals jemand auf die Idee kam, mir beim Schlafen das Gesicht anzumalen, oder meine Hand in lauwarmes Wasser gehalten hat. Aber ich war gut im Recherchieren.«

Fragend zog Paul seine buschigen Augenbrauen nach oben.

»Na, ich habe einfach das Internet befragt«, gestand sie nun und streckte ihre Beine aus, wobei sie ungewollt gegen Pauls stieß. Bisher hatte Susan stets angenommen, dass sie ein relativ großes und geräumiges Haus hatte, doch Paul, dieser Riese, wirkte in ihrer Küche beinahe wie in einer Puppenstube. Gut, dass er seine Bikerjacke und Hose ausgezogen hatte, sonst hätte er seine Beine bestimmt nicht einmal unter den Tisch bekommen. Außerdem hatte Susan so eine bessere Aussicht auf seinen Körper bekommen. Irgendwie hatte er etwas Cowboymäßiges in dem Jeanshemd und den schwarzen, engen Röhrenjeans, von denen Susan gerne gewusst hätte, wie er ohne fremde Hilfe hineingekommen war.

Rasch zog sie ihre Beine wieder zurück, in der Hoffnung, dass Paul es nicht bemerkt hätte, doch seine sich kräuselnden Lippen zeigten ihr, dass es ihm nicht entgangen war, wie nervös sie sich verhielt.

Sie hatte selbst in ihren eigenen vier Wänden keine Ahnung, wie sie sich verhalten sollte. Was nicht hieß, dass sie sich in Pauls Gegenwart nicht überaus wohlfühlte.

»Mann, ich kann dir sagen, auf meiner Suche entdeckte ich ein paar Streiche, die gingen echt unter die Gürtellinie. Aber auch ein paar, die durchaus meinem Humor entsprachen.«

Grinsend hob Paul seine Tasse an den Mund. »Den mit dem Toilettenpapier um ihren Schreibtisch finde ich persönlich am besten«, merkte er beinahe lobend an und nahm einen großen

Schluck seines Vanilloccinos. Er schüttelte sich ein wenig und warf einen Blick in seine Tasse.

»Gibt es auch irgendetwas in deinen Einkaufstüten, das dich nicht wie eine Pubertierende auf Ecstasy erscheinen lässt?« Skeptisch beäugte er die vielen quietschbunten Lebensmittel, die inzwischen auf dem Esstisch verteilt lagen und durch die sie sich die letzte Stunde gefuttert hatten. Susan musste zugeben, dass es gemeinsam viel mehr Spaß machte, das ganze Zeug auszuprobieren. Vor allem Pauls leicht angeekeltes Gesicht war es allemal wert gewesen.

»Es sind eben alles Dinge, die ich noch nie ausprobiert habe. Ich wollte einfach herausfinden, was ich davon mag und was nicht.« Unsicher zuckte Susan mit den Schultern und trank ebenfalls einen Schluck von dem Instant-Vanilloccino, woraufhin sie ebenfalls angeekelt ihr Gesicht verzog.

»Bäh ... du hast recht, das Zeug schmeckt ja furchtbar!«

Nun war es Paul, der laut lachte. Dröhnend hallte es durch ihre Küche und ging Susan durch Mark und Bein. Selten hatte sie solch ein ehrliches und kindliches Lachen gehört, zumindest bei einem erwachsenen Mann.

»Eines verstehe ich ganz und gar nicht, Susan Ward.« Mal davon abgesehen, dass sie es irgendwie mochte, wenn er sie bei ihrem Namen nannte, hatte sie keine Ahnung, woher er ihren Nachnamen kannte. Vermutlich hatte er ihn am Klingelschild abgelesen.

Sie lehnte sich zurück und beäugte Paul kritisch. »Und das wäre?«

»Wie kann eine Whiskey trinkende, Line Dance tanzende Chefin eines landesweiten Unternehmens, die offenbar nicht auf den Mund gefallen ist, nur so unsicher mit sich selber sein?«

Wieder wurde Susan bewusst, dass er ein guter Menschenkenner war. Er hatte sie in nicht einmal zwei Tagen bis auf den tiefsten Grund ihrer Selbstzweifel analysiert.

Eine Weile schwenkte Susan grübelnd ihre Tasse hin und her und dachte darüber nach, ob und wie sie Paul auf diese Frage antworten sollte. Zum einen war er ein Mensch, den sie praktisch erst seit gestern Abend ein wenig kannte, zum anderen hatte sie keine Ahnung, wie sie ihr Innerstes erklären sollte.

Für Paul sprach, dass er sie kein bisschen drängte. Er machte sich stillschweigend über ein paar Naschereien her, wobei Susan auffiel, dass er am häufigsten bei der Lakritze und den Chips zugriff, was zufälligerweise auch ihre Favoriten waren.

»Die charakteristischen Eigenschaften«, begann sie schließlich, »sind die, die ich von meinem Dad habe. Seine Leidenschaft für Whiskey, Zigarren und das Verlagswesen habe ich eins zu eins von ihm geerbt. Doch leider war es mir nicht vergönnt, die meiste Zeit in meinem Leben mit ihm zu verbringen. Stattdessen war ich in Kalifornien von meiner unsicheren Mutter umgeben, die mich in der Gesellschaft als Vorzeigepüppchen zur Schau gestellt hat. Sie wusste, dass ich dank meines Vaters mal groß im Verlagsgeschäft rauskommen würde, also hat sie stets und ständig mit mir und meinen Auszeichnungen geprahlt. Vermutlich, weil sie selbst keinerlei Eigenschaften besaß, mit denen sie sich hätte brüsten können. Das Einzige, wofür sie ein Talent hatte, war, sich reichen Männern an den Hals zu schmeißen und deren Geld zu verplempern. Soweit ich weiß, kann sie das heute noch recht gut, denn offenbar ist Mann Nummer vier ein sehr lukratives Geschäft.« Sie rümpfte ihre Nase. »Doch auch wenn ich schon seit etlichen Jahren keinerlei Kontakt mehr zu meiner Mum habe und schon als Kind wusste, dass ich niemals wie sie werden wollte, hat sie es leider geschafft, eine ihrer Eigenschaften auf mich zu übertragen, und das ist ihre Unsicherheit.« Grübelnd griff Susan nach den Paprikachips und schob sich eine Handvoll davon in den Mund.

Paul hörte ihr ohne sie zu unterbrechen zu. Das gefiel ihr. Die meisten Menschen hatten doch heutzutage kaum noch Geduld, um abzuwarten, was ihr Gegenüber wirklich zu sagen hatte. Viele wollten einfach nur über sich und ihre eigenen Probleme sprechen. Doch Susan wusste, dass Paul nicht so war. Auch wenn ihr nicht klar war, woher sie dieses Wissen nahm, war sie sich sicher, dass er sich wirklich für die Probleme anderer interessierte.

Plötzlich trat ein ernster Ausdruck auf Pauls Gesicht. Er umklammerte seine Tasse fest und kniff die Augenbrauen ein wenig zusammen, als müsste er sich zu etwas überwinden. »Susan, ich muss mit dir noch über etwas ...«

Doch in diesem Augenblick klapperte es im Türschloss der Haustür, woraufhin Paul unterbrochen wurde.

Stocksteif verharrte Susan in ihrer Sitzhaltung. Natürlich war ihr klar gewesen, dass Michael irgendwann nach Hause kommen musste, und an und für sich taten sie ja hier nichts Verbotenes. Immerhin war Paul, wie er vorhin selbst so schön gesagt hatte, nur ein Freund, mit dem sie eine Tasse widerlichen Kaffee trank. Und dennoch fühlte Susan sich plötzlich extrem unwohl in ihrer Haut. Michael war in den letzten Jahren ein Mann geworden, für den sie sich mehr und mehr geschämt hatte. Was auch der Grund dafür gewesen war, dass sie ihn nirgendwo mehr hin mitgenommen hatte. Sicher würde er sie auch jetzt maßlos blamieren. Mal davon abgesehen, dass Susan Paul noch nichts Genaueres über ihren Noch-Ehemann erzählt hatte. Na ja, zu ihrer Verteidigung, er hatte sie auch nicht gefragt.

Nervös starrte Susan Paul an, doch er wirkte wie immer wie die Lässigkeit in Person. Beinahe sah er so aus, als wäre er neugierig, was jetzt passieren würde.

Die Eingangstür wurde zugeknallt, energischer als sonst, gefolgt von ein paar stampfenden Schritten.

Um nicht wie ein wartender Volltrottel zu wirken, stopfte Susan sich zur Ablenkung noch ein paar Chips in den Mund. Sicher würde ihr von all dem ungesunden Zeug heute Abend noch schlecht werden.

Jetzt erschien Michael in all seiner Pracht in der Küche. Zu Susans Erstaunen war es das erste Mal seit Wochen, dass sie ihn nicht in Jogginghose und Footballtrikot sah. Stattdessen trug er ausgewaschene Jeans und einen Collegepullover von Berkeley. Es sprach für ihn, dass er in das alte Teil immer noch hineinpasste. Man konnte Michael vieles nachsagen, aber nicht, dass er seinen Körper vernachlässigte und sich gehen ließ. Zumindest nicht in der Hinsicht.

»Was ist denn hier los?«, fragte er beinahe vorwurfsvoll und zog seine schmale Stirn kraus. Dabei wirkte seine spitze lange Nase wie ein vorwurfsvoller Zeigefinger, der auf sie deutete.

Da Susan nicht so genau wusste, was sie sagen sollte, oder aber auch, weil er ahnte, dass sie total verunsichert war, ergriff Paul als Erster das Wort. Lächelnd hob er seine Tasse. »Ihnen auch einen guten Tag. Lassen Sie sich nicht stören, wir genießen nur eine vorzügliche Tasse Kaffee.« Bei den letzten Worten zwinkerte er Susan demonstrativ zu.

Diese hätte sich am liebsten mit der Hand vor die Stirn geschlagen. Das war genau die falsche Art, mit Michael umzugehen. Bei ihm war äußerste Vorsicht geboten.

Und als hätte Susan es geahnt, fasste Michael Pauls Wort als Angriff auf. »Ich habe nicht vor, mich stören zu lassen, schließlich ist das mein Haus.«

Genau genommen ist es mein Haus, dachte Susan, schluckte den

Gedanken aber schnell herunter. Das Letzte, was sie jetzt wollte, war Michael zu provozieren.

Paul lehnte sich nach hinten und grinste Michael frech entgegen. »Sehr schön, dann hätten wir das ja geklärt.« Himmel, so würden sie die Sache hier nie überleben.

Skeptisch schaute Michael sich in der Küche um, taxierte Paul von oben bis unten, der immer noch strahlend seinen Vanilloccino schlürfte, und fixierte schlussendlich Susan, die stumm in ihren Becher starrte, keine Ahnung, was sie jetzt tun sollte.

Ohne den Blick von ihr zu wenden, fragte Michael: »Wissen Sie eigentlich, dass Sie eine verheiratete Frau vögeln?«

Ruckartig hob Susan ihren Kopf und starrte Michael empört an. Doch bevor sie dazu kam, ihm die Leviten zu lesen, kam Paul ihr zuvor.

Mit der gleichen Höflichkeit, mit der er Michael schon die ganze Zeit bedachte, sprach er nun weiter: »Sicher weiß ich, dass diese wunderschöne, intelligente Frau verheiratet ist, schließlich trägt sie einen Ring an ihrem Finger. Was ich jedoch bisher nicht wusste, ist, was für ein Arschloch ihr Ehemann ist.«

Susan hatte sofort Szenen in ihrem Kopf, wie Michael cholerisch an die Decke ging, sich blindwütig auf Paul stürzte und ihn bis zur Besinnungslosigkeit würgte. Als säße sie in einem schlechten Film, schaute sie mit weit aufgerissenen Augen von einem zum anderen.

Die Miene ihres Ehemannes drückte pure Abscheu aus. Seine Hände hatte er zu Fäusten geballt, auf denen sichtbar Adern hervortraten, so sehr drückte er sie vor Wut zusammen. Auch sein Kopf hatte mittlerweile eine beunruhigende Farbe angenommen.

Paul hingegen grinste ihn weiterhin freundlich an, während er gelassen auf dem Stuhl saß und ab und an den kalten Vanilloccino schlürfte. Da Susan wusste, dass er ihn nicht mochte, tat er dies wohl nur, um seine Show aufrechtzuerhalten.

Susan kannte ihren Noch-Ehemann gut genug, um zu wissen, wie schwer es ihm fiel, nicht über Paul herzufallen.

Mit malmendem Kiefer drehte er ihr den Kopf zu und presste in drohendem Tonfall hervor: »Eigentlich sollte es mich ja freuen, wenn du eine Affäre mit diesem Mistkerl hast, dann wird die Scheidung ein Kinderspiel für mich.«

Zu Susans großer Überraschung drehte Michael sich von jetzt auf gleich um und verschwand in Richtung Männergarage. Auch wenn es ihm sicher sehr gelegen kommen würde, wenn Susan eine Affäre hätte, da sie dann schuld am Scheitern der Ehe wäre, besaß Michael trotzdem noch seinen verdammten Stolz. Lautstark wie ein pubertierender Teenager knallte er die Tür zu, sodass selbst die Gläser in den Küchenschränken leise vor sich hin klirrten.

Als hätte er genau das beabsichtigt, nickte Paul zuversichtlich und wandte sich nun völlig unverfänglich Susan zu. »Also, was machen wir jetzt?«

»Wie, was machen wir jetzt?«, entfuhr es Susan entrüstet, immer noch geschockt, was hier gerade passiert war. »Also was du machst, weiß ich nicht, aber ich werde sicher meine Flucht vorbereiten müssen, so wütend, wie Michael war!« Susan konnte immer noch nicht fassen, dass jemand es gewagt hatte, Michael ein Arschloch zu nennen, und das auch noch in seinen – oder besser ihren – vier Wänden. Normalerweise war ihr Ehemann der Typ Mann, der austeilte und selten einstecken musste. Was vor allem an seiner Ausstrahlung und Statur eines Footballspielers lag. Doch jetzt, wo Susan genau darauf achtete, nahmen Paul und Michael sich nicht viel in ihrer Größe und auch Breite.

Sie konnte noch nicht fassen, dass Michael Paul nicht sofort umgebracht hatte. Vor knapp fünf Jahren, als ihre Ehe noch in Ordnung gewesen war, hatte Susan in einer Sportbar mal ein Typ an den Po gefasst, woraufhin Michael ihn so heftig gegen die Wand geworfen hatte, dass der Kerl tatsächlich eine Prellung im Rücken davongetragen und Michael sogar angezeigt hatte.

Paul winkte gelangweilt ab. »Ach der ist doch harmlos.«

Susan verschlug es regelrecht die Sprache. Michael war ja vieles, aber nicht harmlos. Vielleicht hatte sie sich bei Pauls Menschenkenntnis doch getäuscht.

»Wie kommst du denn darauf?«

»Na, ganz einfach«, entgegnete er und erhob sich langsam. »Wenn er mich wirklich hätte fertigmachen wollen, hätte er es auch getan. Männer sind da nicht so kompliziert wie Frauen. Entweder sie verteidigen ihre Ehre oder nicht. Da Michael nicht sofort wildrasend auf mich losgestürmt ist, wird er es auch nicht mehr tun.« Paul griff nach seiner Bikerhose und zog sie über, bevor er aufzählte: »Entweder, weil er Angst vor mir hatte, was mir natürlich am besten gefallen würde, oder, und das sollte dir Sorgen machen, weil er irgendeinen Plan hat, der wichtiger ist als mir die Fresse zu polieren.« Beim letzten Wort zog er den Reißverschluss seiner Funktionshose zu.

Susan hätte nie gedacht, dass es auch sexy sein könnte, einem Mann beim Anziehen zuzuschauen. Vor allem, da dieser sich quasi einen Panzeranzug überstreifte. Doch bei Paul schien alles sexy zu wirken, was er tat. Vermutlich, weil er immer so verdammt selbstbewusst wirkte.

Auf der anderen Seite machte sich auch Panik in ihr breit. Offenbar hatte er es sich nun anders überlegt, und die ganze Situation mit Michael hatte ihn letztendlich doch verschreckt, weswegen er jetzt auch gehen wollte. Doch nicht nur, dass Susan keine

Lust hatte, mit dem wütenden Michael alleine zu sein, sie wollte auch auf keinen Fall, dass Paul schon ging.

»Das würde auf jeden Fall erklären, warum er dich nicht augenblicklich durch die Fensterscheibe geschmissen hat«, gab Susan nachdenklich zu.

Als Nächstes machte Paul sich daran, die riesige steife Jacke überzuziehen. »Auch wenn es mich ein wenig verletzt, dass du denkst, er hätte keine Angst vor mir gehabt«, meinte er und zog einen beleidigten Schmollmund, »gehe ich auch felsenfest davon aus, dass der Kerl irgendetwas im Schilde führt. Lebt ihr in Scheidung?«, fragte er nun interessiert nach.

Sofort wurde Susan etwas mulmig zumute. »Na ja«, druckste sie herum und starrte auf ihren vollen Kaffeebecher. »Eigentlich haben wir uns erst gestern dafür entschieden, uns zu trennen.« Das schlechte Gewissen nagte an ihr. Sie wollte nicht, dass Paul dachte, er wäre nur ein Lückenbüßer gewesen, denn das war er nicht. Sie hatte sich schon zu ihm hingezogen gefühlt, als sie ihn letzte Woche zum ersten Mal vor dem Fleischer gesehen hatte. Seitdem spukte er ihr ständig im Kopf herum.

Zum ersten Mal, seit sie ihn kannte, schien Paul kurz die Kontrolle über seine Gefühle zu verlieren. »Oh«, machte er nur und zog den Reißverschluss seiner Jacke zu.

»Aber es läuft bei uns schon seit Längerem nicht mehr so gut«, erklärte sie. Jetzt erhob auch sie sich. »Ich weiß, das klingt wie ein Klischee, aber seit wir damals nach Charleston gezogen sind und ich den Verlag übernommen habe, ist unsere Ehe praktisch im Eimer. Wir streiten nur noch, ansonsten reden wir gar nicht mehr miteinander. Eigentlich wohnen wir nicht einmal mehr richtig zusammen, denn Michael schläft seit einer ganzen Weile schon in der ausgebauten Garage. Ich weiß weder, was er den ganzen Tag tut, noch interessiert er sich für mich und mein

Leben. Und dass er dich in Ruhe gelassen hat, liegt vermutlich daran, dass er sich auf keinen Fall angreifbar machen möchte. Für ihn steht bei der Scheidung zu viel auf dem Spiel.« Jetzt redete Susan sich regelrecht um Kopf und Kragen. Aus irgendeinem ihr unerfindlichen Grund wollte sie Paul davon überzeugen, dass sie keine stinknormale Ehebrecherin war. »Außerdem haben wir seit anderthalb Jahren nicht mehr miteinander geschlafen!« Zu ihrer eigenen Verwunderung brüllte sie die Worte regelrecht hinaus. Offenbar hatten sich eine ganze Menge Emotionen in ihr angestaut. Allerdings wurde ihr auch klar, was sie da gerade einem Mann, den sie kaum kannte, erzählt hatte. Von einer Sekunde auf die andere wurde ihr Gesicht heiß, und Schamesröte breitete sich von ihrem Hals bis zu den Ohren aus.

Nun trat ein Grinsen auf Pauls maskulines Gesicht, das Susan kaum einzuordnen wusste. »Los, schnapp deine Sachen!«, forderte er sie plötzlich und ohne Vorankündigung auf.

»Was hast du vor?«, skeptisch kniff sie ihre Augen zusammen.

»Ich werde dir dabei helfen, herauszufinden, was dir gefällt und was nicht.« Nun traten wieder deutlich seine hinreißenden Grübchen hervor, was sicher kein gutes Zeichen war. »Und wenn das gut läuft, könnten wir ja mal schauen, ob wir deine Sexflaute besiegen können.«

11. Kapitel

»Das ist etwas, was mir auf jeden Fall gefällt!«, kreischte Susan und sprang wie ein junges Reh aufgeregt herum. »Können wir das gleich noch mal machen?«

Lachend nahm Paul ihr den Motorradhelm ab. »Sicher, schließlich müssen wir ja irgendwann auch wieder nach Hause fahren.«

Noch völlig aufgeputscht von dem Adrenalin, das durch ihre Adern floss, rannte sie hin und her. »Wahnsinn! Bisher waren Motorradfahrer für mich nur irgendwelche Verkehrsrowdys, aber jetzt verstehe ich, was das Motorradfahren ausmacht. Wenn ich bedenke, dass ich zuerst gar nicht mitkommen wollte.«

»Ich erinnere mich«, nuschelte Paul, während er die Helme an den Lenker der Harley hängte, »schließlich habe ich dich regelrecht auf den Bock zwingen müssen.« Da hatte er nicht ganz unrecht. Als er ihr vor knapp einer Stunde eröffnet hatte, dass er mit ihr einen Ausflug auf seiner Harley machen wollte, war Susan regelrecht ausgerastet. Noch nie in ihrem Leben hatte sie auch nur auf einem Roller gesessen, und jetzt sollte sie mit einer Harley über den Highway rauschen? Doch Pauls Ultimatum, sie könne jetzt mit ihm kommen oder aber alleine mit Michael im Haus bleiben, hatte sie überzeugt. Michael hatte sich nicht mehr blicken lassen. Bockig wie ein kleines Kind hatte er sich in seiner Garage verschanzt und war, bis sie das Haus verlassen hatten, nicht wieder aufgetaucht.

»Ja, aber das war, bevor ich herausgefunden habe, wie großartig es ist. Dieses Gefühl, unglaublich, als könnte man fliegen! Und diese Freiheit, der Wind, der einem durch die Haare fährt, das ...«

»Susan, jetzt beruhige dich wieder«, neckte Paul sie und hielt sie fest bei ihren Schultern. Selbst durch die dicke Skijacke, die sie als Ersatz angezogen hatte, da sie ja keine Bikerklamotten besaß, spürte sie seine Berührung, als würde sich die Wärme seiner Hände durch den dichten Stoff brennen. Sofort war ihre Euphorie wegen des Fahrens verschwunden und machte einer anderen Aufregung Platz. Der, die sie immer empfand, wenn Paul sich in ihrer Nähe aufhielt oder sie berührte. Ihre Umgebung vergessend, blickte sie in seine schmalen, mandelförmigen Augen hinauf und verlor sich völlig darin. Paul schien es nicht anders zu ergehen, denn auch er gab kein Wort von sich und wirkte ganz auf sie konzentriert.

Mühsam versuchte Susan sich wieder zusammenzureißen. »W-wo sind w-wir hier eigentlich«, stotterte sie und schaute sich irritiert um. Die Frage stellte sie nicht nur als Ablenkung, sie hatte wirklich keine Ahnung, wo Paul mit ihr hingefahren war. Weit weg von zu Hause konnte es nicht sein, denn sie hatten maximal eine halbe Stunde auf dem Motorrad gesessen. Leider hatte Susan, dadurch dass sie mehr mit Fahren als mit der Landschaft beschäftig gewesen war, auch gar nicht darauf geachtet, wo sie waren. Aber selbst wenn sie die Schilder auf dem Highway genauestens gelesen hätte, hätte das sicher auch nichts geändert, denn Susan hatte seit ihrer Ankunft in Charleston die Stadt nicht einmal verlassen. Was vor allem daran lag, dass sie neben ihrer Arbeit für Ausflüge und solchen Firlefanz niemals Zeit gehabt hatte. Bis jetzt.

Zumindest waren sie in keiner Stadt, denn hier draußen herrschte absolute Dunkelheit. Die Dämmerung hatte schon begonnen, als sie losgefahren waren, was bedeutete, dass es inzwischen stockfinster war. Allerdings konnte Susan in ihrer näheren Umgebung ein paar Bäume und festgetretenen Boden ausmachen. Außerdem roch es verdächtig nach Natur. Als Kind war sie mit ihrem Dad ein paarmal in den Nationalparks von South Carolina unterwegs gewesen, doch da weder sie noch ihr Dad großes Interesse für die Natur gehegt hatten, waren sie meist schnell wieder in die Stadt gefahren und hatten auf dem Rückweg an einem guten Buchladen angehalten, in dem Susan sich mit Lesestoff für die restlichen Ferien hatte eindecken dürfen. Komisch, diese Erinnerung hatte sie schon ganz vergessen gehabt.

»Das hier ist der *Angels Oak Park* auf Johns Island«, erklärte Paul und zog eine Taschenlampe aus einer der beiden Seitentaschen, die an dem Motorrad befestig waren.

Susan wurde etwas mulmig zumute. »Und was wollen wir hier, so spät am Abend?« Plötzlich wusste sie nicht, ob es wirklich eine gute Idee gewesen war, einfach so mit Paul mitzufahren. Schließlich kannte sie ihn immer noch nicht gut genug, um ausschließen zu können, dass er ein axtschwingender Mörder war und vorhatte, sie hier im Wald zu vergraben.

Sie ärgerte sich darüber, dass sie nicht einmal auf die Idee gekommen war, den Mädels eine Nachricht zu schreiben, dass sie mit Paul einen Ausflug machte. Sie hatte nicht mal ihr Handy dabei, das hatte sie nämlich im Eifer ihres Aufbruchs zu Hause liegen lassen. Allerdings nahm Susan an, dass es hier draußen sowieso kein Netz gab, sodass ihr Handy ihr sicher auch nicht geholfen hätte.

Lediglich Michael wusste, dass sie gemeinsam unterwegs waren. Susan hatte die wackelnde Gardine im Garagenfenster gesehen, als sie zu Paul auf die Harley gestiegen war. Doch was nützte ihr das? Michael würde nicht darauf achten, ob oder wann sie wieder nach Hause kam. Im Gegenteil, da er ihr Ehemann war, würde er bei ihrem Ableben sämtlichen privaten Besitz erhalten, der ihr gehörte. Für ihn könnte es nicht besser laufen, als wenn Susan drei Meter unter der Erde endete.

Reiß dich gefälligst zusammen, schalt sie sich. Du hast eindeutig zu viele Krimis verlegt.

Mit einem Gesichtsausdruck, der Susan gar nicht gefiel, strahlte Paul sie an. »Wir schauen uns den *Angle Oak Tree* an. Eines der Wahrzeichen von Charleston.« Erwartungsvoll starrte er sie an, doch die erhoffte Reaktion blieb aus, denn Susan hatte keine Ahnung, was das für ein Baum sein sollte und warum Paul darum so ein Geheimnis machte. Beinahe war sie ein wenig enttäuscht. »Und das soll etwas Besonderes sein? Sicher, ich war niemals hier, aber ...« Sie ließ das Ende des Satzes offen.

Sichtlich nervös fuhr Paul sich über seine kurzen Stoppeln auf dem Kopf. »Nun ja, der Baum ist nicht die ganze Überraschung. Leider hat der Park jetzt schon geschlossen.« Vielsagend hob er seine Augenbrauen.

Zuerst wusste Susan nicht, worauf er hinauswollte, doch dann machte sie entsetzt einen Schritt zurück. »Hast du sie noch alle? Du willst in den Park einbrechen? Und das nur, damit wir uns irgendeinen blöden Baum anschauen können?«

Doch ihr Gegenüber ließ sich nicht aus der Fassung bringen. »Ich dachte, du möchtest herausfinden, was dir im Leben gefällt und was nicht. Dafür muss man erst einmal ein bisschen was erleben.«

Abwehrend hob Susan ihre Hände. »Danke, ich weiß auch

ohne es jemals gemacht zu haben, dass mir Einbruch und Knast nicht sonderlich gut gefallen.« Sie starrte ihn an, als wäre er komplett durchgedreht. Erneut zweifelte sie daran, dass Paul wirklich der Mann war, für den sie ihn hielt. Doch wofür hielt sie ihn eigentlich? Sie wusste immer noch nicht mehr über ihn als gestern Abend.

Mit einem erregten Ausdruck auf dem Gesicht kam er auf sie zu und fasste Susan bei den Händen. »Komm schon, es ist ein Abenteuer. Und ich schwöre dir, dass es sich auf alle Fälle lohnen wird.«

Zu jedem anderen hätte Susan gesagt, er solle Leine ziehen, doch irgendwie schaffte Paul es, sie mit seiner Euphorie in seinen Bann zu ziehen. Als wäre er ein besonders gutes Glas Whiskey, dem sie einfach nicht widerstehen konnte. Oder ein fesselndes Buch, das sie bis morgens um vier unbedingt zu Ende lesen musste, obwohl sie wusste, dass sie in zwei Stunden wieder aufstehen musste.

»Und wenn uns jemand dabei erwischt?«, fragte Susan und schaute sich augenblicklich um, ob sie nicht schon irgendjemand beobachtete. »Du musst wissen, ich habe so etwas noch nie gemacht.«

Paul zog eine Grimasse. »Das hätte ich jetzt nicht vermutet«, gab er in ironischem Tonfall wider. »Aber das hier ist wirklich ungefährlich. Es ist niemand hier. Die haben nicht einmal einen Wachschutz. Komm schon, wir klettern rasch über den Zaun, ich zeige dir den Baum, und wenn dir dann immer noch unwohl zumute ist, hauen wir schnell wieder ab. In zehn Minuten könnten wir schon wieder auf der Harley sitzen und nach Hause fahren.« In Pauls Augen blitzte etwas auf. Er schien ganz genau zu wissen, dass Susan nicht nach Hause wollte, weswegen dieser Satz beinahe wie eine Drohung für sie war.

Doch ganz so schnell wollte sie noch nicht klein beigeben. »Und was soll mir das bringen?«

Paul drehte sich in Richtung Drahtzaun, der wirklich alles andere als unbezwingbar wirkte, und schaute ins Leere. »Erkenntnis darüber, was du vom Leben erwartest.«

Zynisch lachte Susan auf. »Das klingt aber ein bisschen hochtrabend für das, was wir hier vorhaben.«

Langsam drehte Paul ihr seinen Kopf zu, und das Licht der Taschenlampe spiegelte sich in seinen Augen wider. »Gut, dann nenn es einfach eine Dummheit tun.« Und bevor Susan ihren Mund aufmachen konnte, um zu antworten, machte Paul sich daran, mit der Taschenlampe im Mund, über den Zaun zu klettern.

»Ich vermute mal, du machst so was öfter?«, mutmaßte Susan keuchend, während sie sich von Paul beim Abstieg helfen ließ. Dabei hielt er ihr seine Arme entgegen, in die sie sich dankbar fallen ließ. Sport war nicht ganz so ihre Stärke, weswegen ihr das Klettern über den grünen Drahtzaun auch nicht gerade leichtgefallen war. Paul hingegen war flink wie ein Gecko auf die andere Seite geklettert.

Fest stützte er ihre Hüfte und senkte sie sachte zu Boden.

»Sagen wir es mal so«, entgegnete er belustigt, »sie nannten mich auf dem College den Zaunkönig.« In solchen Augenblicken wusste Susan nicht, ob ihr neuer Begleiter Spaß machte oder das Gesagte wirklich ernst meinte.

Als er sie abgestellt hatte, lagen seine Hände immer noch fest an ihrem Körper. Ihre Blicke trafen sich erneut. Es war, als würde eine magnetische Spannung zwischen ihnen bestehen, so stark fühlten ihre Körper sich zueinander hingezogen. Allein dass sie Paul erneut so nah sein konnte, war den Einbruch in einen nationalen Park durchaus wert. Wäre da nicht ihre schiere Angst davor gewesen, erwischt zu werden, hätte dies durchaus ein romantischer Moment sein können.

»Also, wo ist dieser magische Baum?«, fragte sie, »für den ich einen Gefängnisaufenthalt riskiere?« Mit kritischem Blick schaute sie sich um, doch da Paul die Taschenlampe noch auf den Boden gerichtet hatte, konnte sie rein gar nichts erkennen. Himmel, hier draußen war es wirklich stockfinster. Nicht einmal der Mond konnte ihnen den Weg leuchten, denn eine undurchsichtige Wolkendecke vernebelte den Nachthimmel.

Gerade als Susan hoffte, es würde nicht regnen, landete ein dicker Tropfen auf ihrer Nase.

»Das kann doch nicht wahr sein!«, stöhnte sie und funkelte Paul wütend an. Er wäre schuld, wenn sie sich eine Lungenentzündung einfangen würde.

Ihre Wut steigerte sich noch, als sie bemerkte, dass der Mann neben ihr erfreut in den Himmel schaute. »Super, so können wir gleich zwei Fliegen mit einer Klappe schlagen.«

»Was soll das denn nun wieder bedeuten?«, giftete sie Paul an und zog dabei die Kapuze ihrer Skijacke über den Kopf.

Doch bevor er ihre Frage beantwortete, packte er Susan am Ellenbogen und zog sie mit sich. Krampfhaft schaute sie auf den Boden, in dem Versuch, auszumachen, wo sie hintrat, doch das war gar nicht so leicht. Der Schein von Pauls Taschenlampe war nun nach vorne gerichtet, offenbar in Richtung ihres Ziels. Ein paarmal stolperte sie über aus dem Boden ragende Wurzeln, doch Paul hielt sie sicher an seinem Arm, sodass sie nicht Gefahr lief, in eine der zahlreichen Pfützen zu stürzen.

Mittlerweile prasselte der Regen laut auf das umliegende Blätterdach, in das sie sich hoffentlich gleich flüchten würden.

Gedacht, getan. Vor ihnen ragten ein paar verkrüppelte Äste

auf, die dreimal so dick waren wie ein menschlicher Oberschenkel. Paul führte sie vorsichtig weiter, immer darauf bedacht, dass Susan nicht mit dem Kopf gegen einen der zahlreichen Äste lief. Um sie herum wurde das Prasseln immer lauter und die Nässe immer weniger. Offenbar befanden sie sich jetzt tatsächlich unter dem Blätterdach des Waldes, der den Großteil des Regens von ihnen fernhielt.

»Puh, was für ein Schweinewetter«, schimpfte Susan und schob ihre nasse Kapuze vom Kopf. Mehr und mehr hielt sie diese Aktion für eine Schnapsidee. Es wollte sich ihr nicht erschließen, was ihr das Ganze hier bringen sollte. »Also, wo ist nun dieser Angle Tree?«, fragte sie erneut, während sie sich zahlreiche Wassertropfen von ihrem Gesicht wischte. Na, die Heimfahrt auf der Harley würde ja klasse werden, bei dem Wetter.

»Er heißt *Angle Oak Tree*«, korrigierte Paul sie. »Und wir stehen genau mittendrin.«

Verwirrt blickte Susan auf. Um sie herum kam kaum noch Regen herunter, und das Prasseln war ewig weit entfernt. Wie sollte denn ein einziger Baum so ein riesiges Blätterdach haben? Sie folgte dem Schein von Pauls Taschenlampe und blickte skeptisch umher.

Plötzlich fielen ihr die zahlreichen knorrigen Äste um sie herum auf, die bis auf den Boden hingen. Wie eine Kuppel wuchs der Baum um seinen Stamm herum. Begeistert schaute Susan auf. So etwas hatte sie noch nie gesehen. Wenn sie schätzen müsste, hätte sie gesagt, der Baum wäre mit Sicherheit zwanzig Meter hoch, und vom äußersten Astende der einen Seite bis zum Ende der anderen Seite waren es bestimmt auch knapp fünfzehn Meter. Überall wo sie hinschaute verliefen krumme Stümpfe und Äste kreuz und quer. Dieser Baum schien gar nicht die Ambitionen zu haben, in die Höhe zu wachsen. Es wirkte beinahe so, als suchten seine Äste Schutz unter dem eigenen Blätterdach.

»Unglaublich, oder?«, fragte Paul in die Stille hinein, die lediglich vom Lärm des Regens unterbrochen wurde.

Doch Susan war nicht nach Reden. Eigentlich war sie ein Mensch vieler Worte. Sie fachsimpelte gerne mit ihren Mitarbeitern, schnackte hier und da mit den Einwohnern von Charleston und liebte es, sich mit ihren Freundinnen auszutauschen. Doch in diesem Augenblick wollte sie einfach nur dieses atemberaubende Naturereignis genießen. Wenn ihr vor einer Stunde jemand gesagt hätte, dass es ihr die Stimme verschlagen würde, weil sie sich einen Baum anschaute, hätte sie denjenigen für verrückt erklärt.

Da sie nicht antwortete, fühlte Paul sich offenbar bemüßigt, den Alleinunterhalter zu spielen, was sie jedoch in keiner Weise nervte. Im Gegenteil, sie lauschte gerne seiner rauen und tiefen Stimme.

»Der *Angel Oak Tree* wird auf etwas zwischen vierhundert und fünfhundert Jahren geschätzt. Er ist zwanzig Meter hoch und misst einen Umfang von neun Metern.« Da hatte sie doch gar nicht so verkehrt gelegen. »Der Schatten, den er produziert, umfasst eine Fläche von 1700 Quadratmetern. Der Baum und der Park gehören der Stadt Charleston, doch in den letzten zehn Jahren haben immer wieder Unternehmen versucht, in der Nähe des Baumes Wohn- und Einkaufskomplexe hinzusetzen. Gott sei Dank ist es Umweltaktivisten bis heute gelungen, dies abzuwenden.«

»Woher weißt du denn so viel darüber?«, fragte Susan ihn und setzte sich nun auf einen auf der Höhe ihres Pos befindlichen Ast. Immer noch erstaunt ließ sie ihren Blick über das uralte Geäst streifen.

Paul kam zu ihr herübergeschlendert und setzte sich neben

sie. Ihrer beider Beine baumelten hin und her. »Weil die Firma, für die ich arbeite, eines der umliegenden Grundstücke aufgekauft hat, sodass die unmittelbare Bebauung des Baumes verhindert werden kann. Seit dem College habe ich eine Schwäche für den Naturschutz, und meine Firma lässt mir da sozusagen freie Hand, ab und an mal etwas Gutes auf dem Gebiet zu tun.« Während er über seine Arbeit sprach, nahm sein Gesicht einen merkwürdigen Ausdruck an, doch Susan wusste ihn nicht zu deuten.

In diesem Augenblick wurde Susan bewusst, dass sie nicht einmal wusste, womit Paul seinen Lebensunterhalt verdiente. Peinlich berührt fragte sie ihn sofort danach. Rückblickend kam es ihr so vor, als hätte ständig nur sie von sich und ihrem Leben gesprochen und Paul wäre dabei auf der Strecke geblieben.

Merkwürdigerweise wurde er bei der Frage etwas unruhig. Er ließ seinen Arm fallen und leuchtete mit der Taschenlampe auf den Boden. Die Szenerie wirkte nun mehr als gespenstisch. »Ach, das ist nichts Besonderes. Ich arbeite für eine große Marketingagentur als Illustrator. Ein ziemlicher Schreibtischjob. Aber ich zeichne gut und gerne, also ist es ganz okay.« Demonstrativ winkte er mit seiner Hand ab. An seinem Tonfall erkannte Susan sofort, dass er es bereute, seinen Job überhaupt erwähnt zu haben, und auf keinen Fall weiter darüber sprechen wollte. Was Susan jedoch kein bisschen verstehen konnte, denn sein Job klang doch recht spannend. Sie selbst konnte nicht einmal eine einfache Blumenwiese malen, ohne dass der Betrachter davon ausging, dass da eine Vierjährige am Werk war.

Sofort überkam sie wieder die Unsicherheit. Vielleicht tat Paul ja etwas Illegales, verdiente sein Geld mit Drogen oder Schmuggel von Waren. Warum sonst sollte er beim Thema Job so dermaßen dichtmachen?

Während sie sich über ihre eigene Paranoia ärgerte, wechselte

Susan rasch das Thema. Nicht jeder, der nicht alles über seinen Beruf erzählen wollte, womöglich weil er ihm nicht so wichtig war wie Susan ihrer, war gleich ein drogendealender Gangsterboss.

»Bei alten Büchern bin ich immer erstaunt, wie viel sie schon erlebt haben. Wer sie schon in den Händen gehalten hat, oder wo sie schon gestanden haben. Natürlich trifft das auch auf Objekte in Museen oder denkmalgeschützte Häuser zu, allerdings habe ich mir niemals darüber Gedanken gemacht, dass das bei Pflanzen ja auch der Fall sein kann.« Sie ließ sich von dem Stamm herunterrutschen und fuhr mit ihrer Hand das alte, runzlige Holz entlang. »Was dieser Baum uns alles erzählen könnte. Wie viele Kinder hier schon Verstecken gespielt, Liebespaare Schutz vor der Sonne gesucht oder Reisende einen Platz zum Pausieren benötigt haben.«

»Und vor allem, wie viele Paare hier inzwischen geheiratet haben«, fügte Paul hinzu. Auch er rutschte jetzt wieder von dem Stamm und kam auf sie zu.

Susan neigte ihren Kopf. »Ich kann mir schon vorstellen, dass es die Leute magisch anzieht, sich hier trauen zu lassen.« Es war ja bekannt, dass in den USA an den außergewöhnlichsten Orten geheiratet werden konnte. Doch gerade weil dieser Ort so besonders war, fand sie es nicht gut, dass er für Massentrauungen missbraucht wurde.

»Warst du eigentlich schon mal verheiratet?« In diesem Augenblick stieg in Susan der Drang, mehr über den geheimnisvollen Paul herauszufinden. Der stand schon wieder verdammt dicht an ihrer Seite und blickte mit undurchsichtiger Miene zu ihr herunter.

»Einmal, in Las Vegas«, gestand er nüchtern, ohne ein Anzeichen davon, dass er sich dafür schämen würde. »Wir waren damals mit dem ganzen Semesterjahrgang zum Zocken in der Stadt.

Nach einer langen durchzechten Nacht sind eine Kommilitonin und ich morgens ganz klischeehaft nackt in einem Hotelzimmer aufgewacht, mit billigen Ringen an den Fingern und einem Kater, der schlimmer nicht hätte sein können.«

Susan prustete lauthals los. Normalerweise kannte man solche Storys nur von irgendwelchen Hollywoodblockbustern.

Nun doch etwas peinlich berührt, fuhr Paul sich mit seiner Hand in den Nacken. »Wir haben die Ehe natürlich sofort annullieren lassen, was auch ohne Probleme bewilligt wurde. An diesem Tag habe ich mir geschworen, wenn ich irgendwann noch einmal heiraten sollte, dann auf keinen Fall in Las Vegas.«

Mit zusammengekniffenen Lippen nickte Susan, sich ein weiteres Lachen verkneifend, da Pauls letzte Worte doch recht ernst geklungen hatten. Merkwürdig, anfangs hatte sie ihn für einen Playboy gehalten, der das Singleleben genoss und nichts von der Institution Ehe hielt.

Ein Schaudern ging durch ihren Körper. Ohne dass sie es mitbekommen hatte und trotz der dicken Skijacke begann sie zu frösteln. Vermutlich weil ihre Jeanshose mittlerweile leicht klamm war. Paul hatte sie zwar versucht zu überreden, noch die passende Skihose überzuziehen, doch Susan hatte energisch abgelehnt. Sie würde sicher nicht im April mit einem Skianzug auf einer Harley durch Charleston fahren. Ein wenig musste sie ihr Businessimage noch aufrechterhalten.

Offenbar war Paul sofort aufgefallen, dass sie zitterte, denn er trat auf sie zu, drückte ihr die Taschenlampe in ihre kalte Hand und begann mit seinen Händen ihre Arme warm zu rubbeln. »Besser so?«, fragte er, was jedoch nur rhetorisch gemeint war, da er nicht den Anschein machte, als würde er aufhören, wenn sie mit Ja oder Nein antworten würde.

Gebannt blickte sie zu ihm hinauf. Im Schein der Taschenlampe wirkte sein Gesicht irgendwie geheimnisvoll. Der Schatten seines Dreitagebartes, die kräftige Nase sowie die vollen Wangen hatten etwas Anziehendes für sie, was sie nicht erklären konnte.

Irgendwann fiel ihr auf, dass Paul aufgehört hatte, ihre Arme zu reiben, und sie nur noch zärtlich umklammert hielt. Mit einem Blick, den sie überhaupt nicht deuten konnte, schaute er ihr tief in die Augen.

Unmerklich hatten sie sich einander angenähert, sodass sie nun dicht an dicht standen. Sein warmer Atem, der immer noch verführerisch nach Lakritze roch, traf ihr Gesicht.

»Wir beide sind wirklich sehr unterschiedlich«, meinte Susan nuschelnd, fixierte dabei jedoch weiter seine Augen. Langsam stellte sie sich auf ihre Zehenspitzen und kam seinen weichen Lippen noch ein wenig näher.

Sie sah, wie Paul schwer schluckte und durch seine gesenkten Lider auf ihren Mund starrte. »Ja, man könnte meinen«, krächzte er, »dass wir kein bisschen zueinanderpassen würden.«

Wie in Zeitlupe überwand er die letzten paar Zentimeter und legte dann seinen Lippen ganz zärtlich auf ihre. Man hätte meinen können, dass er sie kaum berührte, doch dieses winzige Streifen reichte aus, um in Susan ein Feuer zu entfachen. Leidenschaftlich zog sie Paul zu sich herunter und fiel praktisch über ihn her. Als wäre sie ausgehungert, pressten ihre Lippen sich nun auf seine, während ihre kalten Hände im Kragen seiner Jacke verschwanden. Kurz darauf schüttelte er sich, vermutlich, weil ihre Hände auf seine heiße Haut trafen. Doch es schreckte ihn nicht ab, im Gegenteil. Jetzt war es an Paul, Susan zu umfassen. Er hob sie hoch, als wäre sie ein Fliegengewicht, woraufhin ihre Köpfe auf einer Höhe waren. Ihr Kuss war mittlerweile wilder und drängender geworden, wobei ihre beiden Zungen einen perfekt aufeinander abgestimmten Rhythmus hatten.

Nach einer schieren Ewigkeit, oder vielleicht auch nur einer Sekunde, setzte Paul sie sachte wieder auf den Boden, und zögernd ließen die beiden voneinander ab. Nur ihre Hände waren fest ineinander verschlungen, wobei keiner von ihnen Anzeichen machte, den anderen loszulassen. Ihrer beider Atem ging schwer, ihre Oberkörper hoben und senkten sich sichtbar.

»Ich denke«, begann Paul zaghaft, »wir sollten jetzt fahren.« Unschlüssig blickte er Susan an, die bei seinen Worten ein Gesicht machte, als würde die Welt gleich untergehen. Nichts wollte sie in diesem Augenblick weniger als in ihr einsames Haus zu fahren, um dort vielleicht sogar noch auf ihren verdrießlichen Ehemann zu treffen. Nein, sie wollte bei Paul bleiben, und sein sehnlicher Blick sagte ihr, dass auch er nicht von ihrer Seite weichen wollte.

Plötzlich hellte sein Gesicht sich auf. »Essen!«, platzte es aus ihm hervor.

Susan wirkte verwirrt. »Bitte?«

»Wir haben noch nichts zum Abendbrot gegessen. Ausgehungert kann ich dich auf keinen Fall in die Höhle des Löwen zurückschicken«, flachste er nun wieder gut gelaunt.

Begeistert von der Idee, mehr Zeit miteinander zu verbringen, und weil sie tatsächlich mächtigen Hunger verspürte, zog sie sich ihre Kapuze mit der linken Hand wieder auf den Kopf. Die rechte lag immer noch in Pauls, wobei ihre Finger mit seinen fest verknotet waren.

»Auf dem Weg hierher habe ich auf der Landstraße einen Wegweiser zu einem französischen Restaurant gesehen«, schlug er wenig überzeugend vor und zog Susan nun wieder ins Nasse in Richtung Zaun. Der Regen schien, seit sie sich unter den Baum geflüchtet hatten, stärker geworden zu sein.

Susan wiegte ihren Kopf hin und her. »Das wäre eine Möglichkeit, aber hast du auch gesehen, dass Johns Island einen Saloon hat?« Vielsagend klimperte sie mit ihren Wimpern.

Paul ließ sein herzhaftes Lachen erklingen und hob Susan hoch. »Du bist eine Frau, von der jeder Mann träumt!«

Überschwänglich wie ein Kind drehte er sie durch den Regen, wobei ihre Kapuze runterrutschte und ihr Gesicht sowie ihre Haare nass wurden, doch das war ihr egal. Tatsächlich schien ihr alles egal zu sein, wenn Paul in ihrer Nähe war.

12. Kapitel

»Ich kann nicht glauben, dass ich noch nie hier gewesen bin!«, brüllte Susan vergnügt und wippte mit ihrem Fuß im Takt der Musik. »Der Schuppen ist einfach DER Wahnsinn!« Mit roten Wangen blickte sie auf die Tanzfläche und beobachtete die Gäste dabei, wie sie Line Dance zu Shania Twains *Any Man of Mine* tanzten, allerdings nicht im Paartanz, so wie Susan und Paul es gestern Abend gemacht hatten, sondern in der Gruppe.

Hier war für die Tanzeinlagen auch wesentlich mehr Platz als in der Bar am Pier von Charleston. Dieser Saloon war ja praktisch dafür gemacht, dass hier getanzt wurde. Der Laden erstreckte sich über zwei Etagen, wobei die oberste Etage wie eine Art Galerie verlief, sodass die Gäste von ihren Tischen auf die Tanzfläche hinunterschauen konnten. Um diese war nämlich der ganze Saloon aufgebaut worden. Natürlich bestand sämtliches Mobiliar aus warmem Holz, nur die Sitzgelegenheiten waren aus dunkelrotem Leder gefertigt. Überall wo man hinblickte erkannte man Poster von Cowboyfilmen, die vor allem John Wayne zeigten. Countrystars blickten einem aus Bilderrahmen entgegen, und etliche Westernobjekte fügten sich in die Szenerie mit ein.

Susan fühlte sich hier pudelwohl, was womöglich auch daran liegen konnte, dass sie sich endlich hatte ihrer Skijacke entledigen dürfen. Diese hing neben Pauls Bikeranzug an der Garderobe und tropfte den Boden voll. Leider konnte Susan ihre nassen Jeans nicht ausziehen, da sie keine Wechselsachen mithatte, doch solange sie hier im warmen Saloon blieben, würde die Hose lediglich feucht-warm bleiben.

Eines war jedoch etwas merkwürdig gewesen. Während sie sich ausgezogen hatten, war Pauls Portemonnaie aus der Hosentasche seines Anzugs gefallen und aufgeklappt. Susan hatte es aufheben wollen, doch Paul war richtig ein wenig grantig geworden und hatte ihr bedeutet, dass er das auch allein könne. Während die Kellnerin sie zu ihrem Tisch geführt hatte, war es Susan nicht aus dem Kopf gegangen, warum Paul wohl so gereizt reagiert hatte. Tatsächlich war er richtiggehend nervös gewesen. Doch beim Anblick des Saloons und der lauten Countrymusik war sie schnell wieder von ihren Zweifeln abgekommen. Auch Paul war völlig begeistert und klatschte energisch im Takt der Musik mit. »Endlich mal etwas anderes als die nervigen Swing- und Big-Band-Klänge, die hier ständig durch die Stadt wehen. In Denver findet man an jeder Ecke einen guten Saloon, aber hier ist das etwas schwieriger.«

Da hatte er nicht ganz unrecht. Auch Susan konnte sich mit dieser Musikrichtung nicht so recht anfreunden. Doch immerhin war der weltberühmte Tanz, der Charleston, nach ihrer Stadt benannt worden.

Neugierig horchte sie auf. »Denver, bist du dort aufgewachsen?«

»Nein«, meinte Paul etwas zögernd, als überlegte er genau, was er sagen sollte, »geboren und aufgewachsen bin ich in Colorado Springs, das liegt direkt am Rande der Rockys. In Denver bin ich dann in die Lehre gegangen.«

Susan freute sich, dass er etwas preisgab, und schob sofort hinterher: »Und seit wann lebst du in Charleston?«

»Seit knapp zwei Monaten«, nuschelte er und bedeutete ihr damit, dass der Ausflug in sein Leben nun vorbei war.

Grübelnd nippte Susan an ihrem zwanzig Jahre alten Whiskey, der wirklich himmlisch schmeckte. Schnell versuchte sie die Stimmung wieder zu heben, die durch ihre Fragerei zu kippen drohte. »Mit Swing kann ich ja noch leben, aber dieses Jazz-Gedudel ...«, sie machte eine Handbewegung über ihre Kehle, »da könnte ich aus dem Fenster springen.«

»Hört, hört«, rief Paul und prostete ihr dankbar zu, und sie stießen schwungvoll ihre Gläser zusammen, doch dieses Mal schüttete Susan nichts daneben. Was jedoch auch daran liegen konnte, dass sie auf ihren Whiskey wesentlich energischer aufpasste als auf ihren Kaffee.

Eine dunkelhäutige Kellnerin in karierter Hose, mit Jeanshotpants und Cowboystiefeln trat an ihren Tisch und grinste sie freundlich an. »Wer von Ihnen hat das
T-Bone-Steak bestellt?«

Hastig hob Susan ihre Hand und nahm den Teller entgegen. Schon beim Anblick des köstlichen Rindfleischs lief ihr das Wasser im Mund zusammen. Obwohl Pauls Filetsteak auch göttlich aussah.

Bewaffnet mit Messer und Gabel machten die beiden sich über ihr Essen her. Bei jedem Bissen stöhnte Susan ein kleines bisschen auf, was Paul jedes Mal seine Grübchen auf die Wangen trieb. Offenbar amüsierte er sich köstlich über sie, doch das war ihr egal.

»Also es gibt zwei Dinge auf der Welt, da brauche ich nicht drüber zu grübeln, ob ich die mag oder nicht. Das ist zum einen ein guter Whiskey«, sie hob demonstrativ ihr Glas nach oben, »und so ein himmlisches Steak.« Susan freute sich, dass sie sich nach all der Zeit, in der sie nur so vor sich hin gelebt hatte, endlich wieder auf die Dinge besann, die ihr eigentlich schon immer gefallen hatten.

Auch Paul schien genau zu wissen, was ihm gefiel, denn er verspeiste sein Steak ebenfalls mit Hochgenuss. »´nd was is mit Countrymusik«, wollte er mit vollem Mund von ihr wissen.

Susan verdrehte die Augen. »Okay, drei Dinge, die mir bis in alle Ewigkeit gefallen werden: Whiskey, Steaks und Countrymusik.«

Wieder prostete Paul ihr zu, und während sie beide an ihrem Whiskey nippten, blickten sie sich über ihre Gläser hinweg verschwörerisch an. Als würde sie Paul schon seit etlichen Jahren kennen, wusste sie nur durch seine Blicke, was er gerade dachte. Tatsächlich war es genau das Gleiche, was sie dachte. Sie wäre bereit, ihrer Liste noch eine vierte Sache hinzuzufügen, die ihr mit großer Wahrscheinlichkeit gefallen würde.

In diesem Augenblick verstummte die Musik, und der Moderator des Saloons trat auf die Tanzfläche. Er war ebenfalls in volle Cowboymontur gekleidet, wobei das Beste seines Outfits die knallroten Stiefel waren. Lässig hing sein Cowboyhut auf dem Hinterkopf.

»Wie jeden Mittwochabend veranstalten wir auch heute unseren allseits beliebten Tanzwettbewerb. Ihr könnt Standard tanzen, Line Dance, als Paar oder in der Gruppe. Meine Wenigkeit wird herumlaufen und entscheiden, welches Paar rausfliegt und welches bleiben darf. Das Paar, das am Ende des dritten Songs noch tanzt, hat gewonnen.« Er friemelte in seiner stonewashed Jeansjacke herum und zog einen roten Umschlag hervor. »Die Gewinner erhalten einen Gutschein für eine Nacht in unserem Hotel.« Applaus gepaart mit begeistertem Gegröle hallten durch den Raum. Offenbar war dieses Event beliebt bei den Einheimischen, denn der Saloon war bis auf den letzten Platz besetzt, und alle blickten begeistert auf die Tanzfläche. Susan hatte keine Ahnung gehabt, dass es in und um Charleston solch eine große Countryszene gab.

Ruckartig wandte Paul ihr seinen Kopf zu. »Ich möchte mit dir an diesem Wettbewerb teilnehmen.«

Susan blieb nicht nur sprichwörtlich ihr Bissen im Halse stecken. Wild mit den Armen fuchtelnd hustete sie, was ihre Lungen hergaben, dabei erhielt ihre Gesichtsfarbe eine gefährlich rote Färbung. Rasch kippte Paul einen Schwall Wasser aus ihrem Pitcher in Susans Glas, und diese schluckte den Inhalt gierig herunter.

Als sie wieder ein wenig zur Ruhe kam, tippte sie sich mit dem Zeigefinger an die Stirn. »Wozu, weil wir unbedingt diesen Umschlag brauchen? Ich würde behaupten, dass wir uns eine Nacht in diesem Hotel leisten könnten.« Tatsächlich hatte sie, als sie auf dem Parkplatz völlig durchnässt von der Harley gestiegen war, ein Schild im Fenster neben dem Saloon blinken sehen, das andeutete, dass noch Zimmer zur Verfügung standen. Wenn sie ehrlich war, hatte sie kurz darüber nachgedacht, auf das Essen zu verzichten und Paul gleich in eines der Zimmer zu schleifen, doch ihr knurrender Magen hatte sie wieder zur Raison gebracht. Zum Glück, denn sonst hätte sie das alles hier verpasst. Susan war in einer so ausgelassenen Stimmung, die ihr gänzlich unbekannt war. Seit sie die Stelle als Verlagschefin übernommen hatte, machte sie sich ständig Gedanken darum, was die Leute über sie denken könnten. Doch obwohl sie nur eine Viertelstunde von Charleston entfernt waren, fühlte Susan sich dermaßen befreit, als wäre sie auf einem anderen Kontinent. So also musste sich Urlaub anfühlen. Vielleicht sollte sie es in Zukunft auch mal damit versuchen.

»Mit Sicherheit, aber es geht mir gar nicht um diesen billigen

Gutschein«, erklärte Paul, doch er klang dabei ein kleines bisschen zu überschwänglich. »Ich möchte einfach nur mit dir diese anderen Waschlappen an die Wand tanzen.«

Jetzt konnte Susan sich gut vorstellen, wie Paul Landesmeister im Line Dance hatte werden können. Ihn reizte der Wettbewerb, was Susan ihm nicht verdenken konnte.

Sie fixierte Paul, als wäre er ein Entflohener aus der Psychiatrie. »Hast du sie nicht mehr alle? Der Laden hier ist gerammelt voll, das sind sicher knapp zweihundert Menschen, die dabei zugucken werden, wie wir da unten tanzen!« Im Rampenlicht zu stehen war noch nie Susans Ding gewesen. Zu Beginn war es für sie eine der schwersten Tätigkeiten als Verlagschefin gewesen, vor der gesamten Belegschaft zu sprechen. Doch inzwischen war sie recht gefestigt in ihrem Job, was ihr bei den Reden wesentlich mehr Selbstvertrauen gab. Aber das hier? Was verstand sie schon von Line Dance? Sicher, sie hatte gestern recht nett mit Paul getanzt, doch das tat jeder zweite Einwohner von Amerika ebenfalls. Line Dance war ein traditioneller Volkstanz.

Die Augen verdrehend schob Paul seinen leeren Teller von sich. Erstaunt warf Susan einen Blick auf ihren eigenen, der mindestens noch halb voll war. Hatte er das Fleisch inhaliert, oder wie hatte er es so schnell verputzen können?

»Ich bin mir durchaus der Tatsache bewusst, dass wir angeschaut werden, allerdings nicht von einer professionellen Jury, sondern von einem Haufen angesoffener, vollgefressener Saloonbesucher. Komm schon, Susan, das hier ist nicht Let´s Dance.« Und als wäre ihm ein köstlicher Gedanke gekommen, verzogen sich seine Mundwinkel unheilvoll nach oben. »Außerdem finde ich, es gehört auf deine Liste.«

Zornig kniff Susan ihre Augenbrauen zusammen. »Du meinst also, dass ich nicht weiß, ob es mir gefällt, vor Wildfremden zu tanzen, oder nicht? Du vergisst, dass ich das auf dem College schon gemacht habe. Da hatten wir auch Auftritte vor Publikum. Also«, sie strich ihre Hände übereinander, »sieh den Punkt als erledigt an.« Begeistert darüber, dem öffentlichen Tanz entgangen zu sein, wandte sie sich wieder mit Appetit ihrem Steak zu.

Paul legte seine Stirn in Falten und nippte an seinem Glas. »Wie lange hast du eigentlich auf dem College getanzt, Missy?«

»Missy?« Susan hörte wohl schwer.

Doch Paul ging gar nicht darauf ein und fragte sie noch einmal drängender: »Wie lange?«

Enttäuscht darüber, dass dieses schöne Essen zu so einer blöden Diskussion ausgeartet war, überlegte sie kurz. »Wenn ich es recht in Erinnerung habe, vom zweiten Semester bis zu meinem Abschluss. Wieso?«

»Wir bitten jetzt alle Paare, die an dem Wettbewerb teilnehmen wollen, auf die Tanzfläche zu kommen!«, unterbrach der Moderator lauthals und unter grölendem Getöse ihre Unterhaltung.

Pauls Augen weiteten sich skeptisch. »Du willst mir also weismachen, dass du über vier Jahre getanzt hast, ohne dass dir die Auftritte gefallen haben?«

Zögernd schob sie ihre Möhren auf dem Teller hin und her. »Sicher, es war nicht mein Liebstes an der Tanzerei, aber nach einer Weile«, sie schluckte schwer einen Happen herunter, »fand ich es ganz okay.« Schnell aß sie weiter, ohne Paul anzuschauen.

Erneut ertönte das Knacken der Lautsprecher. »Haben sich jetzt alle Paare eingefunden, die mittanzen wollen?«

Pauls Stuhl kratzte laut über die Holzdielen, und er erhob sich eilig. »Nein, wir würden gerne noch mitmachen«, schrie er über die Balustrade hinweg in Richtung Moderator, der gerade zwischen den Teilnehmern hin und her wuselte und jedem Paar eine Teilnehmernummer ansteckte.

»Ich habe dir doch gesagt, dass ich das auf keinen Fall machen werde!«, rief Susan und warf ihr Besteck auf den Teller. Den Appetit hatte er ihr nun gründlich versaut.

Mit einem Satz war er an ihrer Seite und umfasste zärtlich ihren Arm: »Das hast du beim *Angle Oak Tree* und beim Motorradfahren vorhin auch gesagt, und am Ende fandst du es toll. Ich glaube, dass du schon Lust hast, mit mir an diesem Wettbewerb teilzunehmen, schließlich ist mir gestern Abend nicht entgangen, wie sehr es dir Freude gemacht hat, dass alle Menschen uns in der Bar beobachtet haben. Aber du hast Angst. Angst davor, dass du versagen könntest, Angst davor, was die Leute denken könnten, und noch mehr hast du Angst davor, dass du es wirklich mögen könntest.« Er kniete sich nun hin, sodass sie beide knapp auf Augenhöhe waren.

Wütend pustete Susan Luft zwischen ihren Lippen hervor. »Warum sollte ich Angst davor haben, dass mir etwas gefallen könnte?« Sie verstand einfach nicht, worauf Paul da hinauswollte. Es war doch schön festzustellen, dass einem etwas gefiel.

Mit wissender Miene legte er seinen Kopf schief und schob Susan eine Strähne aus der Stirn, die er ihr liebevoll hinters Ohr steckte. Das dabei entstehende elektrisierende Gefühl, als er sie berührte, ignorierte sie gekonnt.

»Weil«, begann er mit kratziger Stimme, »dir mit jeder Sache, die du neu für dich entdeckst, klar wird, dass vieles aus deinem jetzigen Leben, auf dem du so beharrst, dir nicht mehr gefällt. Und genau das macht dir Angst.«

Susan atmete laut aus. Sie ließ ihre Schultern sinken, und die zornige Anspannung fiel von ihr ab. Paul hatte recht. Seit sie gestern Abend mit Paul getanzt hatte, hatte sie ihre alltäglichen Verhaltensmuster durchbrochen, und es fühlte sich himmlisch an. Richtig befreiend. Doch genau das war das Schlimme daran, denn sie wusste ganz genau, dass es keinen Weg raus aus ihrem Leben gab. Michael würde sie erst in geraumer Zeit, nach einer hässlichen und anstrengenden Scheidung, loswerden. Und was mit ihrem Job war, das wusste sie nicht. Eigentlich liebte sie das, was sie tat, doch inzwischen hatte ihr Arbeitsplatz ihr gesamtes Leben eingenommen. Aber sie war nun einmal die alleinige Erbin von *Tylor House*, da gab es nichts dran zu rütteln. Ihr Vater hatte ihr guten Gewissens die Firma vermacht, weil er wusste, dass es Susans Traum war, den Verlag zu leiten, und dass es auch keinen Menschen gab, der das besser konnte als sie.

Doch in diesem Augenblick entschied sie, dass sie sich auch noch morgen darum Gedanken machen konnte. Eilig stürzte sie den restlichen Inhalt ihres Glases herunter, welches immerhin noch halb voll gewesen war. Danach lehnte sie sich mit einem energischen Funkeln in den Augen so nahe an Paul heran, dass ihre Nasen sich beinahe berührten. »Lass uns diesen Möchtegerntänzern zeigen, was richtiger Line Dance ist.«

13. Kapitel

Schwungvoll stieß Susan die Tür auf, woraufhin sie und Paul lachend in das Zimmer hineinstolperten. Dabei mussten sie höllisch aufpassen, dass ihnen ihre bedenklich vollen Whiskeygläser nicht überschwappten. Paul klatschte auf den Lichtschalter, welcher sich gleich neben der Zimmertür befand, woraufhin eine der beiden Nachttischlampen aufflackerte, die nur ein schwaches Licht von sich gab. Doch nach der Festtagsbeleuchtung im Saloon war dies genau das Richtige, um ihre Augen ein wenig zu schonen.

»Und als die Frau ihrem Mann eine geklatscht hat, weil sie rausgeflogen sind«, sagte Paul und hielt sich seinen Bauch vor Lachen. »Das war wirklich das Beste von allem.« Achtlos ließ er seine Bikerklamotten und Susans Skijacke auf den Boden fallen.

Mit großen Augen wackelte Susan mit ihrem Zeigefinger. »Nein, noch besser fand ich, als diese blöde Kuh, die mich absichtlich angerempelt hat, ausgerutscht und auf ihren Hintern gefallen ist.« Japsend ließ Susan sich in einen roten Ledersessel fallen und streifte sich ihre mit Schlamm bespritzten neuen Wildlederstiefel von den Füßen. Die würde sie sicher nicht mehr sauber bekommen, aber was sollte es, dieser Ausflug war es wert gewesen. Ihre schwarzen Feinstrümpfe pfefferte sie gleich hinterher, sodass sie ihre nackten Füße im Schneidersitz auf den extrem breiten Sessel ziehen konnte.

Grinsend ließ Paul sich in den zweiten Sessel fallen und erhob feierlich sein Glas. »Aber das Allerbeste an diesem ganzen verdammten Abend war mit Abstand unser Sieg.«

Susan prostete ihm ebenfalls zu und nahm einen großen Schluck von dem braunen Getränk. Sie wusste nicht mehr, der wievielte Whiskey das heute Abend schon war, allerdings war sie sich sicher, dass sie es morgen bereuen würde.

Ihr reichlicher Alkoholkonsum hatte sie beide auch dazu veranlasst, ihren gewonnenen Gutschein sofort einzulösen, schließlich hätten sie nicht einmal mehr auf das Motorrad steigen, geschweige denn es fahren können.

Sicher, sie hätten auch ein Taxi nach Hause nehmen können, immerhin lag Charleston nur fünfzehn Minuten von hier entfernt, aber es wäre doch schade gewesen, ihren Gewinn verfallen zu lassen. Mal davon abgesehen war ihnen beiden klar, dass sie in Zukunft eher weniger auf die Idee kommen würden, in den Zimmern über dem Saloon zu schlafen, wo sie doch eigentlich nur fünfzehn Minuten entfernt wohnten.

»Aber ich muss doch eingestehen, dass die Zimmer ganz passabel aussehen«, erklärte Paul. Er schien ihre Gedanken zu lesen. Inspizierend schaute er sich um.

Auch Susan war es schon aufgefallen, dass die Zimmer eigentlich richtig gemütlich wirkten, nun ja, für einen waschechten Coutryfan, denn alles in allem war die Einrichtung genau dieselbe wie im Saloon. Helle Dielen bestimmten die Atmosphäre und befanden sich überall, wo man hinblickte, an den Wänden, auf dem Fußboden und an der Decke. Lediglich ein schmaler Streifen Farbe an der Wand bewahrte sie davor, sich wie in einer Holzkiste zu fühlen. Dafür war das Zimmer mit lauter süßen Details gespickt, wie zum Beispiel den rot-weiß karierten Vorhängen, die aufgezogen waren und einen Blick auf die beleuchtete Terrasse des Saloons freigaben, sowie der ebenfalls karierten Bettwäsche. Auch die kleine Sitzecke, in der sie gerade Platz genommen hatten, in der ein wunderschöner, antiker Beistelltisch aus dunklem Eichenholz stand. Natürlich durften auch hier nicht die zahlreichen Landschaftsmotive fehlen, die weite Prärien und Cowboys auf Pferden zeigten.

»Also ich liebe ja die Cowboyszene, mit allem, was dazugehört, aber hier wirkt es irgendwie, als hätte John Wayne persönlich sich übergeben«, meinte Paul und revidierte damit seinen ersten Eindruck noch einmal. Er verzog ablehnend das Gesicht.

Bei seinen Worten musste Susan so laut loslachen, dass sie den Whiskey, den sie gerade weggeschlürft hatte, in hohem Bogen ausprustete.

Eilig hastete Paul ins Bad und kam mit einem Haufen Papiertaschentücher zurück. »Sachte, sachte«, riet er amüsiert und reichte Susan die Tücher. Danach ließ er sich ihr gegenüber auf das Bett fallen.

Von einer Sekunde auf die andere war die Albernheit, die den ganzen Abend über seine Mimik dominiert hatte, verschwunden. Ohne ein Wort zu sagen, blickte er zu Susan herüber und schlürfte nur dann und wann mal an seinem Glas, das er zwischen beiden Händen auf dem Schoß hielt.

Auch Susan nahm Paul eindringlich ins Visier, nachdem sie sich den Whiskey vom Mund abgewischt hatte. Der Abend war wirklich unglaublich gewesen. Sie konnte sich nicht mehr daran erinnern, wann sie das letzte Mal eine so tolle Zeit mit jemandem verbracht hatte. Paul brachte sie dazu, sich völlig zu entspannen, Spaß zu haben und nicht so ernst über alles nachzudenken. Ansonsten wäre sie niemals auf die Tanzfläche in einem vollen Saloon gegangen und hätte dort an einem Line Dance Wettbewerb teilgenommen. Doch das hatte sie, und sie war mächtig stolz darauf. Nicht nur, dass sie gewonnen hatten, sondern es hatte ihr richtig Freude bereitet. Nun ja, das Gewinnen war dann die Kirsche auf dem Sahnehäubchen gewesen. Außerdem hatte sie so Paul den restlichen Abend über verdammt nahe sein können. Praktisch jeder Teil seines Körpers hatte sich gegen ihren gepresst, und ohne darüber zu sprechen, hatten sie sich gegenseitig beim Tanzen so jugendfrei es eben ging abgetastet. Man hätte auch sagen können, die Tanzerei war ein dreistündiges Vorspiel gewesen.

Denn nachdem sie gewonnen hatten, was ja nach drei Songs schon feststand, waren sie beide nicht mehr von der Tanzfläche zu bekommen gewesen. Jedes Countrylied hatten sie mitgenommen, dabei war es ihnen egal gewesen, ob langsam oder schnell. Gerne hätten sie noch länger getanzt, doch der Saloon schloss um zwei Uhr, und somit hatte die nette Barfrau sie aufgefordert, endlich die Tanzfläche zu verlassen, da sie aufräumen wollten. Erschrocken hatten die beiden festgestellt, dass sie die Letzten in dem Gastraum waren und die Kellnerinnen schon alle Stühle hochgestellt hatten. Susan und Paul waren so vertieft ineinander gewesen, dass sie um sich herum alles vergessen hatten.

»Danke für diesen großartigen Abend«, flüsterte Susan etwas verlegen und schaute auf ihr Glas hinunter. »Du hattest recht, ich habe mich dagegen gesträubt, neue Erfahrungen zu machen. Ich kann aus meinem Leben nicht so einfach raus.« Schulterzuckend begoss sie diese traurige Feststellung mit einem Schluck.

»Aber heute hast du es doch auch geschafft«, stellte Paul in einem schwachen Aufmunterungsversuch fest.

Höhnisch lachte Susan auf. »Ja, für einen Tag. Aber weißt du, wie sich diese kleine Auszeit morgen rächen wird? Ich komme doch schon kaum mit meiner Arbeit hinterher. Morgen habe ich also den doppelten Berg an Akten und Unterlagen auf meinem Schreibtisch liegen, was bedeutet, dass ich vor einundzwanzig Uhr mein Büro nicht verlassen werde. Und danach wird Michael mir zu Hause, sofern er dort ist, richtig schön die Hölle heißmachen.« Das alles sagte sie ohne Wehmut oder Selbstmitleid. Es war einfach Tatsache. »Aber dennoch war der heutige Tag etwas ganz Besonderes. Du hast es geschafft, dass ich mal für ein paar Stunden diesem quälenden Trott entfliehen konnte. So wie er war, war er wirklich perfekt.« Träumerisch grinste Susan vor sich hin. Diesen Ausflug würde sie auf ewig in Erinnerung behalten.

Stillschweigend stellte Paul sein halb volles Glas neben das Doppelbett. Auch wenn an ihm dieser aufregende Tag nicht ganz spurlos vorbeigegangen war, sah er immer noch zum Anbeißen gut aus. Das Jeanshemd spannte sich um seine Oberarme, und die engen Jeans betonten seine muskulösen Beine, vor allem aber den knackigen Hintern.

Ohne Vorwarnung stand er plötzlich auf und kam mit langsamen Schritten auf sie zu, wobei die Absätze seiner Boots laut nachhallten. Unmittelbar vor ihr blieb er stehen, nahm ihr wortlos das Glas aus der Hand und stellte es auf den Beistelltisch

Susans Herz pochte so laut in ihrer Brust, dass sie befürchtete, Paul könnte hören, wie nervös sie war. Der bestimmte Ausdruck in seinen eisblauen Augen sagte ihr, worauf das hier hinauslaufen würde. Doch sie musste sich einfach vergewissern.

Als er ihr seine Hände hinhielt, griff sie wie selbstverständlich danach, stellte ihre nackten Füße auf den warmen Dielenboden und ließ sich von ihm hochziehen.

»Was soll das hier werden?«, krächzte sie mit belegter Stimme.

Unmissverständlich griff er mit beiden Händen unter ihren Po und hob sie hoch, sodass Susan ihre langen Beine um ihn schlingen konnte.

»Ich werde dafür sorgen, dass dieser perfekte Tag einen noch perfekteren Abschluss findet«, flüsterte er mit rauer Stimme in ihr Ohr, woraufhin sich eine Gänsehaut über Susans gesamten Körper legte. Plötzlich schien sie stocknüchtern zu sein. Ihre Sinne waren geschärft, und sie versuchte jedes noch so kleine Detail in sich aufzusaugen.

Während Paul ihr fest in die Augen schaute, trug er sie zum Bett rüber und setzte sie behutsam auf die Bettkante. Mit ein paar Schritten war er am Schalter und ließ das Nachttischlicht erlöschen. Da die Terrasse jedoch ausreichend beleuchtet wurde, drang genug Licht durch die Fensterfront, sodass Susan alles noch bestens erkennen konnte. Kurz darauf erklang zweimal ein Poltern, da Paul seine schweren Schuhe abgestreift hatte.

Sie hingegen hatte sich nicht einen Millimeter weit bewegt, als er Sekunden später vor ihr auf die Knie ging und zwischen ihre Beine rutschte. Ihre Köpfe waren nun gleichauf, und durch das Licht im Zimmer konnte sie sein Gesicht bestens ausmachen. Wie eine Blinde, die im Begriff war, ihr Gegenüber mittels Tasten zu erkennen, zeichnete Susan sämtliche Konturen in seinem Gesicht nach. Die tiefen Falten auf seiner schmalen Stirn, die durch das ständige, skeptische Hochziehen über die Jahre entstanden sein müssen, die weichen Wangen, mit den zarten Rundungen, den leichten Stoppelbart, der ihm irgendwie etwas Verwegenes verlieh, sowie seinen herzförmigen Mund. Dabei spornte es sie noch mehr an, dass bei jeder ihrer Berührungen ein erregtes Zittern durch Pauls Körper ging.

Während ihrer Erkundungstour lagen seine Hände auf ihrem Oberschenkel, wobei seine Daumen kleine Kreise auf der Innenseite ihres Beines zeichneten. Allein diese kleine Berührung ließ sie schon wahnsinnig werden. In den vergangenen anderthalb Jahren hatte sie vergessen, wie schön diese Gefühle doch sein konnten und wie wichtig diese Art von Intimität war. Allerdings konnte ihre Vergesslichkeit auch daran liegen, dass sie bei Michael nicht einmal annähernd solche starken körperlichen Empfindungen gespürt hatte. Eigentlich hatte sie immer angenommen, dass diese Intensität an Gefühlen nur entstehen konnte, wenn man sich schon lange kannte, doch heute musste sie unweigerlich feststellen, dass es dabei auf die Chemie zweier Menschen ankam. Und was sollte sie sagen, die Chemie zwischen ihnen beiden passte einfach perfekt.

Ihre Hände ruhten auf seinem vor Erwartung angespannten Kiefer. Langsam beugte sie sich nach vorne und führte ihre Lippen an seine. Sofort entlockte sie ihm damit ein Stöhnen, das wie ein Startschuss wirkte.

Leidenschaftlich rutschten Pauls Hände in ihren Rücken und zogen Susan fest zu ihm heran. Während ihre Zungen einander sehnsüchtig suchten, zerrten ihrer beider Hände an den Oberteilen des jeweils anderen. Plötzlich war jeder Fetzen Stoff, der sie beide noch voneinander trennte, zu viel. Paul schaffte es als Erstes, Susan ihr Poloshirt über den Kopf zu ziehen, wobei sie heilfroh war, dass sie heute früh ihre gute rote Spitzenunterwäsche angezogen hatte. Nicht, weil sie damit gerechnet hatte, heute noch mit einem sexy Mann in der Kiste zu landen. Tatsächlich war sie einfach nur seit längerer Zeit nicht mehr zum Waschen gekommen, und das war die letzte saubere Unterwäsche, die sie noch im Schrank gehabt hatte.

Ärgerlicherweise brauchte sie ein wenig länger, die zahlreichen Knöpfe von Pauls hellblauem Hemd aufzubekommen, doch als sie endlich den untersten erreicht hatte, zerrte sie es ihm quasi von den Armen. Ihm das weiße T-Shirt über den Kopf zu streifen, welches er darunter trug, war danach nur noch eine Kleinigkeit.

Pure Erregung trat auf ihre Miene. Ihr Auftrag war erfüllt, nun konnte sie den Mädels mitteilen, dass Paul nicht nur an den Armen tätowiert war. Sein ganzer Oberkörper war ein einziges Kunstwerk, das aus mehreren Bildnissen bestand, die jedoch perfekt ineinander überflossen. Da war zum Beispiel ein Tribal, das von seinem rechten Oberarm über den Rücken bis hin über die rechte Brust verlief, wo es rund um die Brustwarze in kleinen Kringeln auslief. Auf dieser Seite sah Susan noch etwas kurz aufblitzen: ein Piercing.

Paul zog sie wieder zu sich heran und führte ihren Kuss fort, nur dass er jetzt nicht mehr so fordernd und drängend war, sondern eher intensiv und leidenschaftlich. Immer tiefer versanken sie beide darin, was ihnen hin und wieder ein erregtes Seufzen entlockte.

Doch sobald Paul mit seinem gut definierten freien Oberkörper vor ihr hockte, reichte ihr das Küssen plötzlich nicht mehr aus. Sie wollte seine heiße Haut auf ihrer spüren, wollte jeden Zentimeter seines Köpers erkunden, jede einzelne Tätowierung entschlüsseln und ihm so nahe sein, wie es irgend möglich war.

Als hätte er ihre Gedanken gelesen, ließen Pauls Lippen augenblicklich von ihren ab und gingen auf Wanderschaft. Über ihren Hals, hin zu ihrem rechten Ohr, woran er genüsslich knabberte, was sie mehr als verrückt machte, über ihre Schulter hinunter zu ihren Brüsten. Ohne große Anstrengung öffnete er ihren BH mit einer Hand, während die andere sanft über ihre Seite strich.

Susan hatte sich währenddessen auf ihre Hände gestützt, den Kopf in den Nacken gelegt und die Augen geschlossen. Sie genoss es, wie Pauls Lippen sich auf ihrer Haut anfühlten, wie seine

Zunge regelrecht elektrische Impulse durch ihren Körper schickte und das Streicheln seiner Hände ein immer stärkeres Kribbeln in ihre Mitte verursachte.

Inzwischen spürte sie Pauls heiße Lippen auf ihrem Bauch hinunterwandern, was ihre Nervosität, aber auch Erregung, beinahe ins Unermessliche steigerte. Als müsste sie sich an etwas festhalten, krallte sie ihre Finger fest in seine kräftigen Schulterblätter, was ein wollüstiges Brummen bei ihm hervorrief.

Kurz darauf hielt er inne, sodass Susan ihren Kopf hob und nach unten schaute. Ihrer beider Atem ging stoßweise, und ihre Blicke glühten förmlich. Die Sehnsucht nacheinander war deutlich zu erkennen. Offenbar wollte Paul sich ein letztes Einverständnis geben lassen, nach dem Motto, hier und jetzt hätte sie noch die Chance auszusteigen.

Als wenn das noch ginge! Nein, dieses Mal würde sie sich nicht davon abbringen lassen. Sie wollte diesen Mann noch mehr als einen dreißig Jahr in Eichenfässern gereiften Whiskey, und das wollte schon etwas heißen.

Beinahe unmerklich nickte sie ihm zu, seine Lippen kräuselten sich, und die kleinen Grübchen traten hervor, die sie so sehr an ihm liebte. Sogleich legte seine Hand sich zärtlich, aber bestimmt auf ihren Bauch und drückte sie leicht nach hinten, woraufhin Susan sich ergeben in die Daunendecken fallen ließ.

Sie hörte, wie der Reißverschluss ihrer Jeans aufging, und gleich darauf zog Paul ihr die enge Hose von den Beinen. Sobald diese abgestreift war, spürte sie wieder Pauls Lippen, die ihre Beine mit zig Küssen bedeckten, bis er an ihrem Slip angekommen war. Beinahe unmerklich fuhr er kurz mit seinem Daumen unter die Ränder ihres Höschens, während er sich wieder zu ihr nach oben arbeitete, doch diese kleine Berührung hatte schon ausgereicht, um ein Feuer in Gang zu setzen.

Endlich erschien wieder sein Gesicht vor ihren Augen. Jetzt wollte Susan endlich das tun, was ihr schon seit ihrem ersten Treffen im Kopf herumspukte: Sie wollte den maskulinen Körper dieses Mannes erkunden.

Selbstsicher drückte sie Paul zur Seite und drehte ihn somit auf den Rücken, sodass sie rittlings auf ihm sitzen konnte. Diese Position gefiel ihr schon besser. Von oben hatte sie eine volle Sicht auf das Kunstwerk, das sich sein Körper schimpfte. Doch auch Paul schien die Sicht von unten zu gefallen, denn er leckte sich gierig über seine Lippen und fuhr dann mit seinen Händen ihren Oberkörper hinauf.

Susan beugte sich weit nach vorne, um Pauls Lippen ganz sanft mit ihrer Zunge zu streicheln. Dann machte auch sie sich daran, seinen Körper zu erkunden. Ihre Hände begleiteten sie dabei unablässig. Wie in Trance zeichnete sie die blauen Linien seiner Tätowierungen nach oder fuhr mit ihrer Zunge über die Malereien, was mit lustvollem Seufzen aus Pauls Mund belohnt wurde.

Ein Zucken seiner Muskeln, als sie gerade über seinen straffen, jedoch nicht übertrainierten Bauch strich, zeigte ihr, dass auch Paul mehr als erregt war, weswegen sie sich gleich daranmachte, den Knopf seiner Jeans aufzufriemeln.

»Fass mal in meine Hosentasche«, forderte er sie mit trockener Stimme auf.

Da die Hose so eng war, dass ihre Hand im angezogenen Zustand niemals mit hineingepasst hätte, zog Susan sie gemeinsam mit den roten Samtboxershorts hastig von seinen Beinen. Und Pauls Socken schob sie auch gleich mit runter. Es gab für sie nämlich nichts Schlimmeres, als wenn ein Kerl seine Strümpfe beim Sex anbehielt.

Nun lag Paul splitterfasernackt vor ihr, was ihre Lust zum Toben brachte. Ihr war ein so heißer Mann noch niemals untergekommen.

Am liebsten hätte sie sich gleich auf ihn gestürzt, doch sie hatte noch eine Aufgabe. Rasch griff sie in Pauls Hosentasche und zog dabei eine Reihe Kondome hervor, die sie an ihrer Hand baumeln ließ.

»Warst du dir wirklich so sicher, mich heute in die Kiste zu bekommen, dass du die den ganzen Tag schon mit dir rumschleppst?« Gespielt vorwurfsvoll legte sie ihren Kopf schief. Sie wusste, dass Paul immer wuschiger wurde, und seine Erregung war nun kaum zu übersehen, doch sie wollte ihn noch ein wenig zappeln lassen.

In dem Versuch, selbstsicher zu wirken, legte er seine Hände unter den Kopf. »Glaub mir, Baby, diese traumhafte Aussicht, die ich hier gerade genießen darf«, er fuhr mit feurigem Blick über ihren Körper, »war das Letzte, mit dem ich heute gerechnet habe. Die Kondome habe ich eben auf dem Männerklo aus dem Automaten gezogen.« Er zuckte mit den Schultern. »Schließlich kann man nie wissen.«

Natürlich war sie begeistert, dass er an Sicherheit gedacht hatte, sie hatte das nämlich nicht.

»Ja, aber mussten es gleich so viele sein?« Sie zählte zehn an der Zahl.

Mit hungrigem Blick zog er seine Augenbrauen nach oben und starrte unverblümt auf ihren Körper. »Ich habe gehört, Verlagschefinnen sollen unersättlich sein.« Ein teuflisches Grinsen trat auf seine Lippen. Es störte ihn offensichtlich kein bisschen, dass er hier völlig ungeschützt und nackt vor ihr lag, seine Erregung offen sichtbar.

»Das«, raunte sie verführerisch und schob langsam ihren Slip nach unten, »hast du verdammt noch mal richtig gehört.« Dann riss sie ein Kondom von der Reihe ab, steckte es zwischen ihre Zähne und krabbelte auf Paul zu. Dieser nahm ihr die Packung ab, und während er das Kondom überzog, beschäftigte Susan sich, immer noch über ihm kniend, mit seinem linken Ohrläppchen.

»Und sie sollen auch sehr dominant sein«, flüsterte sie verheißungsvoll, während Paul sie langsam auf seinen Schoß niederließ.

14. Kapitel

Beschwingten Schrittes öffnete Susan die Ladentür zum *Styleworkshop*, woraufhin sofort das ihr vertraute Bimmeln erklang.

»Da bist du ja endlich!«, klang es ihr schon entgegen, und kurz darauf kam der feuerrote Schopf von Liv um den Tresen geschossen. »Wir haben uns Sorgen um dich gemacht! Ich habe dir gestern Abend und heute Morgen etwa tausend Nachrichten auf dein Handy gequatscht.« Zur Begrüßung schlug sie Susan auf den Oberarm. »Du kannst froh sein, dass wir nicht schon längst die Polizei gerufen haben.«

Oje. Nachdem Paul, der heute Morgen merkwürdig schweigsam gewesen war, Susan heute Morgen zu Hause abgesetzt und sie auf ihr Handy geschaut hatte, das noch genau dort lag, wo sie es am Abend zuvor vergessen hatte, waren ihr die etlichen Nachrichten sofort ins Gesicht gesprungen.

Liv zerrte Susan zur Anprobeecke, jedoch erst nachdem sie die Ladentür geschlossen und das Closed-Schild sichtbar hingehängt hatte.

»Entschuldige bitte, ich habe mein Handy zu Hause vergessen.« Sie gab Lauren und Jules, die sie ebenfalls mit einer Mischung aus Besorgnis und Ärger anschauten, einen Kuss. »Hätte ich gewusst, dass ich mich bei euch abmelden muss, hätte ich natürlich eine Rundmail geschrieben.«

Rasch zog Susan ihren dunkelblauen Blazer aus. Für April war es heute ungewöhnlich warm, schon auf dem Weg heute Morgen nach Hause hatten sie über zwanzig Grad gehabt. Susan wäre in ihrer dicken Skijacke beinahe erstickt.

Deswegen hatte sie sich auch für ein schulterfreies Top mit floralem Muster sowie das dunkelblaue Kostüm entschieden. Wobei sie zum ersten Mal in diesem Jahr keine Feinstrumpfhose zu ihrem Rock trug.

»Wir haben echt gedacht, dir wäre etwas passiert«, merkte Lauren jetzt an, während sie das heutige Mittagessen verteilte: Hähnchenwraps.

Der köstliche Duft stieg Susan sofort in die Nase, weswegen sie auch beinahe gierig die Folie von dem Wrap riss und in die Teigrolle hineinbiss. Es war erstaunlich, wie ein paar freigesetzte Glückshormone bewirken konnten, dass man wieder Appetit bekam.

Da sie ihre Freundinnen nicht weiter quälen wollte, rückte sie nun mit der Wahrheit raus. »Ihr hattet nicht ganz unrecht, es ist auch etwas passiert, nur nicht das, was ihr denkt.« Sie blickte ihre Freundinnen an, die nun wie gewohnt in der weißen Sitzecke hockten und sich ebenfalls über ihr Essen hermachten. Im Augenwinkel konnte Susan schon die Flasche Sekt auf dem gläsernen Beistelltisch ausmachen, doch den würde sie heute dankend ablehnen. Zwar war es nicht so schlimm gewesen, wie sie heute Nacht vermutete hatte, dennoch schlummerte ein winziger Kater in ihren Eingeweiden. »Was habt ihr eigentlich gedacht?«, fragte sie nun interessiert zwischen zwei Bissen.

Nervös blickten die drei sich aus den Augenwinkeln an. Lauren und selbst Jules waren heute recht schick gekleidet, was bedeutete, dass sie sicher noch eine wichtige Univeranstaltung hatten. Denn ein normaler Unialltag war Jules Parker keine hochgeschlossene Bluse wert.

»Na ja«, begann Lauren zögernd und legte ihren Wrap zur Seite, um einen Schluck aus einer kleinen Wasserflasche zu nehmen, die Liv für sie alle auf den Tisch gestellt hatte. »Als Erstes nahmen wir an, dass du noch im Büro arbeitest und deswegen keine Zeit hättest, ans Handy zu gehen, doch als wir deine Assistentin angerufen haben und sie uns gesagt hat, dass du früher gegangen bist …«

Susan hob ihre Augenbrauen. »Ihr habt Anna angerufen?«

»Ja, das ´aben wir«, entgegnete Jules bestimmt und schluckte den großen Bissen in ihrem Mund hinunter. »Nachdem du auch nicht an deinen Büroapparat gegangen bist, dachten wir uns, Anna wüsste mit Sicherheit, wo du steckst. Und was glaubst du, wie erstaunt wir waren, als wir erfuhren, dass die sonst so fleißige Susan Ward nachmittags um zwei Uhr schon ihr Büro verlassen hat, um Feierabend zu machen.« Ohne eine Spur von Reue, dass sie ihr hinterherspioniert haben, funkelte Jules sie an.

Doch Susan war ihnen nicht böse. Sie hatten sich nur um sie gesorgt, worüber sie eigentlich sehr froh war. Sicher hätte sie alles genauso gemacht, wenn es andersherum gewesen wäre.

»Wisst ihr auch, was ich danach gemacht habe, Miss Marple & Co.?«, wollte sie belustigt von ihren Freundinnen wissen, während sie sich das Dressing vom Mund abwischte.

Grinsend legte Liv ihren Kopf schief. »Nein, danach war die Spur kalt«, erwiderte sie amüsiert und biss nun auch von ihrem Wrap ab.

Lauren rutschte auf ihrem Po hin und her. »Nun ja, allerdings wissen wir, dass du nicht zu Hause warst.« Entschuldigend zuckte sie mit den Schultern.

Susan steckte sich gerade den letzten Bissen ihres Wraps in den Mund, weswegen sie lediglich fragend in die Runde schaute.

Stöhnend packte Liv aus. »Also gut, wir drei sind gestern spät abends noch an deinem Haus vorbeigefahren, eigentlich hatten wir ja damit gerechnet, dem axtschwingenden Michael zu begegnen, was auch der Grund gewesen war, warum wir uns solche Sorgen um dich gemacht haben. Doch euer Haus lag wie ausgestorben da, was uns gezeigt hat, dass niemand zu Hause war. Jules ist sogar auf die Terrasse geschlichen und hat durch die Fenster geschaut.«

Lauthals lachte Susan los. Die Vorstellung, dass ihre Freundinnen in einem Auto hockten und ihr Haus observierten, fand sie mehr als amüsant. Und wenn sie sich ausmalte, wie Jules durch ihren Garten schlich und durch die Fensterscheiben schmulte, dann brachte das das Fass beinahe zum Überlaufen.

Mittlerweile hielt Susan sich den Bauch, da er ihr vom vielen Lachen schon wehtat. Allerdings fanden die Mädels das Ganze wohl gar nicht so komisch.

»Wir wollten nur sehen, ob es dir gut geht«, verteidigte Lauren sie jetzt.

Auch Jules fühlte sich bemüßigt, ihr Eingreifen zu erklären. »Ehrlich, ich hatte schon fast damit gerechnet, durch die Fenster deine Leiche am Küchenboden liegen zu sehen.« Aufgewühlt schüttelte sie ihre langen schwarzen Haare nach hinten.

Immer noch prustend schaute Susan in die Runde. »Ehrlich, Leute, und das ganze Theater, nur weil ich mal eine Nacht weg war, um großartigen Sex zu haben?«

»Ich glaub´s ja nicht!«, stieß Jules johlend hervor und entkorkte die Flasche Sekt. »Ausgerechnet DU bist in einen Nationalpark eingebrochen? Das ist nicht wahr.«

Nachdem Susan erzählt hatte, was ihr gestern nach dem Verlassen ihres Büros passiert war, wollten die Mädels nun sämtliche Einzelheiten erfahren.

Susan rümpfte die Nase. »Glaub´s ruhig. Meine versauten Wildlederstiefel sind der lebende Beweis. Der Schlammattacke waren sie nicht gewachsen.« Schwermütig hatte sie die Stiefel gleich nach ihrer Ankunft zu Hause im Müll entsorgt.

Liv begann damit, jedem von ihnen ein Glas Sekt einzuschenken. »Ich finde es ja wesentlich verschärfter, dass ihr an einem Tanzwettbewerb teilgenommen habt.«

»Und gewonnen haben!«, erinnerte Susan sie, wobei eine ordentliche Portion Stolz mitklang. Auch wenn der Gewinn schon aufgebraucht war. Dennoch hatte er ihr eine der tollsten Nächte ihres Lebens beschert.

Dankend lehnte Susan ab, als Jules, die wie immer mit ihr auf der Couch saß, ihr ein Glas reichen wollte. Doch wie immer hatte sie wohl nichts zu sagen, denn ein strenger Blick von Jules zeigte ihr, dass sie gar keine andere Wahl hatte.

»Auf Susan«, stimmte Jules an, »die endlich wieder flachgelegt wurde!«

Lauren schaute ihre beste Freundin empört an. »Du bist wirklich ordinär, weißt du das?«

»Jupp«, erwiderte Jules lächelnd und nippte an ihrem Sekt. »Gelegentlich erinnert Collin mich daran, aber das meist in gänzlich anderen Situationen.« Diebisch zwinkerte sie ihrer Freundin zu.

Bevor diese noch vor Empörung platzen konnte, fiel Liv ihr schnell ins Wort. »Wie wäre es denn, wenn wir auf Susans Mut anstoßen, endlich etwas Neues gewagt zu haben?«

Grummelnd stimmten die beiden Streithähne zu, woraufhin die vier ihre Gläser klirren ließen und auf Susans Wohl tranken.

Nach einem winzigen Schlückchen stellte Susan unbemerkt das Glas auf den Beistelltisch. Noch einen Schluck des prickelnden Getränks, und sie würde den köstlichen Wrap wieder hervorbringen.

»Ich sage euch«, schwärmte sie und ließ sich gegen die Lehne sinken. »Das war mit Abstand die aufregendste Nacht aller Zeiten. Und ich spreche nicht nur von dem Einbruch und der Tanzerei«, fügte sie vielsagend hinzu. »Ach, und Jules, um deine Frage zu beantworten, er ist wirklich überall tätowiert.«

Ihre Freundinnen bekamen große Augen, bevor sie wie die Teenagerinnen losgiggelten. Komisch, obwohl Frauen meist viel schneller erwachsen wurden als Männer, bei manchen Themen benahmen selbst sie sich wie unreife Zwölfjährige.

Zwinkernd prostete Jules ihr zu. »Ich finde es großartig, dass du dich mal auf ein Abenteuer eingelassen hast. Der Kerl scheint mir genau die richtige Art Lückenbüßer zu sein.«

Susan stutzte. »Wie meinst du das?«

Doch merkwürdigerweise antwortete Liv, die gerade an ihrem Glas genippt hatte. »Na ja, Jules will sagen, dass Paul perfekt ist, um die Zeit zu überbrücken, bis du wieder auf dem Damm und bereit bist für eine richtige Beziehung.«

»Ich weiß schon, was ein Lückenbüßer ist«, entgegnete Susan schnippisch und richtete sich wieder auf. »Ich verstehe nur nicht, wie ihr darauf kommt, dass Paul ein Lückenbüßer für mich sei.«

Lauren blickte sie etwas mitleidig an. »Süße, du hattest seit dreizehn Jahren eine Beziehung. Es ist doch nur verständlich, dass du gerade jetzt nicht alleine sein willst. Und das ist gut, dafür ist ja ein Lückenbüßer-Typ auch da. Wenn der ganze Stress dann vorbei ist und du wieder mit dir selbst im Reinen bist, kannst du dich nach einem richtigen Partner umschauen.«

Sie schienen den Schwachsinn wirklich ernst zu meinen, den

sie da von sich gaben. Von Jules hätte sie ja so einen Quatsch erwartet, aber Lauren und Liv auch?

»Ich sage das jetzt nur einmal«, erklärte Susan in überdeutlichem Tonfall, wobei sie sich zusammenreißen musste, nicht aufbrausend zu werden. »Paul ist auf keinen Fall ein Lückenbüßer!«

Liv legte ihren Kopf schief. »Ach, komm schon, Susan. Ihr kennt euch erst seit einem Tag.«

»Nein, seit einer Woche«, erwiderte Susan in bockigem Tonfall und verschränkte die Arme vor der Brust. Sie fühlte sich hier wie mit dreizehn, als ihre Mutter ihr weismachen wollte, dass dieser oder jener Junge besser für sie geeignet wäre.

Die Augen verdrehend, zog Jules, die seitlich an die Armlehne der Couch gelehnt saß, sich nach oben und blickte Susan streng an. »Gut, dann bist du ihm in der letzten Woche schon viermal begegnet. Trotzdem, was glaubst du denn, hast du mit diesem Möchtegerncowboy gemeinsam außer einem ungesunden Faible für teuren Whiskey und der Tatsache, dass ihr atemberaubenden Sex zusammen hattet?«

Susan plusterte sich regelrecht auf. »Glaubt ihr, ich kann einen Mann nicht einschätzen, nur weil ich lange verheiratet war?«

»Nein, das glauben wir natürlich nicht«, erwiderte Lauren in verständnisvollem Tonfall, der wohl schlichtend wirken sollte, was sonst auch immer funktionierte, doch heute machte es Susan nur wütend. »Aber du trägst nun einmal momentan diese Brille.«

Susan wollte eigentlich gar nicht wissen, was da gleich für ein Unsinn kommen würde, dennoch fragte sie mit hochgezogenen Augenbrauen. »Was denn für ´ne Brille?«

»Na, die rosarote Sexbrille!«, warf Jules völlig ernst ein, was ihr einen finsteren Blick von Lauren einbrachte.

Sonst standen Jules und Susan fast immer auf einer Seite, und meist fand sie ihre Freundin auch wirklich lustig, doch heute ging sie ihr mächtig auf die Nerven. Wie dieses ganze Mittagessen. Heute früh, als sie hierhergekommen war, hatte sie sich so wohl, so entspannt wie schon seit Jahren nicht mehr gefühlt. Und binnen weniger Augenblicke hatten die Menschen, die sich eigentlich mit ihr freuen sollten, es geschafft, dieses schöne Gefühl kaputt zu machen. Irgendwie schien die Welt kopfzustehen.

Lauren machte ein unglückliches Gesicht. »Leider muss ich Jules da ausnahmsweise mal zustimmen.« Auf Susans entsetzte Miene fügte sie schnell hinzu: »Allerdings ist es nicht nur die Sexbrille, sondern die ganze Verklärung der Situation. Alles ist neu und so anders, es fühlt sich für den Moment viel besser an als mit Michael. Doch was weißt du schon über Paul? Kennst du überhaupt seinen Nachnamen?«

Susan hatte schon lauthals protestieren wollen. Schließlich hatte sie keine Sexbrille auf, wie Jules es gerade so schön bezeichnet hatte. Paul war ihr von der ersten Sekunde an sympathisch gewesen, demnach konnte es nicht am Sex liegen, dass sie sich zu ihm hingezogen fühlte. Aber an der Sache mit dem Nachnamen war schon etwas Wahres dran. Sie selbst hatte ja gestern ein paarmal festgestellt, dass sie kaum etwas über Paul wusste. Und das hatte sich bis heute auch leider nicht bahnbrechend verändert. Meist hatte sie über sich gesprochen, doch nicht, weil sie das so gerne tat, sondern weil Paul sie quasi ausgequetscht hatte. Ständig hatte er ihr Fragen zu ihrem Leben, ihrer Ehe und ihrem Beruf gestellt. Sie hatte Paul Dinge anvertraut, die sie sonst nur ihren Freundinnen erzählt hatte, was daran lag, dass sie ihm auf irgendeine verquere Art vertraute – na ja, außerdem hatte der Whiskey ihre Zunge auch ein wenig locker gemacht.

Nachdem Susan nicht geantwortet hatte, fühlten die Mädels sich bestätigt.

»Siehst du«, wies Liv sie auf das Offensichtliche hin, »du

kennst den Kerl doch gar nicht richtig.« Sie fuhr sich durch die Haare. Die harmoniesüchtige Liv fühlte sich in diesem Augenblick offensichtlich mächtig unwohl. Vor allem da die Freundschaft zwischen ihr und Susan in den letzten Monaten eng zusammengewachsen war, weswegen es ihr nun
schwerzufallen schien, etwas gegen Susans Urteilsvermögen zu sagen.

Plötzlich erhob Susan sich. »Wisst ihr was, ich habe keine Lust, weiter von euch an den Pranger gestellt zu werden.« Sie griff nach ihrer Handtasche und dem Blazer, den sie sich beim Rausgehen überstreifte.

Völlig perplex starrten die drei sie an, und erst als Susan schon fast an der Tür war, kamen sie ihr nachgelaufen.

»Süße, sei doch nicht gleich beleidigt«, meinte Jules und packte Susan an der Schulter, doch diese entzog sich ihrem Griff.

Wütend drehte Susan sich herum. Sie hatte noch nie Streit mit ihren Freundinnen gehabt, doch diesen Mist würde sie sich nicht weiter vorwerfen lassen. »Wieso sollte ich nicht beleidigt sein, wo ihr mir doch gerade so nette Sachen an den Kopf geworfen habt?«, fragte. »Als ich hierhergekommen bin, hatte ich eigentlich angenommen, dass gerade ihr mich verstehen und unterstützen würdet. Vor allem, da ich euch auch immer unterstützt habe. Lauren«, sie drehte sich dem blonden Lockenkopf zu, »habe ich dir während der ganzen Sache mit Mike einmal abgeraten, zu ihm zurückzugehen? Oder Liv«, enttäuscht wandte sie sich nun an ihre engste Freundin, »habe ich je einen Zweifel daran geäußert, dass Jayden der Richtige für dich sein könnte? Nein, ich habe euch immer in euren Entscheidungen bekräftigt und unterstützt, weil Freundinnen das ebenso tun.«

Mit langen Gesichtern blickten die beiden ihr entgegen.

Nur Jules machte immer noch eine garstige Miene. »Freundinnen sind aber auch dazu da, sich gegenseitig vor Fehlern zu warnen, und du bist gerade dabei, nach Michael den nächsten Fehler zu begehen.« Als Jules den Gesichtsausdruck von Susan sah, merkte sie, dass sie zu weit gegangen war.

Susan atmete einmal tief durch, schloss die Ladentür auf und stapfte hinaus. Bevor sie jedoch die Tür hinter sich schloss, drehte sie sich noch einmal um. »Ich glaube, wir haben eine ziemlich unterschiedliche Vorstellung davon, was eine Freundschaft ausmacht.« Mit einer Mischung aus Wut und Enttäuschung im Bauch knallte sie die Tür lautstark zu.

15. Kapitel

Drei Wochen später

»Süßer, ich bin wieder da!« Erschöpft hängte Susan ihre Strickjacke an die Garderobe und stellte ihre Pumps neben Pauls Cowboystiefel. Jeden Abend aufs Neue amüsierte sie dieses Bild. Dann legte sie Pauls Schlüssel in eine kleine Schale auf dem Flurschrank. Da sie die letzten drei Wochen, aufgrund ihrer misslicher Wohnsituation, vorrangig bei Paul gewesen war, hatte er ihr heute Morgen einen Zweitschlüssel gegeben, weil er nicht gewusst hatte, ob er schon zu Hause sein würde, wenn sie kam, oder nicht. Susan hatte diese kleine Geste sehr gefreut, denn es hatte doch gezeigt, wie viel Vertrauen sie beide, auch nach der kurzen Zeit, schon ineinander setzten.

Hungrig schnappte sie sich die braunen Papiertüten und huschte eilig in die Küche. Seit dem Mittag hatte sie nichts mehr gegessen, was inzwischen auch schon acht Stunden her war. Während sie bei ihrem Lieblingsthailänder angestanden hatte, hatte ihr Magen unablässig knurrende Geräusche von sich gegeben, sodass sämtliche Leute sich belustigt nach ihr umgeschaut hatten. Doch es hatte Susan nicht viel ausgemacht. Tatsächlich machte sie sich, seit sie Paul kannte, immer weniger einen Kopf darüber, was andere von ihr dachten oder hielten. Das tat ihr unheimlich gut, vermutlich weil es eine Menge Druck von ihr nahm.

Außerdem aß sie wieder anständig, was einfach damit zu tun hatte, dass ihr Appetit wieder zurückgekehrt war. Leider hatten sie sich in den vergangenen Wochen nicht gerade gesund ernährt. Meist hatte Susan auf dem Heimweg vom Verlag etwas vom Chinesen, Italiener oder Burgerladen mitgebracht. In Zukunft nahm sie sich vor, ab und an auch mal etwas Gesundes für sie zu kochen.

»Du glaubst gar nicht, wie voll es bei dem Thai war!«, schimpfte Susan, während sie Paul einen Kuss auf die Lippen gab. Dieser brütete gerade vor seinem Laptop, doch als sie reinkam, begann sein Gesicht zu strahlen. Hätte ihr früher jemand gesagt, dass sie jemals ein Mann so anschauen würde, hätte sie das als windelweiches Gehabe abgetan, doch bei Paul war es einfach nur umwerfend.

Als sie sich aufmachte, die Papierschachteln mit dem Essen zu entleeren, schloss er hastig seinen Laptop und gesellte sich zu ihr, um schon mal ein wenig aus den Verpackungen zu naschen. »Danke, dass du uns was besorgt hast, ich hatte heute nicht so richtig Lust, das Haus zu verlassen.« Kurz presste er seine Lippen fest zusammen, als würde er sich nicht ganz wohlfühlen. Doch gleich darauf lächelte er sie wieder an und fragte sie eifrig nach ihrem Tag aus. Während Susan ihm von den neuen Skripten erzählte, die heute hereingeflattert waren, fiel ihr auf, dass es in den vergangenen drei Wochen öfter vorgekommen war, dass Paul dieses Gesicht gemacht hatte. Es war immer nur für einen kleinen Augenblick gewesen, doch Susan hatte es stets genau bemerkt. Sie hätte schwören können, dass Paul irgendetwas bedrückte. Doch als sie ihn letzte Woche darauf angesprochen hatte, wurde ihr bekräftigt, dass es ihm bestens ginge und er ihr schon erzählen würde, wenn etwas nicht stimmte.

Trotzdem wurde sie das ungute Gefühl nicht los, dass ihm was auf dem Herzen lag. Bestärkt wurde diese Ahnung noch von seiner Aussage, dass er *heute mal keine Lust hätte, auszugehen*. Tatsächlich waren sie beide in den vergangenen drei Wochen fast nur zu Hause gewesen. Gerade zweimal waren sie gemeinsam ausgegangen, einmal ins Kino, und letztes Wochenende waren sie in den *Wild Horse Saloon* gefahren, dort hatte eine Live-Band gespielt. Genau wie bei ihrem ersten Besuch in dem Cowboyschuppen war es dieses Mal lustig gewesen, nur dass sie zwischen den Tanzstücken wie die Teenager wild an der Bar hatten herumknutschen können.

Doch ansonsten waren sie kaum aus der Wohnung gekommen, was natürlich auch sein Schönes hatte, schließlich gab es kaum noch ein Möbelstück in Pauls Wohnung, auf dem sie sich nicht vergnügt hatten. Anfangs hatte Susan kurz gedacht, er würde sich vielleicht für sie schämen und sich deswegen nicht mit ihr in der Stadt zeigen wollen, doch nach ihrem Abend im Wild Horse Saloon hatte sie diese Idee schnell wieder verworfen. Noch offenkundiger als an diesem Abend hätte er schließlich nicht zeigen könnten, dass sie zu ihm gehörte.

»Ach ja«, sagte Susan, als ihr etwas einfiel. »Ich habe heute mit meinem Anwalt gesprochen, und die Mädels hatten tatsächlich recht, wenn ich nachweisen könnte, dass Paul fremdgegangen ist und dies langfristig und vorsätzlich geschehen ist, entfallen etliche seiner Ansprüche, außerdem müsste ich ihm dann keinen Unterhalt zahlen.« Sie reichte Paul die Platte mit dem Essen, schnappte sich Teller und Besteck und folgte ihm zu dem hölzernen Hochtisch.

Als Susan das erste Mal in Pauls Wohnung auf Sullivans Island zu Besuch gewesen war, hatte sie ihn sofort mit einem vorwurfsvollen Blick betrachtet. Gerade er hatte sich über die Einrichtung im *Wild Horse Motel* lustig gemacht? Dabei sah seine Wohnung nicht besser aus, außer dass er mehr auf dunkles Holz stand. Abgezogene Eichendielen, dicke dunkelbraune Balken und schwere antike Möbel dominierten seinen Stil. Überall, wo man hinsah, hingen Sattel, Hufeisen und Bilder mit Westernmotiven. Stoffmäßig hatte auch er sich, ebenso wie der Saloon, auf Leder beschränkt, weswegen sich in seinem Wohnzimmer eine cognacbraune Sitzecke befand. Außerdem gab es keinen richtigen Esstisch, nur eine Art Stehtisch, der an einem dicken Querbalken angebracht war, unter dem vier Hocker standen.

Dennoch musste Susan zugeben, dass sie sich in der Wohnung recht wohlfühlte. Sicher, es war nicht ihr geradliniger, minimalistischer Stil, doch er hatte durchaus seinen Charme und passte eben zu Paul.

Gentlemanlike schob Paul ihr den Hocker zurecht und setzte sich ihr dann gegenüber. Als wäre er völlig ausgehungert, schaufelte er sich bergeweise Nudeln auf seinen Teller. »Und, glaubst du, dass er noch während eurer Ehe eine andere hatte?«

Vehement schüttelte Susan den Kopf, während sie ihre Kokossuppe schlürfte. »Ich würde dafür nicht meine Hand ins Feuer legen, aber wenn ich schwören müsste, würde ich sagen, in den ersten Jahren unserer Ehe auf keinen Fall. So schwer man es sich auch vorstellen kann, wir waren damals wirklich glücklich. Wenn überhaupt, dann hat er es erst gemacht, seit wir in Charleston leben, und da hätte er reichlich Möglichkeiten dazu gehabt, denn ich war ja kaum zu Hause, das heißt, er hätte tun und lassen können, worauf er Lust hat.« Ein trauriges Lächeln trat auf ihre Lippen, und sie verharrte mit ihrem Löffel in der Luft. »Andererseits hätte Jules jetzt gesagt, dass Michael viel zu faul ist, um eine Affäre zu beginnen. Dafür hätte er ja aufstehen und seine heiß geliebte Männergarage verlassen müssen.«

Paul blickte sie mitleidig an. »Hast du mal mit den Mädels gesprochen?« Natürlich wusste er, wie sehr sie unter der Abwesenheit ihrer Freundinnen litt. Sie sprachen beide über alle Themen, die sie beschäftigten. Genauso wie am Anfang hatte Susan einfach das Gefühl, Paul alles erzählen zu können und auch von ihm verstanden zu werden.

Paul hingegen war für sie immer noch ein Buch mit sieben Siegeln, doch das würde Susan nicht in einer Million Jahren zugeben, denn sonst hätte sie sich eingestehen müssen, dass Jules Parker recht behalten hätte. Rasch verschob sie diesen häufig aufkeimenden Gedanken.

»Nein, seit unserem Streitgespräch vor drei Wochen habe ich keine der drei wiedergesehen. Zwar haben Lauren und Liv zigmal versucht, mich anzurufen, aber was hätten sie schon sagen können, um die Sache besser zu machen?« Eigentlich hatte sie Paul nach ihrem Streit mit den Mädels gar nicht davon erzählen wollen, da es ja um ihn gegangen war, doch er hatte so lange gebohrt, bis sie mit der Wahrheit herausgerückt war, zumindest mit der halben Wahrheit. Sie hatte ihm lediglich erzählt, dass es in dem Streit um ihn gegangen war und dass die Mädels nicht wollten, dass Susan sich so kurz nach ihrer Trennung schon wieder in eine neue Beziehung stürzte. Sicher war es eine kleine Notlüge, doch sie konnte ihm ja schlecht die Wahrheit sagen.

Schulterzuckend fischte sie ein Stück Hühnerfleisch aus ihrer Suppe und schob es sich in den Mund.

Mit schiefem Kopf legte Paul sein Besteck zur Seite und blickte Susan mit krauser Stirn an. »Baby, wir wissen doch beide, dass du nicht so abgeklärt bist, wie du tust. Irgendwann wirst du wieder mit deinen Freundinnen reden müssen, einfach, weil du sie liebst und sie in dein Leben gehören. Warum springst du also nicht über deinen Schatten und rufst eine von ihnen an? Ich persönlich würde mit Liv anfangen, so wie ich es verstanden habe, ist sie diejenige, die am umgänglichsten von den dreien ist.« Er zwinkerte ihr aufmunternd zu und wandte sich dann wieder seinem Essen zu.

Vermutlich hatte er recht, irgendwann würde sie sich mit ihren Freundinnen aussöhnen, doch jetzt noch nicht. Zumal die drei ein Talent dafür hatten, ungewollte Fragen zu stellen, und gerade war alles so schön mit Paul, das wollte sie sich nicht kaputt machen lassen.

»Mpf«, machte sie unentschlossen. »Vielleicht rufe ich sie mal am Wochenende an.« Vermisst hatte sie die drei Chaotinnen auf jeden Fall. Gerade jetzt, wo ihr Leben so im Umbruch war, hätte sie gerne mit ihnen darüber gesprochen. Und nicht nur über die Sache mit Paul, auch bei anderen Dingen hätte sie gerne ihre Meinung gewusst.

»Mal etwas anderes«, sagte sie und unterbrach ihren frustrierenden Gedankengang und schob ihre leere Schale zur Seite, um sich mit Stäbchen bewaffnet über das herrlich duftende Gemüse herzumachen. »Mir ist da in den vergangenen Tagen ein Gedanke gekommen, und ich wollte mal deine Meinung dazu wissen.« Plötzlich begannen ihre Hände zu schwitzen, und ein nervöses Kribbeln machte sich in ihrer Magengegend breit.

Aufmerksam blickte Paul auf, wobei seine eisblauen Augen sie neugierig anfunkelten. Niemals würde sie davon genug haben, in diese wunderschönen Augen zu schauen.

»Es ist offensichtlich, dass sich an meinem Leben nicht viel geändert hat, außer dass du jetzt darin eine Rolle spielst«, erklärte sie, und ein Kräuseln umspielte seine Lippen. »Ich hetze von einem Termin zum anderen und verpasse einfach alles. Und ich meine damit nicht nur mein Privatleben, was natürlich am schlimmsten ist. Ich verpasse sogar meinen eigenen Job.«

Tiefe Falten umspielten Pauls Augen. »Das verstehe ich nicht. Du machst doch nichts anderes als arbeiten, wie kannst du da etwas verpassen?«

Schwer ausatmend stand Susan auf und ging zu Pauls Sitzecke hinüber, wo ein kleiner Barwagen stand. Während sie zwei Gläser mit Whiskey eingoss, erklärte sie, was sie meinte: »Sicher, ich bin den ganzen Tag mit meinem Job zugange. Ich kümmere mich um Öffentlichkeitsarbeit, umschmeichle Investoren, korrigiere Fehler der Buchhaltung, beschäftige mich mit Personalfragen und schlage mich mit Computerfirmen herum, die für die neue Softwareeinrichtung verantwortlich sind. Mit einem Wort, ich mache das, was ein Chef eben tut.« Sie ging grübelnd wieder zu dem Stehtisch zurück und platzierte ein Glas vor Paul, der ihr knapp zunickte. Eine Eigenschaft, die Susan wirklich sehr an ihm schätzte, war sein Talent, ihr genauestens zuzuhören. Genauso wie jetzt. Meist sprach er kein Wort, bis sie geendet hatte, erst dann feuerte er seine Fragensalve auf sie ab.

»Aber ich bin eben nicht nur Chefin. Ich bin eigentlich auch Lektorin, und es fehlt mir so sehr«, stieß sie frustriert hervor. »Ich schaffe es ja gerade mal ab und an, ein paar Skripte durchzublättern, um zu entscheiden, ob das Buch etwas für uns ist oder nicht. Und selbst das mache ich lediglich in meiner Freizeit, meist nachts, wenn ich nicht schlafen kann. Sicher, ich wollte mein Leben lang *Tylor House* übernehmen, und an erster Stelle möchte ich meinen Dad nicht enttäuschen, aber vielleicht bin ich einfach nicht gut genug für diesen Job.« Bei den letzten Worten bildete sich ein dicker Kloß in ihrem Hals. Mit festem Blick starrte sie in ihr Glas, bemühte sich, die aufkommenden Tränen zu unterdrücken.

Sofort ergriff Paul die Initiative. Energisch schob er die Teller beiseite und griff nach ihrer Hand. »Baby, du bist gut in deinem Job!«

»Woher willst du das wissen?«, fragte sie niedergeschlagen. Sicher, Paul war ihr Freund, oder ihr was auch immer, so genau hatten sie noch nicht definiert, was das zwischen ihnen war. Dennoch musste er in so einer Situation etwas Positives sagen.

Mit vielsagender Miene rutschte er von dem Hocker und kam um den Tisch herum, wo er direkt vor Susan stehen blieb. Wartend drehte sie sich zu ihm, woraufhin er ihr eine Haarsträhne aus dem Gesicht wischte. »Weil ich dich inzwischen ganz gut kenne. Du bist ehrgeizig, zielstrebig und absolut perfektionistisch veranlagt.« Demonstrativ deutete er auf die Platte mit dem Essen. »Sieh dir das doch mal an! Selbst wenn du nur Essen vom Imbissstand mitbringst, richtest du es beinahe so perfekt an wie ein Sternekoch in einem Restaurant.«

Skeptisch zog sie eine Augenbraue nach oben. »Du warst noch nie in einem Sternerestaurant, oder?«

Augenrollend winkte er ab. »Das ist doch jetzt nicht der Punkt. Fakt ist, du musst in deinem Job einfach gut sein, weil du DU bist. Du kannst gar nicht anders als ihn perfekt auszuführen. Allerdings«, er griff mit einem Finger unter ihr Kinn und hob ihren Kopf ein Stück an, sodass sie ihm direkt in die Augen schauen konnte, »bin ich mir nicht sicher, ob der Job so gut zu dir ist. Vielleicht bist du ja zu perfekt für diesen Job. Willst immer mehr machen, alles in deiner Hand haben, jede wichtige Entscheidung mitfällen. Ich habe die ungute Vermutung, dass der Job dir am Ende all deine Kraft rauben wird.«

Susan presste ihre Lippen fest zusammen und nickte. »Das klingt beinahe so, als hätte ich auf ganzer Strecke versagt.« Deprimiert nahm sie einen großen Schluck vom Bourbon, dessen leicht süßliche Note im Nachgang zu spüren war.

Mit wütendem Blick nahm Paul ihr Gesicht zwischen die Hände und trat noch einen Schritt näher an sie heran, sodass seine Augen nur eine Handbreit von ihren entfernt waren.

»Du hast mir nicht zugehört. Ich habe nicht gesagt, dass du versagt hast. Oder ist der Verlag etwa unter deiner Leitung bankrottgegangen?«

Den Kopf schüttelnd verneinte sie. »Im Gegenteil, wir verzeichnen sogar einen starken Gewinn.«

»Siehst du! Du hast nicht versagt. Und wärst du eine geborene Managerin oder kämst aus dem kaufmännischen Gewerbe, würde dir der Job sicher Spaß machen, und du würdest auch nicht so darunter leiden. Aber gerade, weil du eben nicht die geborene Chefin bist, sondern für etwas ganz anderes deine Leidenschaft hegst, will dir deine Position einfach keinen Spaß machen. Und deswegen fühlt es sich auch so schwierig für dich an, die Firma zu leiten. Vielleicht würde es dir helfen, wenn du deine Arbeit einfach besser aufteilen könntest. Gib doch ein paar Bereiche ab. Soll sich doch jemand anders mit den Zahlen herumschlagen oder die Softwarefragen klären. Und dann hättest du endlich wieder mehr Zeit für das, was dir wirklich Spaß macht.«

All das klang vernünftig. Und es war auch genau das, was sie sich in den letzten Tagen zusammengesponnen hatte, doch es war schön, die Worte noch einmal von jemand anderem zu hören. Vor allem, dass sie nicht wie eine Loserin wirkte, die das Handtuch warf.

Ein wenig erleichtert zog sie ihren rechten Mundwinkel nach oben. Dann fasste sie Paul an seinem Hemd und zog ihn näher zu sich heran. »Du hast inzwischen ein ziemlich gutes Bild von mir, Paul Jones. Und so wie du die ganze Situation einschätzt, so sehe ich es auch. Ich kann und möchte so nicht weitermachen. Der Abend mit dir, unser legendärer Ausflug, hat mir gezeigt, wie viel ich vom Leben versäume. Ich verpasse die wahren Abenteuer, weil ich in meinem Büro sitze und Akten wälze, die ich hasse. Und deswegen«, sie ließ eine kurze dramatische Pause, während Paul sie mit seinen Blicken beinahe paralysierte, »werde ich einen stellvertretenden Geschäftsführer für *Tylor House* einstellen.«

Eigentlich hatte sie bisher nur mit dem Gedanken gespielt gehabt, doch Pauls Ausführungen hatten ihr gezeigt, dass sie richtiglag. Und sobald sie ihre Entscheidung ausgesprochen hatte, wusste sie, dass es genau das Richtige war.

Ihr Gegenüber bekam große Augen. »Susan, das ist ja großartig!« Lachend hob er sie vom Hocker, woraufhin sie gewohnheitsmäßig ihre Beine um ihn schlang, was sich gar nicht so einfach gestaltete, da sie immer noch ihren Businessrock trug. Dieser rutschte gleich ein paar Etagen nach oben.

Glücklich fuhr sie mit einer Hand über Pauls Wange. Sein Gesicht strahlte regelrecht, was ihr zeigte, wie sehr er sich für sie freute. Endlich änderte sich ihr Leben, und das nur, weil sie es selbst in die Hand nahm. Das war ein ausgesprochen gutes Gefühl.

16. Kapitel

»Anna, kommen Sie bitte mal her?«, sprach Susan in den Hörer und legte ihn dann gleich wieder auf. Mit einem leichten Pochen hinter der Stirn begann sie mit den Fingern über ihren Schläfen zu kreisen. Der Tag wird ja besser und besser, dachte sie ironisch.

Die Tür zu ihrem Büro ging auf, und Anna steckte ihren Kopf samt oranger Mähne durch den Türspalt.

»Was gibt´s, Boss?«, fragte sie vorsichtig, schon in weiser Vorahnung, dass Susans Laune heute nicht die beste war.

Sie winkte ihre Assistentin zu sich heran und wies auf den Stuhl vor ihrem Schreibtisch.

Schüchtern trat das Mädchen nach vorne und ließ sich mit großen Augen vor ihr nieder.

»Ist irgendetwas bei Ihnen nicht in Ordnung?«, erkundigte Susan sich gewissenhaft bei ihrer Angestellten. Schließlich hatte sie selbst so ein paar private Probleme und wusste, wie sehr einen das belasten konnte, auch noch auf der Arbeit.

Verunsichert schaute die junge Frau mit den vielen Sommersprossen sie jetzt an. »Wieso? Habe ich etwas falsch gemacht?«

Susan lehnte sich nach vorne und verschränkte ihre Arme auf dem gläsernen Schreibtisch. »Bisher haben Sie hier hervorragende Arbeit geleistet, doch diese Woche wirken sie unkonzentriert und fahrig. Zum Beispiel haben Sie gestern Kaffee über das frisch eingetroffene Lainbridge-Manuskript gekippt. Und das Rundschreiben, das sie heute an alle Mitarbeiter verschickt haben, strotzte nur so vor Rechtschreibfehlern. Da Sie in den vergangenen Monaten äußerst akribisch und genau gearbeitet haben, gehe ich davon aus, dass Sie irgendetwas beschäftigt. Sollten Sie irgendwelche privaten Probleme haben, werde ich mich bemühen, Ihnen zu helfen. Oder liegt es an Ihrer Arbeit bei uns? Ist möglicherweise hier im Büro irgendetwas vorgefallen, was sie ablenkt?« Schließlich war es ja schon öfter vorgekommen, dass man aus anderen Firmen gehört hatte, dass Mitarbeiter gemobbt oder sexuell belästigt wurden. Wenn so etwas in ihrem Unternehmen stattfand, wollte sie das so schnell wie möglich erfahren.

Eine Antwort blieb aus, doch Annas Kopf fiel plötzlich nach vorne, und eine dicke Träne kullerte ihre Wangen lang runter. »Entschuldigen Sie, das ist sehr unprofessionell von mir«, sagte sie schniefend, nahm jedoch dankbar das Taschentuch entgegen, das Susan ihr reichte. »Hier im Büro ist natürlich alles in Ordnung. Sogar besser als in Ordnung, glauben Sie mir, wenn ich Ihnen sage, dass ich meine Arbeit liebe. Vor allem, weil Sie eine großartige Chefin sind.«

Susan lächelte sanftmütig. Irgendwie erinnerte die junge Frau sie an sie selbst vor knapp zehn Jahren. Eifrig, äußerst lernfähig und enorm fleißig. Sie ließ Anna kurz Zeit, um sich wieder zu sammeln.

»Ich weiß, es gehört sich nicht gerade, mit seiner Chefin über solche Themen zu reden ...«

»Aber wie dir sicher aufgefallen ist, bin ich keine normale Chefin«, fiel Susan ihr freundlich ins Wort. »Bei uns herrscht ein sehr lockerer Umgang, und ich pflege engen Kontakt zu meinen Mitarbeitern. Natürlich möchte ich Sie nicht drängen, aber vielleicht geht es Ihnen ja besser, wenn Sie sich Ihre Sorgen von der Seele reden«, ermutigte sie ihre Assistentin.

Anna holte einmal tief Luft und schaute dann zu Susan auf. »Mein Mann und ich, wir versuchen schon eine Weile, ein Kind zu bekommen, und es klappt einfach nicht. Ich denke, wir setzen uns zu sehr unter Druck, wollen es zu sehr, und deswegen wird es nichts, und weil es nichts wird, werden wir beide immer frustrierter. Es ist ein Teufelskreis.«

Susan hatte ja mit vielem gerechnet, aber darauf wäre sie nie gekommen. Sie wusste zwar, dass Anna verheiratet war, aber dass sie schon an der Kinderplanung arbeitete, hätte Susan nicht gedacht. Allerdings machte Susan sich selten zu diesem Thema Gedanken, wahrscheinlich weil diese Option für sie niemals offenstand.

Sie redete noch eine Weile mit Anna, hörte ihr zu und versuchte ihr neuen Mut zu machen. Danach schien der sonst so quirlige Rotschopf sich wieder besser zu fühlen, sie versprach, sich wieder mehr auf ihre Arbeit zu konzentrieren, und verließ mit erleichterter Miene das Büro.

Sobald sie raus war, versenkte Susan ihr Gesicht in ihren Handflächen. Sie fragte sich, was für Überraschungen dieser Tag noch für sie bereithalten würde.

Begonnen hatte es heute früh damit, dass sie vor der Arbeit in ihr Haus gefahren war, um ihre Klamotten zu wechseln, und feststellen musste, dass ihre Haushaltshilfe Ms. Meyers kaum etwas von ihren Aufgaben erledigt hatte. Überall im Haus hatte zentimeterdick der Staub gelegen, das Geschirr hatte verdreckt in der Spüle gestanden, und die Bügelwäsche, die sie vor zwei Tagen, als sie das letzte Mal zu Hause gewesen war, an die Tür gestellt hatte, damit Ms. Meyers sie mitnehmen konnte, hatte heute früh immer noch an derselben Stelle gestanden, an der Susan sie deponiert hatte.

Schon vor einer ganzen Weile war ihr aufgefallen, dass die gute Ms. Meyers ganz schön nachgelassen hatte. Wenn Susan zu Hause war, gab sie sich große Mühe und war auch sehr akribisch und reinlich, doch sobald Susan nicht in der Nähe war, schien die Frau nachzulassen. Was brachte ihr jedoch eine Haushälterin, bei der sie immer danebenstehen und aufpassen musste, was sie machte? Offenbar war auch hier ein klärendes Gespräch vonnöten. Susan fragte sich, ob sich heute alle gegen sie verschworen hatten.

In diesem Augenblick klingelte ihr Bürotelefon, und gleich beim ersten Blick auf das Display erkannte sie die angezeigte Nummer. Mit krauser Stirn nahm sie den Hörer von der Muschel.

»Liv, alles in Ordnung bei dir?« Sie hatte seit Wochen von ihrer Freundin nichts mehr gehört. Nachdem Susan auf die anfänglichen Nachrichten der drei nicht geantwortet hatte, schienen die Mädels es aufgegeben zu haben und hatten sich ebenfalls nicht mehr bei ihr gemeldet.

Ohne Einleitung erwiderte Liv todernst. »Wir haben etwas über Paul in Erfahrung gebracht, das du unbedingt wissen musst.« Ein Tuten in der Leitung sagte Susan, dass Liv aufgelegt hatte.

Zögernd öffnete Susan die Tür zur Schneiderei. Es kam ihr irgendwie nicht richtig vor, dass sie hier war, um über Paul zu sprechen. Schließlich vertraute sie ihm und hätte eigentlich auf das pfeifen sollen, was die Mädels gleich zum Besten geben würden. Doch ihr Bauchgrummeln, das sie ständig hatte, wenn Paul mal wieder dieses ernste Gesicht machte oder nichts über sein Leben erzählen wollte, hatte sie regelrecht hierher gedrängt.

In Begleitung des altbekannten Klingelns betrat sie den Laden, und schlagartig wurde ihr klar, wie sehr sie ihre Freundinnen vermisst hatte. Entgegen ihrer Erwartung kam niemand auf sie zugeschossen oder holte sie an der Tür ab, stattdessen saßen die drei in der Anprobeecke und hatten die Köpfe zusammengesteckt. Als die Mädels sie reinkommen sahen, hoben alle ihre Köpfe und blickten ihr ernst entgegen. Nun wurde Susan doch ein wenig mulmig zumute. Das, was sie über Paul herausgefunden hatten, schien so ernst zu sein, dass nicht einmal Jules den Ich-hab´s-dir-ja-gleich-gesagt-Ausdruck auf dem Gesicht hatte.

»Hey, Süße, schön, dass du gekommen bist«, begrüßte Liv sie, und die beiden nahmen sich etwas umständlich in die Arme. Nach diesem blöden Streit wusste Susan nicht so richtig, wie sie sich ihren Freundinnen gegenüber verhalten sollte, denn eines stand für sie in diesem Moment fest, Zank oder nicht, die drei würden immer ihre engsten Freundinnen bleiben.

Nervös lachte Susan auf, während sie auch Lauren und Jules drückte. Kurioserweise nahm gerade die flippige Schwarzhaarige sie in eine feste Umarmung. »Na ja, ihr habt mir ja auch nicht gerade eine Wahl gelassen, bei so einer Aussage. Geht es eigentlich noch ein bisschen geheimnisvoller?«, fragte sie, setzte sich auf ihren üblichen Platz und stellte ihre Tasche auf den Fußboden.

Vielsagend blickten die drei sich an, wohl in Überlegung, wo sie anfangen sollten.

Nach einer Weile unterbrach Jules das unangenehme Schweigen. »Erst einmal sollst du wissen, dass du uns wahnsinnig gefehlt hast. Vor allem mir. Diese beiden optimistischen Hühner hier haben mich fast in den Wahnsinn getrieben. Sie verstehen einfach keinen Sarkasmus und keine Ironie.« Ehrlich genervt verdrehte sie ihre blauen Augen, was ihr von Liv und Lauren finstere Blicke einbrachte.

Susan zog eine Augenbraue nach oben. »Apropos Ironie, schöner Rock, den du da trägst. Gab´s den auch in deiner Größe?« Sie beäugte die Collegeprofessorin von der Seite.

Kurz war es mucksmäuschenstill in der Runde.

Doch dann strahlte Jules über beide Ohren und zog Susan heran, um ihr einen dicken Schmatzer auf die Wange zu geben. »Ich liebe dich! Verlass mich bitte ja nie wieder.«

Lachend drückte sie Jules fest an sich und gab ihr ebenfalls einen Kuss auf die Wange.

»Okay, okay«, fiel Liv in ihre Versöhnung ein, nicht ohne sich eine kleine Träne aus dem Augenwinkel zu wischen. Vor allem für die Streit hassende Liv mussten die letzten Wochen wirklich hart gewesen sein. Plötzlich schämte Susan sich, dass sie so dickköpfig gewesen war und ihre Freundinnen hinter Paul gestellt hatte. Im Grunde hatten die drei ihr nur helfen wollen.

Auch Lauren lächelte sie überglücklich an, doch als sie sich alle wieder beruhigt hatten, wurde ihre Miene wieder ernst. »Also, lasst es uns endlich hinter uns bringen.« Sie wandte sich Susan zu, die nun angespannt auf der Kante des Sofas saß. »Süße, als Erstes möchte ich von dir wissen, ob dich die Assistentin von diesem Verlagsheini in den vergangenen Wochen noch einmal angerufen hat?«

Susan hatte ja mit vielem gerechnet, aber damit nicht. Was war das denn für eine Frage? Und was hatte das bitte schön mit Paul zu tun?

Kurz überlegte sie, schüttelte dann aber bestimmt den Kopf. Tatsächlich war es ihr gar nicht aufgefallen, dass der Anderson-Verlag, nachdem er sie tagelang beinahe telefonisch terrorisiert hatte, sich kein einziges Mal mehr bei ihr gemeldet hatte.

»Wann haben die denn zum letzten Mal angerufen?«, erkundigte Liv sich nun mit zusammengekniffenen Augen. Auch sie saß nach vorne gelehnt auf dem Sessel und blickte Susan eindringlich in die Augen.

Wieder begann Susan zu grübeln. »Wartet mal, dass müsste der Tag gewesen sein, als wir ... als ich ... als wir uns das letzte Mal gesehen haben.« Ihr fiel es irgendwie schwer, offen darüber zu reden, was zwischen ihnen vorgefallen war. Susan war keine Freundin großer Worte. Sie brauchte und wollte keine Entschuldigungen von ihren Freundinnen. »Aber wieso wollt ihr das denn wissen?«

»Das wirst du gleich erfahren«, prophezeite Liv, und ohne ein weiteres Wort zu sagen, stand sie auf und ging in Richtung ihres Schreibtischs davon.

Fragend blickte Susan die anderen beiden Mädels an, doch sie vertrösteten sie.

Im nächsten Augenblick kam Liv auch schon wieder in den Verkaufsraum, dieses Mal jedoch mit ihrem silbernen Laptop unter dem Arm.

Angespannt ließ sie sich in den Sessel nieder und klappte den Computer auf.

»Süße, bitte sei jetzt nicht böse auf uns«, meinte Jules und hob entschuldigend die Hände. »Aber nachdem du aus dem Laden gestürmt warst, hatten wir uns dazu entschieden, Paul weiter unter die Lupe zu nehmen. Ich kann dir nicht sagen, warum, aber wir hatten das Gefühl, dass da irgendetwas gar nicht koscher ist.«

Susan machte lediglich ihre Stirn kraus. So etwas hatte sie schon vermutet, wie sonst hätten sie etwas über Paul herausfinden sollen?

Da sie die Mädels nicht gleich einen Kopf kürzer machte, wie diese offenbar erwartet hatten, so eingeschüchtert wie sie dasaßen, übernahm nun Liv das Wort. »Als du uns von eurem nächtlichen Besuch im *Angle Oak Park* erzählt hast, habe ich mir das

Ganze mal online angeschaut«, erklärte sie, setzte ihre kleine rote Lesebrille auf die Nase und begann ein paar Tasten auf dem Laptop zu drücken. »Du weißt ja, dass ich immer dafür bin, gemeinnützige Projekte rund um Charleston zu unterstützen.«

Ein Grummeln war von Jules zu hören. »Ja, deswegen durften wir im letzten Jahr auch an diesem Horror-Marathon teilnehmen. Allein schon der Gedanke daran bereitet mir einen höllischen Muskelkater.«

Die Augen verdrehend klickte Liv sich weiter auf ihrem Laptop voran, offenbar auf der Suche nach etwas. »Jetzt hab dich mal nicht so! Es ging um eine gute Sache, und am Ende konnten dem Kinderheim fünfzigtausend Dollar gespendet werden. Aber wir kommen vom Thema ab.« Anscheinend hatte sie gefunden, was sie suchte, denn mit einem unheilvollen Blick drehte sie den Computer herum, sodass sie alle bestens auf den Bildschirm schauen konnten. Sofort erkannte Susan den atemberaubenden Baum wieder, und sehnsuchtsvoll dachte sie an die magische Nacht zurück.

»Ach übrigens, ihr könnt euch alle auf Patenschaften für einen Baum im *Angle Oak Park* an Weihnachten vorbereiten«, informierte Liv die Mädels, von denen sogar Lauren ein wenig enttäuscht guckte.

»Ich fand die selbst genähten Kleider, die wir im letzten Jahr bekommen haben, viel schöner«, flüsterte sie Susan zu, die nur zustimmend nicken konnte. Irgendwie hatte es ihr die Stimme verschlagen, da sie immer noch nicht wusste, was die drei ihr mitteilen wollten. Sie saß wie auf glühenden Kohlen.

»Jedenfalls habe ich mir die Besitz- und Grundstücksverhältnisse um den kleinen Park herum angeschaut«, fuhr Liv fort und blickte sie nun über ihren Laptop hinweg an, wobei sie ihre Brille ein Stück nach unten schob. »Wie Paul dir schon erzählt hat, gehören der Baum sowie sein naheliegendes Umland der Stadt Charleston. Während ich über die Liste der Investoren und angrenzenden Grundstückseigner, die zum Schutz des Baumes das Umland aufkauften, flog, fiel mir auf, dass dieser neue Comic-Verlag, über den du dich so aufgeregt hast, einer der neuen Besitzer eines dieser besagten Grundstücke ist.«

Zugegebenermaßen klang es interessant, was Liv da erzählte. Es war schon merkwürdig, dass ein Verlag, der nächste Woche erst seine neue Zweigstelle öffnete, jetzt schon etwas Gemeinnütziges für die Stadt tat, doch was hatte das alles mit Paul zu tun?

Nun ergriff Jules das Wort. »Da wir immer noch nichts über diese Marketingfirma wussten, für die Paul arbeitet, kam uns plötzlich in den Sinn, dass wir über die Grundeigentümer herausfinden könnten, wie das Unternehmen heißt.«

Neugierig lehnte Susan sich nach vorne. Die Idee war wirklich gut, weswegen sie ihren Freundinnen nicht einmal böse war. Schließlich tappte auch sie seit drei Wochen über Pauls Arbeitsplatz im Dunkeln. Wenn sie ihn darauf ansprach, machte er stets nur hohle Andeutungen.

»Und, wie heißt sie?« Drängend blickte sie von einer zur anderen, sie wusste, dass sie damit preisgab, dass sie seit drei Wochen mit einem Mann zusammen war, von dem sie nicht genau wusste, wo er arbeitete.

Doch kurioserweise schüttelte Lauren ihre blonden Locken. »Das können wir dir nicht sagen, weil es diese Marketingfirma nicht gibt.« Ihr Stimme wurde brüchig, und nervös knetete sie ihre Hände, die wie ein Knäuel auf ihrem Schoß lagen. »Zuerst dachten wir, Paul hätte dir eine Lüge aufgeschwatzt, was seine Arbeit und diesen Grundstückskauf anging …«

»Nein«, unterbrach Susan sie selbstsicher. »Ich stimme euch zu, dass das mit der Marketingfirma eventuell fragwürdig klingen könnte, aber das mit dem Baum stimmt. Da bin ich mir sicher.« So wie Paul von dem Baum gesprochen hatte und was er alles über ihn wusste, das ließ keinen Zweifel daran, dass seine Firma, wo auch immer er arbeitete, dieses Grundstück erworben hatte.

Neben Susan atmete Jules tief aus, als würde die unbequeme Wahrheit unmittelbar bevorstehen.

»Das wissen wir jetzt auch. In einem Punkt hat Paul nicht gelogen.« Zynisch betonte Jules jedes ihrer Worte. »Seine Firma hat wirklich ein erhebliches Areal direkt neben dem städtischen Besitz gekauft. Doch ist diese Firma keine Marketingfirma«, unsicher blickte Jules zu Liv und Lauren, die ihr ein schweigsames Nicken zuwarfen, »es ist der Anderson-Verlag.«

Susan fiel fast aus allen Wolken. »Paul arbeitet für ... für diesen Comic-Verlag?«

Unheilschwanger reichte Liv ihr den Laptop. »Es kommt noch krasser. Sieh dir mal das Foto an«, forderte sie Susan eindringlich auf.

Mit beinahe zitternden Händen griff diese nach dem silbernen Notebook, welches ihr sofort ein Bild präsentierte, auf dem ein Mann zu sehen war, der einem ihr nur zu gut bekannten Cowboy die Hand reichte, direkt vor dem *Angle Oak Tree*. Paul. Genau wie immer trug er ein kariertes Hemd, ausgewaschene Jeans und seine schwarzen Cowboystiefel. Offenbar hatte er keine Ahnung, dass er fotografiert wurde, denn er war nur von der Seite zu sehen, doch Susan hätte ihn unter Tausenden wiedererkannt.

Sie spürte die neugierigen Blicke ihrer Freundinnen auf sich ruhen, doch sie ließ sich Zeit, die Seite genauer zu betrachten. Die Überschrift stach ihr wie ein Dorn ins Auge:

Verlagssohn Ethan Anderson investiert in Angle Oak Park

Geschockt ging Susan der Mund auf, doch es war ihr nicht möglich, einen Ton hervorzubringen. Wie ein Fisch mit Schnappatmung öffnete und schloss sie ihren Mund. Sie hatte das Gefühl, gleich eine Panikattacke zu bekommen.

Völlig fassungslos schaute sie auf und blickte in die mitleidigen Mienen ihrer Freundinnen.

»Glaub mir, Süße«, beschwichtige Jules und rutschte zu ihr auf, um ihre Hand auf Susans zu legen, »ich wünschte, wir hätten nicht recht behalten.«

Liv zog ein trauriges Gesicht und nahm Susan, die wie in Trance ihren Kopf schüttelte, den Laptop ab. »Wer wäre denn auch davon ausgegangen …«

Susan hob ihren Kopf. »… dass mein Freund Paul Jones in Wirklichkeit Ethan Anderson ist?«

17. Kapitel

Mit quietschenden Reifen fuhr Susan in die *King Street* ein und bretterte wie eine Verrückte in eine freie Parklücke.

Halb auf dem Bordstein stehend stellte sie den Motor ab und versuchte ihren Atem unter Kontrolle zu bringen. Seit sie vor einer halben Stunde erfahren hatte, dass ihr Freund nicht der war, für den sie ihn gehalten hatte, war ihr Puls praktisch durchgehend auf hundertachtzig gewesen. Wenn sie nicht aufpasste, würde sie vor lauter Aufregung noch einen Herzinfarkt bekommen.

Doch Susan war so wütend und verletzt, dass sie sich einfach nicht beruhigen konnte. Ihre Freundinnen hatten ihr geraten, erst einmal darüber zu schlafen und Paul morgen ganz sachlich zur Rede zu stellen, doch das würde sie nicht tun. Ihr Leben lang hatte sie stets und ständig über Entscheidungen geschlafen und war in jeder Angelegenheit besonnen vorgegangen. Dieses Mal würde sie das nicht tun. Sie war nicht mehr die Frau, die sie noch vor zwei Monaten gewesen war. Sie hatte sich verändert, auch dank ihres neuen Freundes. Bei der Bezeichnung stieg ihr die Galle hoch. Susan konnte nicht glauben, wie sehr sie diesem Mann vertraut hatte, und das sogar trotz der Warnungen ihrer besten Freundinnen, und was hatte er getan? Er hatte sie nach Strich und Faden belogen. Und Susan konnte sich auch schon denken, warum.

Noch in ihrer Wut bestärkt, öffnete sie die Fahrertür ihres Autos und sprang förmlich heraus. Mit schnellen Schritten überquerte sie die viel befahrene Straße und stapfte direkt auf den Eingang des Anderson-Verlages zu. Jetzt würde sie Nägel mit Köpfen machen.

Mit wildem Blick hielt sie Ausschau nach Paul alias Ethan, während sie das futuristische Foyer des Verlages durchschritt. Geschockt blieb sie stehen. So ähnlich hatte sie sich immer den Hauptsitz von Google vorgestellt, aber nicht einen mittelständischen Verlag. Nachdem man die gläserne Drehtür überwunden hatte, fiel einem ein mindestens zehn Meter hoher Springbrunnen auf, der sich direkt in der Mitte des Gebäudes befand. Von den Balustraden der einzelnen Stockwerke konnte man hinunter in die Haupthalle und somit direkt auf den Springbrunnen schauen. Außerdem schienen die Gestalter des Foyers bemüht gewesen zu sein, so viele Pflanzen wie möglich in das Gebäude zu quetschen, denn überall, wo sie hinschaute, stach ihr ein giftiges Grün in die Augen. Da das ganze Hochhaus verglast war, musste es hier im Sommer wie in einem Biotop zugehen.

Ansonsten war alles sehr modern und stylish eingerichtet. Extrem bunte Möbel, reichlich Muster an den Wänden und abstrakte Kunst, wo man nur hinschaute. Susan hatte das Gefühl, hier hatte es jemand mit der Einrichterei viel zu gut gemeint.

Jetzt doch etwas verunsichert, ob es die richtige Entscheidung gewesen war, herzukommen, schritt sie langsam durch die große Halle und blickte sich unschlüssig um. Na ja, wenn sie schon einmal hier war, konnte sie das feindliche Lager auch ruhig auskundschaften.

Auf jeden Fall schienen die Mitarbeiter weit unter dem Altersdurchschnitt ihres Verlages zu liegen. Als Susan einige der zahlreichen jungen Leute betrachtete, die sich hier im Foyer aufhielten, fielen ihr etliche auf, die sie nicht einmal über achtzehn schätzen würde. Ob die alle auch hier arbeiteten oder nur Comic-Fans waren, die hofften, ihren Lieblingszeichnern zu begegnen? Himmel, sie sah wirklich keinen Menschen, der älter schien als dreißig Jahre! Selbst der Wachmann war wesentlich jünger als sie. Sofort fühlte Susan sich altbacken und konservativ.

Doch da erblickte sie jemanden, der noch älter und konservativer aussah als sie. Gedankenverloren trat Paul aus dem Fahrstuhl heraus, noch ohne einen Schimmer davon, was er gleich für ein Donnerwetter erleben würde.

Bei seinem Anblick in diesem Gebäude war Susans kurze Unsicherheit verschwunden. In ihrem Entschluss, endlich die Wahrheit ans Licht zu bringen, stürmte sie wie eine wild gewordene Furie auf Paul zu.

Das schnelle Geräusch ihrer Absätze musste ihn wohl aufmerksam gemacht haben, denn neugierig hob er den Kopf, vermutlich wollte er sehen, wer da so durch SEINEN Verlag stürmte. Wie festgewurzelt stand er nun da und blickte sie fassungslos aus weit aufgerissenen Augen an.

Susan hingegen war alles andere als bewegungslos, im Gegenteil, sie rannte nun beinahe auf ihn zu, weil sie es kaum erwarten konnte, ihn zu erreichen.

»Schön, Sie mal kennenzulernen, Ethan Anderson!«, spie sie ihm noch im Laufen entgegen. »Es freut mich, dass wir es endlich geschafft haben, ein Treffen zu arrangieren!« Dabei triefte ihre Stimme regelrecht vor Ironie.

Endlich bei ihm angekommen, holte Susan mit ihrem rechten Arm aus und schlug Paul mit der flachen Hand ins Gesicht. Tränen der Wut stiegen ihr in die Augen, doch sie ließ es geschehen. Es war ihr egal, was diese Leute hier von ihr dachten, es war ihr sogar egal, was Paul von ihr dachte. Endlich hatte sie es kapiert. Es zählte nur, wie zufrieden sie mit sich selbst war, und die Ohrfeige gerade eben hatte sie ziemlich zufrieden gestimmt.

Völlig sprachlos stand Paul da, als hätte er gerade einen Geist gesehen. Er hatte während der Ohrfeige nicht einmal gezuckt, so perplex schien er zu sein. Oder er wollte Susan nicht noch weiter anstacheln, um eine Szene in SEINER Firma zu vermeiden. Doch zu spät.

»Wie konntest du nur?«, fragte sie zornig und bewegte dabei ungläubig ihren Kopf hin und her. »Ich habe dir vertraut, und du hast mich von Anfang an belogen.«

Nun kam doch ein wenig Bewegung in Paul. »Das stimmt nicht!«, antwortete er doch tatsächlich. »Ich hatte das alles so nicht geplant, das musst du mir glauben.«

Aufgebracht fuchtelte Susan mit ihren Armen. »Sicher, jetzt wird mir alles klar. Ich habe mich getäuscht und vergebe dir.« Ironie, du bist heute mein Freund, dachte sie bitter. »Hast du hier jeden Nachmittag mit deinen Verlagsangehörigen gesessen und dich heimlich über mich kaputtgelacht? Hast ihnen erzählt, wie schnell du es geschafft hast, mich um den kleinen Finger zu wickeln?«

Völlig irritiert schaute Paul zu ihr herab.

Doch das machte sie nur noch zorniger. »Tu doch nicht so dumm, ich weiß, dass das alles nur inszeniert war, damit du an mich rankommst. Clever, denn so hast du eine Menge von *Tylor House* erfahren, denn ich war ja auch noch so blöd, dir voll zu vertrauen. Kein Wunder, dass du mich jeden Abend neugierig gefragt hast, wie mein Tag war. Du wolltest so viel wie möglich von der Konkurrenz wissen.« Plötzlich fiel Susan etwas ein. Wütend schlug sie sich mit der flachen Hand vor die Stirn. »Und wie dumm ich noch war, dir von meiner Idee zu erzählen, dass ich einen CEO einsetzen möchte. Jetzt wird mir auch klar, warum du sofort auf meine Überlegung angesprungen bist und mich mit wehenden Fahnen bekräftigt hast. Das muss dir wie ein Sechser im Lotto vorgekommen sein.« Mit Wut im Bauch funkelte sie ihr Gegenüber zornig an.

Pauls anfängliche Lethargie fiel nun von ihm ab, denn er wechselte offenbar in den Verteidigungsmodus. »Das ist doch alles Quatsch! Ich bin doch nicht mit dir zusammen, weil ich dich ausspionieren will. Ganz ehrlich, Baby, so wichtig ist *Tylor House* dann doch nicht. Mal davon abgesehen, dass wir keinerlei Konkurrenten sind, weil wir völlig verschiedene Zielgruppen ansprechen. Ja, ich gebe zu, ich habe dich zu Anfang getäuscht, aber doch erst, nachdem du an der Bar so abfällig über mich gesprochen hattest. Von wegen du wolltest dich auf keinen Fall mit mir treffen und so. Ich hatte wirklich ehrliche Absichten, als ich dich von meinem Büro anrufen ließ, damit wir uns auf ein konstruktives Meeting treffen könnten. Genauso wie du, hatte auch ich keine Ahnung, wer du bist, als wir uns vor dem Metzger und Livs Laden getroffen haben. Erst in dem Augenblick, als ich dich an der Bar wiedersah und über mich und den Verlag schimpfen hörte, ahnte ich, wer du warst. Ich hatte eigentlich vorgehabt, mich trotzdem zu erkennen zu geben, vor allem, um dich ein wenig bloßzustellen, doch als ich vor dir stand, konnte ich es nicht mehr.« Mit flehentlicher Miene nahm er Susan bei den Armen und zog sie aus dem Weg, in eine ruhigere Ecke, wo sie nicht direkt den Blicken der zahlreichen Mitarbeiter ausgesetzt waren, die sie fasziniert anstarrten. »Von der ersten Sekunde an, als ich dich vor der Metzgerei gesehen habe, wollte ich dich unbedingt kennenlernen, und als ich dann an der Bar neben dir stand, wurde dieser Wunsch noch größer. Frag mich nicht, wieso.« Er raufte sich imaginär die Haare. »Aber aus irgendeinem Grund wollte ich in deiner Nähe sein. Doch ich wusste ganz genau, dass wenn ich dir sage, wer ich wirklich bin, du dir eine profane Ausrede hättest einfallen lassen und dich nie wieder bei mir gemeldet hättest.« Nun wagte er es doch tatsächlich, sie mit seinen wunderschönen Augen herausfordernd anzuschauen. »Stimmt´s, oder habe ich recht?«

Doch Susan würde sich auf keinen Fall aus der Reserve locken lassen. Sie war hier die Leidtragende und basta!

»Und das rechtfertig, dass du mir wochenlang verheimlichst, wer du in Wirklichkeit bist?! Du hättest mir doch, nachdem du festgestellt hast, dass ich deinem Charme erlegen bin, beichten können, wer du bist. Sicher, ich wäre erst einmal schockiert gewesen, doch ich hätte deine Ehrlichkeit zu schätzen gewusst. Jetzt ist es jedoch zu spät dafür.« Enttäuschung und Trauer klangen in ihrer Stimme mit, und Tränen liefen ihre Wangen herunter. Sie hatte Paul wirklich gerngehabt, doch ihre Beziehung hatte nach solch einem Lügenmeer einfach keine Chance mehr. Wie sollte sie ihm denn jemals wieder vertrauen? Ja, vielleicht hatte er sie wirklich nicht ausspioniert, und vermutlich hegte er echte Gefühle für sie, doch sie hatte ihn in den vergangenen Wochen so oft gefragt, ob ihm etwas auf dem Herzen lag, und er hatte es stets bestritten und daraufhin noch mehr gelogen. Seine Chancen waren eindeutig vertan.

»Jetzt weiß ich auch, warum du mit mir nicht ausgehen wolltest. Ich hatte anfangs den Verdacht, dass du dich für mich schämen würdest, doch du hattest einfach nur Angst, dass dich jemand erkennen und auffliegen lassen könnte. Was hast du eigentlich gedacht, wie lange du diese Lüge hättest aufrechterhalten können?«

Nun war es an Paul, aufgebracht zu sein, doch in einem ganz anderen Sinne. »Ich habe mir gar nichts gedacht, okay? Das Einzige, was ich von Anfang an wollte, war, mit dir zusammen zu sein, und außer dass ich dir nicht gesagt habe, wer ich wirklich bin, war ich die ganze Zeit über völlig aufrichtig zu dir.«

Susan lachte zynisch auf. »Süßer, die fundamentalsten Dinge zu verschweigen, die einen ausmachen, ist kein Kavaliersdelikt. Ich würde eher sagen, darauf steht die Todesstrafe, zumindest was unsere Beziehung angeht. Was ist das überhaupt für ein Name, Paul Jones? Und von wegen nur so in die Sache hineingeschlittert, dafür hast du das alles aber äußerst gut geplant. Denn wenn ich mich recht erinnere, steht auf deinem Klingelschild und deinem Postkasten dein Pseudonym.« Dabei setzte sie das letzte Wort mit ihren Fingern in Anführungszeichen. »Vermutlich muss ich mich wohl auch noch geschmeichelt fühlen, weil du für mich so einen Aufwand betrieben hast.«

Sich windend trat er von einem Bein auf das andere. »Mein Name war nicht einmal direkt eine Lüge. Mein kompletter Name ist Ethan Paul Jones.« Und noch ehe Susan fragen konnte, fuhr er unbeirrt fort. »Meine Mutter und mein Vater waren niemals verheiratet, weswegen ich ihren Nachnamen trage, nämlich Jones. Als mein Vater dann vor fünfzehn Jahren entschied, ich wäre genug in der Weltgeschichte herumgetingelt, bestimmte er, dass ich in seinen Verlag einsteigen sollte. Schließlich hatte er mir ein erstklassiges Illustrationsstudium finanziert, da könnte er auch etwas verlangen. Meine Mutter wollte damals nicht, dass ich wegziehe, doch Dad drohte mir, den Geldhahn zuzudrehen, wenn ich nicht einwilligte. Ich hatte dir ja erzählt, dass ich in Colorado aufgewachsen bin. Also zog ich zu ihm nach Denver und begann dort eine Ausbildung als Grafikdesigner. Die Arbeit machte mir Spaß, und ich fand tatsächlich meinen Platz in der Firma und irgendwie auch zu mir selbst.«

Susan war gewillt, ihm zu glauben, doch sie hatte heute mehr

Geheimnisse aufgedeckt als ein Geschichtswissenschaftler über die Freimaurer, weswegen sie sich schnell wieder auf ihre Wut besann.

»Dieses Jahr hat mein alter Herr mir dann eröffnet«, fuhr er nun fort, »dass er eine Niederlassung in Charleston aufmachen wollte und ich sie leiten sollte. Anfangs war ich strikt dagegen. Ich bin kein Chef und mit Sicherheit auch keine Vorbildfigur. Selbstverständlich war ich meinem Vater dankbar für sein Angebot, aber ich lehnte, ohne eine Sekunde darüber nachzudenken, ab. Ich wollte einfach weiter zeichnen und designen, und ich wusste, ich kannte es ja von meinem Dad zur Genüge, dass wenn ich mich auf diese Position einlassen würde, ich spätestens Ende des Jahres aus dem Fenster gesprungen wäre. Klingelt da was bei dir?« Er schaute sie an und zog seine Augenbrauen wissend nach oben.

Clever war er ja, das musste Susan ihm lassen. Er versuchte die Gemeinsamkeiten zwischen ihnen hervorzubringen, um sie für sich zu gewinnen, doch das würde sicher nie wieder klappen. Ihre fest vor der Brust verschränkten Arme und die eiskalte Miene sollten ihm signalisieren, dass er nicht mehr zu ihr durchkommen würde.

Offenbar schien er es zu bemerken, denn enttäuscht ließ er seine Schultern hängen. »Jedenfalls habe ich nichts anderes getan, als du es demnächst vorhast. Für diese Zweigstelle hat mein Dad mich einen CEO aussuchen lassen, wodurch ich weiterhin als Illustrator tätig sein kann.«

Susan wusste, dass er die Wahrheit sagte, und es wurmte sie ungemein, dass er ihr das nicht alles gleich von Anfang an erzählt hatte. Tatsächlich hätten sie beide perfekt zusammengepasst: beide Kinder großer Verlagsväter und beide offenbar nicht geeignet für die Chefetage. Von ihren privaten Vorlieben wie Countrymusik und Whiskey ganz zu schweigen.

»Eines würde mich noch interessieren«, sagte Susan zu guter Letzt in grummeligem Tonfall, wobei Paul aufhorchend seine Augenbrauen hochzog. »Was hat es denn mit dem *Angle Oak Tree* auf sich? Warum hat eure Firma das Land gekauft?«

Paul winkte ab. »Ach, das ist so eine Art Hobby von mir. Ich hab dir ja schon erzählt, dass ich während meiner Collegezeit ein ziemlicher Aktivist war. Ich habe Sit-ins und Demonstrationen veranstaltet, Petitionen gestartet, Bäume gepflanzt und sogar Bauunternehmen gestoppt, indem ich mich irgendwo festgekettet habe.« Er lachte auf. »Das waren verrückte Zeiten, die inzwischen auch schon eine ganze Weile vorbei sind. Aber dennoch liegt mir der Umweltschutz sehr am Herzen, weswegen ich meinen Dad hier und da bei ökologischen Fragen innerhalb der Firma berate. Das war auch der Grund, warum ich mich damals an deinen Verlag, oder besser an dich wenden wollte, ich dachte, man könnte zusammen umwelterhaltende Maßnahmen in und um Charleston ergreifen, wie zum Beispiel das Vermeiden von Folie um die Bücher oder recyceltes Papier für den Druck verwenden«, erklärte er nun endlich den Grund seiner damaligen Anrufe. »Jedenfalls«, fuhr er fort, da Susan nicht darauf einging, »manchmal investieren wir auch in gemeinnützige Projekte oder sponsern Veranstaltungen, die Gelder für den regionalen Umweltschutz sammeln, so wie beim *Angle Oak Tree*.«

»Tja, und genau diese Aktion ist dir zum Verhängnis geworden«, entgegnete sie bitter, »denn meine Freundinnen haben dich auf einem Foto der *Live Oak Society* wiedererkannt. Dein Glück, dass es so wenig Fotos von dir gibt, sonst hätte ich schon viel früher gewusst, wie du aussiehst und wer du bist.« Susans Kiefer knirschte, so fest biss sie auf ihren Zähnen herum.

Offenbar schien Paul einen letzten Versuch zu starten, denn er kam beinahe flehentlich auf sie zu. »Aber bist du am Ende nicht doch froh, dass du nicht wusstest, wer ich bin? Du hattest solche Vorurteile mir gegenüber, und jetzt weißt du, wer ich wirklich bin. Das hättest du nie herausgefunden, wenn ich nicht ein wenig getrickst hätte.« Ein kleines neckisches Grinsen trat auf seine Lippen, doch Susan ließ sich gar nicht darauf ein.

Zornig riss sie ihre Augen weit auf und stemmte die Hände in die Hüfte. »Du willst mir doch nicht weismachen, dass es auch sein Gutes hatte, dass du gelogen hast? Und weiß ich wirklich, was du für ein Mensch bist? Oder lügst du mir vielleicht in diesem Augenblick wieder etwas vor?« Sie wusste natürlich, dass er, seit sie das Verlagsgebäude betreten hatte, vollkommen ehrlich zu ihr gewesen war, doch sie war so aufgebracht, dass sie das nicht zugeben wollte. »Du hast es bestens geschafft, mich zu täuschen. Wer sagt mir, dass du das in Zukunft nicht wieder tun wirst?« Erstaunlicherweise versiegte nun ihre Wut und machte einer unglaublichen Traurigkeit Platz. Sie hatte die letzten Wochen wirklich gedacht, in Paul den Richtigen gefunden zu haben, doch die Mädels hatten recht gehabt. Sie wollte offensichtlich nur, dass Paul der Richtige war, weil es so schwer war, wieder jemanden zu finden, der so gut zu ihr passte. In diesem Augenblick beschloss sie, dass sie genug Mogelpackungen in ihr Leben gelassen hatte. Erst Michael und dann Paul, das reichte für ein ganzes Leben. Jetzt war es an der Zeit, dass sie mal einem netten, ehrlichen Exemplar der Gattung Mann über den Weg lief.

Müde ließ sie ihre Arme fallen und entspannte ihr Gesicht. Dieser ganze Groll auf Michael und Paul, aber auch auf die Firma, taten ihr nicht gut. Das war nicht ihrs. Es war endgültig Zeit, ihr Leben zu ändern.

Mit vorsichtigen Schritten ging sie auf Paul zu und legte ihre Hände auf seine Brust. Tränen brannten in ihren Augen, doch sie ignorierte sie.

Kurz leuchtete auf Pauls Gesicht so etwas wie Hoffnung auf, doch Susan erstickte diese sofort im Keim.

»Leb wohl, Ethan Paul«, flüsterte sie mit belegter Stimme. Dann stellte sie sich auf die Zehenspitzen und gab ihm mit geschlossenen Augen einen leichten Kuss auf die stoppelige Wange.

Währenddessen legte Paul einen Arm um sie und drückte ihren Körper fest an seinen. Er sagte kein Wort, vermutlich weil er gemerkt hatte, dass es nichts mehr zu sagen gab. Allerdings machte diese kleine Geste es Susan beinahe unmöglich zu gehen.

Schwer atmend drückte sie ihn von sich weg. Ohne Paul noch einmal in die Augen zu schauen, drehte sie sich auf ihren Absätzen herum und stürmte eilig aus dem Verlag. Dabei wischte sie sich mit dem Ärmel ihres Blazers die Tränen von den Wangen.

18. Kapitel

»Das kann doch wohl nicht wahr sein!«, fluchte Susan und trat gegen den vollen Korb mit der Bügelwäsche. Nachdem sie heute Morgen das Haus verlassen hatte, hatte sie Ms. Meyers eine Nachricht geschrieben, sie möchte bitte an die Bügelwäsche denken, doch offensichtlich hatte sie den Korb schon wieder vergessen. Heute war einfach nicht ihr Tag!

Zornig zog sie ihren Blazer aus und wollte ihn gerade über den Stuhl schmeißen, als sie in ihrer Bewegung innehielt. Das dreckige Geschirr stand immer noch an derselben Stelle, der Boden war voller Krümel, und die Fenster waren nicht geputzt. Anscheinend war ihre Haushaltshilfe hier heute gar nicht erst aufgetaucht.

Hastig wühlte Susan in ihrer riesigen Handtasche, bis sie endlich ganz unten ihr Handy fand. Mit einem Tastendruck erschien die Nummer von Ms. Meyers auf dem Display, woraufhin Susan diese wählte. Für eine Sekunde wollte sie noch an das Gute im Menschen glauben und der Frau eine Chance geben, sich zu erklären, denn immerhin konnte sie ja auch krank sein oder einen Unfall gehabt haben. Doch irgendwie sagte ihr ihr Bauchgefühl etwas anderes, niemand ging ans Telefon.

Da Susan heute eh Frau der radikalen Taten war, warf sie sich erneut ihren Blazer über, griff nach ihrer Tasche und stürmte eilends aus dem Haus, hinüber zu ihrem Auto.

Als sie darinsaß, warf sie sofort den Motor an und huschte in den abendlichen Straßenverkehr. Während sie den Scheibenwischer betätigte, da es gerade zu nieseln begonnen hatte, entschied sie, dass es endlich an der Zeit war, sich von all den negativen Energien in ihrem Leben zu trennen. Und dazu gehörte auch Ms. Meyer, über die sie sich seit etlichen Monaten ärgerte und die sie jetzt und sofort zur Rede stellen wollte. Die liebe, verständnisvolle Susan war nun endgültig verschwunden. Sie hatte es satt, sich immer von allen Menschen verarschen zu lassen.

Da sie ihrer Haushaltshilfe schon des Öfteren die Bügelwäsche vorbeigebracht hatte, wusste Susan ganz genau, wo sie wohnte, weswegen sie nun den Stadtkern von Charleston ansteuerte. Tatsächlich lag die Wohnung direkt zwischen dem Verlagsgebäude von *Tylor House* und *Livs Styleworkshop*.

Das Mehrfamilienhaus hatte einen kleinen Hinterhof mit Parkplatz, auf den Susan nun fuhr. Als wäre es ein Zeichen, fand sie auf dem sonst so vollen Gelände eine Parklücke direkt vor der Eingangstür. Und noch passender war, dass gerade, als sie aus ihrem Auto stieg, ein junger Mann das Haus verließ.

»Wären Sie so nett und würden mir die Tür aufhalten?«, bat sie den hippen Mittzwanziger mit einem flirtenden Lächeln, woraufhin ihr dieser zwinkernd den Weg freigab.

So kann sie mich nicht durch die Freisprechanlage abwimmeln, dachte sie und nahm immer zwei Stufen auf einmal. Ihre Wut spornte sie heute richtig an, sie fühlte sich, als könnte sie in ihren Pumps einen Marathon laufen.

In der zweiten Etage angekommen, war sie kaum aus der Puste. Wild pochte sie an die Wohnungstür mit dem Klingelschild, auf dem *Ms. Meyers* stand. Stimmen waren zu hören, gepaart mit Fernsehlärm. Aha, fernsehen und Besuch empfangen war also drin, dann konnte es ihr ja nicht so schlecht gehen.

Gleich darauf ging die Tür einen Spalt breit auf, und der Kopf von Ms. Meyers kam zum Vorschein. Sie musste sich eingestehen, dass die junge Frau schon eine recht hübsche Erscheinung war. Hüftlange braune Haare, dunkelbraune, runde Augen, ein schmales Gesicht mit einer markanten Kinnpartie. Und sie hatte beinahe eine Modelfigur. Allerdings war ihr Charakter nicht so hübsch wie ihr Äußeres. Nicht, dass sie unhöflich war, nein, aber Susan konnte nicht sagen, ob sie die Frau jemals hatte lachen sehen. Ihre Mundwinkel waren dauerhaft nach unten gewandt, genauso wie ihre Stirn ständig in Falten lag.

»Mrs. Ward, w-was machen S-sie denn hier?« Das Gestotter zeigte Susan, dass ihr Gegenüber völlig überrascht war.

Gut so, dachte Susan und baute sich in ihrer vollen Größe auf. »Komisch, das Gleiche könnte ich Sie fragen, oder wie erklären Sie, dass Sie heute unentschuldigt von der Arbeit ferngeblieben sind?«

Hektisch warf Ms. Meyers einen Blick über ihre Schulter, offenbar zu dem Besuch, der sich ebenfalls in der Wohnung befand, und schaute dann rasch wieder zu Susan. »Ich habe mich heute nicht so gefühlt.«

Kritisch beäugte Susan sie. Sie sah nicht gerade krank oder unpässlich aus. Im Gegenteil, sie trug hautenge Jeans sowie ein noch engeres Shirt, das deutlich ihre großen Brüste betonte. Ihre Haare trug sie in stylishen Wellen offen. »Und da haben Sie sich nicht bemüßigt gefühlt, mir Bescheid zu geben, immerhin habe ich Ihnen heute Morgen sogar noch eine Textnachricht geschickt. Da hätten Sie eigentlich reagieren müssen, wenn Sie krank sind. Haben Sie denn einen Krankenschein?«

Vorsichtig schüttelte die junge Frau ihren Kopf. Sie wirkte

wahnsinnig nervös und unsicher. Ein wenig zu nervös, dachte Susan irritiert. Sie hatte in den letzten Monaten nicht das Gefühl gehabt, dass der Job bei ihr Ms. Meyers besonders wichtig war, weswegen sie doch sicher schon damit gerechnet hatte, dass Susan ihr irgendwann kündigen würde.

»So krank, dass ich zum Arzt gehen muss, bin ich ja nicht. Nur ein wenig Kopfschmerzen. Ist sicher in ein oder zwei Tagen vorbei.« Sie sprach richtiggehend drängend, vermutlich wollte sie, dass Susan so schnell wie möglich verschwand, um sich weiter um ihren Besuch kümmern zu können.

Susan setzte ein verständnisvolles Lächeln auf. »Das ist gut. Dann sind Sie wenigstens wieder fit, wenn Sie meine Kündigung im Briefkasten haben.«

Merkwürdigerweise war die junge Frau kein bisschen überrascht. Im Gegenteil, sie wirkte sogar ein wenig zickig, als sie entgegnete: »War´s das dann?«

Susan nickte knapp und war schon dabei zu gehen, als ihr etwas ins Auge fiel. Ms. Meyers hatte die Tür nur so weit geöffnet, dass Susan lediglich ihre rechte Seite sehen konnte. Doch als Susan die roten Turnschuhe gleich vorne im Hausflur stehen sah, ging ihr ein Licht auf. Sie erkannte nicht nur, warum Ms. Meyers so geheimnisvoll tat, sondern auch, warum sie während ihrer Arbeit immer fauler und unzufriedener geworden war.

Ohne Vorankündigung ging Susan auf die Wohnungstür zu und stieß sie mit voller Wucht auf.

»W-was ...?«, meinte die junge Frau und versuchte sie abzuwehren, aber zu spät, gegen Susans mobilisierte Kräfte hatte sie keine Chance.

Wie eine Dampfwalze verschaffte Susan sich Einlass und stürmte den schmalen Flur entlang.

»Wo ist ...«, sprach sie vor sich hin, während sie scharfe Blicke in die Zimmer warf.

Währenddessen hatte Ms. Meyers all ihren Mut zusammengenommen und schlurfte Susan auf ihren rosa Pantöffelchen aufgeregt hinterher.

»Sie verstehen das nicht. Wir lieben uns, und wir passen perfekt zueinander ...«

Im letzten Zimmer, in dem die Tür ebenfalls nur angelehnt war, hatte sie Glück. Außerdem sagte Ms. Meyer genau in dem Augenblick, als Susan die Tür aufstieß, das, was sie hören wollte.

»Und das ist auch nicht nur so eine billige Affäre, wir sind nämlich schon seit sieben Monaten zusammen.« Dabei klang sie richtiggehend stolz, ob deswegen, weil sie noch nie eine längere Beziehung gehabt hatte, oder aber, weil sie es geschafft hatten, es vor Susan geheim zu halten, wusste Susan nicht, und eigentlich war es ihr auch herzlich egal.

Ein lautes Stöhnen von der Couch sagte ihr, dass auch ihr hinreißender Noch-Ehemann die Offenbarung seiner Geliebten gehört hatte.

Es war für Susan eine himmlische Genugtuung, mit anzusehen, wie er all seine Felle davonschwimmen sah. Weswegen sie rasch das Wohnzimmer betrat und Michael gegenüberstand.

Dieser saß in Sportklamotten auf einer grauen Wohnlandschaft, während der Fernseher lief. Ein Basketballspiel, was auch sonst. So wie er dort saß, machte er den Eindruck, als wäre er hier schon heimisch, was auch die langen und häufigen Nächte erklärte, die er in den vergangenen Monaten außerhalb des Hauses verbracht hatte. Schockiert war Susan eigentlich nicht, obwohl es sie ein wenig schmerzte, dass er sie schon in der Zeit betrogen hatte, in der sie noch an ihre Ehe geglaubt hatte. Doch jetzt sein entsetztes Gesicht zu sehen, war dafür Entschädigung genug.

»Hallo, Michael«, begrüßte sie ihn mit einem süffisanten Lächeln auf den Lippen. »Ich freue mich, dass du so schnell wieder jemand Neues gefunden hast, und dann auch noch so eine liebreizende Dame wie Ms. Meyers.« Freundlich legte sie ihrer Haushaltshilfe eine Hand auf den Unterarm, wobei Michael ein Gesicht machte, als würde die Welt gleich untergehen.

»W-was tust d-du denn hier?«, brachte er nur stotternd hervor.

Susan nahm eine entspannte Position ein und kreuzte ihre Arme vor der Brust. »Ach, ich wollte nur mal sehen, wie es dir in den letzten Wochen so ergangen ist. Schließlich waren wir zehn Jahre lang verheiratet. Da möchte ich doch, dass es dir auch im Nachhinein gut geht.« Sie zwinkerte Michael übertrieben zu und ließ den Blick durch das Wohnzimmer wandern. »Und wie ich sehe, hast du es gut getroffen. Ms. Meyers kümmert sich sicher hervorragend um dich.« Sie ließ ihren Blick durch das Zimmer schweifen. Überall lagen Michaels Klamotten herum. Seine große Sporttasche, die zum Bersten gefüllt mit Kleidung war, lag in der Ecke.

Plötzlich ließ Susan ihre Arme fallen und machte ein paar Schritte nach vorne. Sie sah im Augenwinkel, dass Michael ganz steif wurde, doch sie achtete gar nicht auf ihn.

Beinahe triumphierend nahm sie ein eingerahmtes Bild vom Wohnzimmerschrank und hielt es Michael entgegen.

Auf dem Foto waren Michael und Ms. Meyers zu sehen. Es war ein recht intimes Foto, das zeigte, wie die beiden oberkörperfrei in einem Bett lagen. Michael schlief tief und fest, und Ms. Meyers lag mit ihrem Kopf auf seiner Brust. Sie hatte die Bettdecke gerade so über die Brust gezogen und lächelte verführerisch in die Kamera, die sie wohl mit einem Selbstauslöser betätigt hatte. In der obersten Ecke des Fotos war ein kleines Herz aufgeklebt, auf dem draufstand: Alles Liebe zum Zweimonatigen!

»Mmmhh, komisch«, murmelte Susan und schaute sich das Bild ganz genau an. Knapp über dem Rand des Bilderrahmens fand sie genau das, was sie gesucht hatte, einen Zeitstempel. »Ich dachte, unsere offizielle Trennung wäre erst drei Wochen her?« Sie ließ die Frage offen im Raum stehen und blickte den völlig verdutzt dreinschauenden Michael beinahe schadenfroh an. Sie hatte ihn auf keinen Fall bei dieser Scheidung abziehen oder Vermögen verstecken wollen, doch Michael hatte ihr keine andere Wahl gelassen. Und nun hatte er sich sein eigenes Grab geschaufelt, und ohne dass Susan davon etwas gewusst hatte.

Mit einem breiten Grinsen drehte sie sich zu ihrer ehemaligen Haushaltshilfe. »Meine Liebe«, sprach sie Ms. Meyers gut zu, »Michael ist ein ganz wunderbarer Mann, und ich überlasse ihn Ihnen gerne. Ich finde, es zeigt auch, wie sehr Sie beide sich lieben, dass Sie sich so offen zu Ihrer Beziehung bekennen. Michael«, jetzt wandte sie sich grinsend an den großen Mann mit dem fassungslosen Gesichtsausdruck. »Du musste die junge Dame wirklich gernhaben, wenn du für sie auf deinen Anteil an meinem Vermögen bei der Scheidung verzichtest. Das muss wahre Liebe sein. Ach ja, das hier«, sie wedelte mit dem Fotorahmen, den sie sofort in ihrer Tasche verschwinden ließ, »nehme ich mir als Andenken mit. Ich hoffe, Sie haben nichts dagegen?« Diabolisch zwinkerte sie ihm zu und machte sich dann auf, die Wohnung zu verlassen. Für heute hatte sie wirklich genug gesehen.

Bevor sie aus der Tür war, drehte sie sich noch einmal um. Michael saß immer noch wie geschockt da und starrte sie ungläubig an. »Ich finde es großartig, dass du Ms. Meyers nichts davon erzählt hast. Sicher sollte es eine Überraschung sein, wenn die Scheidung endlich durch gewesen wäre.« Sie machte ein gespielt erstauntes Gesicht. »Oder steckte da etwa noch mehr dahinter? Wolltest du ihr vielleicht mit Absicht nicht erzählen, dass du bei der Scheidung eine Menge Kohle kassieren könntest? Hast du vielleicht gar nicht vor, mit ihr zusammenzubleiben? Egal was deine Beweggründe für deine Geheimhaltung waren, ich fände es großartig, wenn du und dein Krempel morgen Abend aus MEINEM Haus verschwunden wärt.« Sie zog ihren Kopf zurück und machte sich auf in Richtung Eingangstür, begleitet vom Hallen ihrer Absätze.

»Susan, warte!« Panisch sprang Michael auf, offenbar sah er nun seine sicheren Felle davonschwimmen. »Wir können doch über alles reden.« Nein, konnten sie nicht. Sie hatte es oft genug versucht, und genau in diesem Augenblick war das Maß an Redebedarf erschöpft.

Zu ihrem Glück passte Ms. Meyers ihn an der Wohnzimmertür ab. »Wie hat sie das gemeint, dass du für mich auf deinen Anteil verzichtet hast? Das ist ja so süß!«, schwärmte die junge Frau los.

Doch Michael schien das gar nicht so zu sehen, denn er fuhr sie giftig an: »Halt die Klappe, du blöde Kuh! Wegen dir ist mir nun alles durch die Lappen gegangen! Du und dein blödes Foto. Ich hätte es sofort wegschmeißen sollen, als du mir diesen Wisch geschenkt hast.«

Da Susan keine Lust hatte, diesem Streitgespräch weiter zuzuhören, warf sie die Tür zur Wohnung von Ms. Meyers mit Schwung hinter sich zu. Während sie sich wesentlich langsamer, als sie gekommen war, wieder auf den Weg zu ihrem Auto machte, fragte sie sich, was das für ein verquerer Tag war.

Draußen sog Susan die feuchte, jedoch laue Luft ein. All ihre Geister hatten sie heute verlassen, und sie war endlich frei, allerdings konnte sie nicht sagen, dass sie glücklich über alle Wendungen des heutigen Tages war.

19. Kapitel

4 Wochen später

»Und was machen Sie so beruflich?«, fragte Susan interessiert und legte ihren Kopf schief, sodass ihre gewellten Haare über ihre Schulter fielen. Ein wenig schwerfällig versuchte sie sich in dem sexy Cocktailkleid zu bewegen, doch das war gar nicht so einfach. Das dunkelgrüne Teil war wie auf ihren Leib geschneidert. Die Kohlenhydrate würde sie heute Abend wohl besser weglassen, sonst würde der Reißverschluss am Ende des Abends noch platzen.

Der recht attraktive Mann ihr gegenüber lehnte sich lässig zurück. »Ich bin Vermögensberater. Ein sehr erquickender Job, finden Sie nicht auch?« Dabei entblößte er seine makellos weißen, offenbar gebleichten Zähne und gab ein selbstgefälliges Lachen von sich.

Susan zwang sich, ihre Mundwinkel nach oben zu ziehen, und war mehr als froh, als die Kellnerin an ihren Tisch trat.

»Einen Lagavulin bitte«, sagte Susan. Ihr Blick fiel auf Richard, der ihr einen irritierten Blick zuwarf, während er sich ein Glas Champagner bestellte. Ihr fiel auf, dass er viel zu viel Haargel benutzte.

»Gibt es ein Problem?«, fragte sie, bemüht, freundlich zu klingen. Der Kerl war ihr von dem Moment, als sie in seine Penisverlängerung von Auto gestiegen war, unsympathisch gewesen. Das aufdringliche Parfüm, der übertriebene superteure Anzug, die exakt gebundene Krawatte und dieses übertrieben teure Auto. Susan fragte sich, seit sie den Wild Horse Saloon betreten hatten und der Typ sein Gesicht angeekelt verzogen hatte, was Liv sich dabei gedacht hatte, sie mit diesem schmierigen Typen verkuppeln zu wollen. Sie wusste überhaupt nicht, woher ihre Freundin diesen Richard kannte. Ein Kunde von ihr konnte er auf keinen Fall sein, denn er trug irgendeinen überteuerten Designeranzug, der ihn kein bisschen von den anderen schmierigen Anzugträgern unterschied, die Susan auf ihrem Weg nach oben schon zigfach über den Weg gelaufen waren.

Der Kerl winkte überschwänglich ab. »Nein, nein, ich habe nur noch nie eine so kultivierte Dame einen Männerdrink bestellen sehen.«

Susan zog die Augenbrauen nach oben. »Männerdrink? Wir befinden uns im einundzwanzigsten Jahrhundert, Richard, da existiert Gleichberechtigung, auch unter den Whiskeyliebhabern und -liebhaberinnen.« Sie versuchte es wie einen Witz klingen zu lassen, doch am Ende war mehr Sarkasmus mit drin, als sie eigentlich gewollt hatte. Sie musste noch den ganzen Abend mit dem Kerl verbringen, da hatte sie die Stimmung nicht jetzt schon kippen wollen.

Der Kerl konnte wohl mit ihrer Aussage nichts anfangen, weswegen er sich stirnrunzelnd in dem Saloon umschaute. Er wirkte hier so fehl am Platz wie ein Eisbär in der Südsee. »Und das ist also Ihre Lieblingsbar?« Abwertender hätte er ihr die Frage nicht stellen könnten, doch es interessierte Susan nicht. Heute war, wie an jedem Mittwoch, Line-Dance-Abend, und Susan wollte sich das auf keinen Fall entgehen lassen, ob mit nervigem Typen oder ohne. Anfangs, als Liv ihr die Nummer des Kerls gegeben und sie mit ihm ein Date verabredet hatte, war sie der idiotischen Idee verfallen, dass vielleicht auch eine weitere Liebesgeschichte so beginnen konnte, wie es mit ihr und Paul angefangen hatte. Doch das war wohl ein Irrtum. In den vergangenen vier Wochen hatte sie reichlich Dates gehabt, doch alle waren in Katastrophen geendet. Die jüngere Generation mochte es ja toll finden, sich über Dating-Apps zu verabreden, Susan hingegen war kein Fan davon. Von sechs Typen, mit denen sie seit Paul verabredet gewesen war, war nicht ein Einziger als potenzieller Kandidat infrage gekommen. Vermutlich weil niemand so gut zu ihr passte wie Paul. In der ganzen Zeit war ihr klar geworden, was sie eigentlich schon wusste. Er war keine Lückenbüßerfigur, er war der passende Mann für sie gewesen.

Nach den Dramen mit Paul und Michael hatte sie ihr Leben von Grund auf neu geordnet. Die größte Veränderung war mit Sicherheit, dass sie einen Geschäftsführer für *Tyler House* ausgewählt hatte. Nächste Woche würden die Verträge unterschrieben werden, und dann konnte Susan sich endlich wieder auf ihre eigentliche Arbeit konzentrieren, natürlich mit ein wenig mehr Freiheiten, als sie eine normale Lektorin genoss. Außerdem würde sie weiterhin Inhaberin der Firma bleiben und in entscheidenden Fragen vom Vorstand mit einbezogen werden.

Ihr Privatleben war wesentlich unspektakulärer verlaufen. Michael hatte ihr Haus ohne Wenn und Aber verlassen, und nachdem sie einen Entrümpelungstrupp für die Garage organisiert hatte, gehörte jede Ecke nun wieder ihr alleine. Anfangs war sie sich ganz schön einsam vorgekommen, doch inzwischen genoss sie es richtiggehend, ihr Leben zum ersten Mal ganz und gar für sich zu haben.

Dennoch hatte sie sich von den Mädels dazu überreden lassen, sich bei einer Dating-App anzumelden. Sie hatte eingestehen müssen, dass sie in ihren Zwanzigern so einiges verpasst hatte, und sie musste zugeben, dass es ihr Spaß gemacht hatte auszugehen, obwohl, wie sie nach den zahlreichen Dates festgestellt hatte, das vorwiegend an Pauls Anwesenheit gelegen hatte.

Jedenfalls war der Saloon ihr beinahe allabendlicher Rückzugsort geworden, um nicht einsam und alleine auf der Couch zu sitzen. Dennoch musste sie ihren Freundinnen zugestehen, dass sie sich enorm um sie kümmerten. Von Videoabenden bis hin zu Barnächten war schon alles dabei gewesen. Natürlich nahmen auch Maggie und Liv sie oft genug auf eine ihrer Unternehmungen mit, wie Yoga, Töpfern oder Vernissagen, doch Susan hatte festgestellt, dass ihr dieses Etablissement hier mehr zusagte.

Merkwürdigerweise war ihr seit knapp einer Woche eine gewisse Veränderung bei ihren Freundinnen aufgefallen. Irgendwie hatten sie sich in den letzten Tagen sehr
rargemacht. Dafür, dass sie Susan in den ersten beiden Wochen nach der Trennung von Paul beinahe stündlich belagert hatten, herrschte jetzt quasi Funkstille zwischen ihnen. Sogar ihr übliches Mittagessen letzten Donnerstag war sehr ruhig und schweigsam verlaufen. Alle hatten vor sich hin gegessen, und Susan hätte schwören können, dass die Mädels sich ständig vielsagende Blicke zugeworfen hatten. Sie konnte sich darauf keinen Reim machen.

Ihren Begleiter ignorierend, beäugte Susan die Speisekarte, obwohl sie die mittlerweile in- und auswendig kannte. »Nun ja, was soll ich sagen, hier gibt es nun einmal den besten Whiskey der Stadt.« Doch das war es nicht, warum sie gerne hierherkam, na ja, nicht nur. Sicher, hier kamen die Dinge zusammen, die sie am meisten mochte: Whiskey, Countrymusik und gutes Essen. Aber sie vermutete, dass sie noch etwas anderes hierherzog, und das hatte mit Sicherheit etwas mit ihrer Erinnerung an einen großen, gut aussehenden Verlagssohn zu tun, mit dem sie hier einen unvergleichlichen Abend verbracht hatte.

Die Kellnerin brachte ihnen beiden die Getränke, wobei Susan ihr Gegenüber ganz genau beobachtete, während es den ersten Schluck von seinem Champagner nahm. Er verzog ein klein wenig seine Mundwinkel, was ihr sofort sagte, dass er das Zeug nicht einmal gerne trank. Sicher wollte er ihr nur demonstrieren, dass er zur gehobenen Gesellschaftsschicht gehörte und es sich durchaus leisten konnte, das Prickelwasser zu trinken. Ihm war wohl nicht klar, dass ihr Whiskey beinahe doppelt so viel wie seine Brause kostete.

Mühselig versuchte Susan ein Gespräch anzukurbeln, was nach einer Weile recht gut klappte. Das Thema war: Richard. Offenbar redete der Kerl am liebsten über sich selbst, was Susan beinahe schon vermutet hatte. Er erzählte ihr, dass die Firma ohne ihn in den Ruin gehen würde, wie beliebt er doch bei Frauen war, und zeigte ihr Bilder von seiner Jacht, die am besten Anlegeplatz von Charleston lag.

Nach einer Weile stieg Susan aus und nickte nur noch gelegentlich, während sie der Countrymusik lauschte und an ihrem Whiskey nippte. Sie verfluchte Liv für diese miserable Männerauswahl und überlegte, wie sie sich an ihrer Freundin rächen konnte.

Ab und an blickte sie auf, doch es schien den Kerl gar nicht zu interessieren, dass sie kein bisschen auf sein Geschwafel einging. Mal davon abgesehen, dass er sich kein bisschen für sie interessierte. Er hatte Susan ja nicht einmal gefragt, was sie für einen Beruf ausübte.

Anders als Paul, ihm war es immer ungemein wichtig gewesen, jedes noch so kleine Detail von ihr zu erfahren. Des Öfteren hatte Susan sich in den letzten Wochen gefragt, ob ihre Entscheidung richtig gewesen war, Paul so einfach aufzugeben, doch das würde sie wohl nie herausfinden, denn der Verlagssohn war wie vom Erdboden verschwunden. Nicht, dass Susan ihm nachspioniert hätte, doch er war ihr nirgends begegnet, und auch die Mädels, die natürlich ihre Augen und Ohren sperrangelweit offen gehalten hielten, hatten kein einziges Lebenszeichen von Paul bemerkt.

Schon bei ihrem letzten Date, das gegen das hier ein wahrhaft zauberhafter Abend war, hatte Susan sich ermahnt, nicht alle Männer mit Paul zu vergleichen, und dennoch tat sie es immer wieder. Irgendwie steckte sie in einem Teufelskreis, aus dem sie nicht rauskam. Es fühlte sich so an, als ob sie noch mehr an ihn denken musste, je häufiger sie versuchte, Paul zu vergessen, und sich mit anderen Männern traf. Tatsächlich hatte sie ihn wirklich schwer vermisst in der ersten Zeit, und wenn sie ehrlich zu sich selber war, tat sie das noch immer. Nicht, dass sie schon von Liebe gesprochen hätte, aber sie war auf dem besten Weg dahin gewesen.

»Entschuldigung, Miss?«

Irritiert blickte Susan auf und schaute der Kellnerin in die Augen, die sie, wie üblich in diesem Laden, mit einem freundlichen Gesichtsausdruck bedachte.

»Haben Sie schon gewählt?«, wiederholte sie ihre Frage offenbar, woraufhin Susan mit entschuldigender Miene das Steak englisch gebraten bestellte, mit Folienkartoffel dazu. Sollte ihr doch das Kleid platzen, das Liv ihr für heute gemacht hatte. Ein gutes Essen war ihr lieber als vor dem Typen eine gute Figur zu machen.

Er bestellte sich, nachdem er die Karte mit einem herablassenden Blick überflogen hatte, lediglich einen Salat mit Putenstreifen.

Sobald die Kellnerin mit ihrer Bestellung von dannen zog, blickte Richard sie über sein Champagnerglas hinweg prüfend an. »Wissen Sie eigentlich, wie ungesund rotes, rohes Fleisch ist? Es erhöht das Risiko für Herz-Kreislauf-Erkrankungen.« Geringschätzig warf er einen Blick auf ihren Whiskey. »Sie werden noch an einem Herzinfarkt sterben, wenn Sie sich weiterhin so ungesund ernähren.« Am liebsten hätte Susan sich die Hand vor die Stirn geschlagen. Wo waren bloß die richtigen Cowboys hin?

In diesem Augenblick betrat der Moderator Jimmy die Bühne. Er war Susan mit seinen lockeren und recht derben Sprüchen schon richtig ans Herz gewachsen.

»O nein, sagen Sie mir nicht, dass es jetzt auch noch so eine lächerliche Show gibt?«, meinte ihr Tischnachbar arrogant, doch ein vernichtender Blick von Susan gebot ihm Einhalt.

Jimmy schob seinen weißen Stetson mit dem Zeigefinger ein Stück nach oben. »Willkommen, meine lieben Countryfreunde, zu unserem allwöchentlichen Line-Dance-Wettbewerb. Mal sehen, ob unsere Gewinner der letzten Wochen endlich geschlagen werden können.« Der Moderator deutete mit seinem Arm auf einen Tisch neben der Tanzfläche, an dem ein Pärchen im mittleren Alter saß. Die Schnepfe mit den hochtoupierten Haaren winkte überschwänglich und warf Susan, die mit ihrem Date eine Etage höher direkt an der Balustrade saß, ein argwöhnisches Grinsen zu. Das war die Pute, die Susan während ihres Gewinnertanzes mit Paul hatte ein Bein stellen wollen und daraufhin auf ihrem dicken Po gelandet war. Seitdem waren sie und ihr recht eingeschüchterter Partner wöchentlich als Sieger aus dem Wettbewerb hervorgegangen. Gott, wie gerne würde Susan sich den Titel zurückholen! Kurz schielte sie zu Richard, doch sofort verwarf sie diesen Gedanken wieder. Der Kerl konnte mit Sicherheit nicht einen einzigen Line-Dance-Schritt, in seinem Designer-Anzug wirkte er hier drin einfach lächerlich. Nein, das hätte sie nur mit einem geschafft.

Erhobenen Hauptes blickte Susan die blonde Kuh an, musste sich jedoch stark zusammenreißen, ihr nicht die Zunge herauszustrecken.

»Bevor ihr allerdings die Chance habt, einen Gutschein im Wert von zwei Hauptspeisen plus Getränken für unseren geliebten Saloon zu gewinnen«, Jimmy gab dem Publikum Zeit zu applaudieren, »habe ich noch eine kleine Überraschung für euch.« Merkwürdigerweise hatte sie das Gefühl, dass der Moderator in diesem Augenblick direkt sie anschaute und ihr zuzwinkerte.

Plötzlich wurde das Licht in dem Saloon gedämmt, und ein Spot flog durch den Saal.

Unsicher lehnte Richard sich zu ihr rüber. »Was passiert jetzt?«

Susan zuckte mit den Schultern. »Ich hab keine Ahnung«, entgegnete sie wahrheitsgetreu. So etwas war in den letzten Wochen, seit sie sich zum Stammgast dieses Ladens entwickelt hatte, noch nicht vorgekommen.

Die ersten Klänge eines Songs dröhnten aus den großen Lautsprechern, die überall im Saal verteilt waren, und Susan wusste sofort, welches Lied es war.

Nein, das konnte doch nicht wahr sein!

»Blame it all on my roots, i showed up in boots and ruined your black tie affair«, erklangen die ihr nur allzu vertrauten Zeilen, nur dass sie nicht von der tiefen, rauen Stimme von Garth Brooks gesungen wurden. Stattdessen schallte ein schiefer, wackeliger Gesang durch das Mikro, der Susan nur allzu bekannt vorkam.

In diesem Augenblick kam der Spot zum Stillstand und verharrte auf einem Mann, der gerade die Tanzfläche betrat.

Völlig überrascht prustete sie den Schluck Whiskey, den sie gerade im Mund hatte, über die Brüstung.

Da stand doch tatsächlich Paul in seiner üblichen Cowboykluft, schwarzes Hemd, stonewashed Jeans und Stiefel, auf der Tanzfläche des *Wild Horse Saloon* und sang oder besser schmetterte ihr Lieblingslied. Dabei blickte er zu ihr herauf und lächelte sie liebevoll an.

»*Cause I've got friends in low places, where the whiskey drowns and the beer chases my blues away and I´ll be okay* …«

Beim Refrain sang der gesamte Saloon mit, was schon eine Art Gänsehauteffekt bei ihr hervorrief. Sicher, jeder Countryfan kannte dieses Lied, denn zu fortgeschrittener Stunde wurde es in beinahe jeder Bar und jedem Saloon gespielt.

Mit angeekelter Miene schaute Richard zu Paul hinunter. »Countrymusik ist ja schon schlimm, aber wenn die dann einer noch so versaut, das ist wirklich die Krönung.«

Doch Susan hörte gar nicht hin, was der Fatzke da von sich gab, sie starrte weiterhin fassungslos über die Brüstung hinweg und hatte nur Augen für Paul.

Dieser war inzwischen bei der zweiten Strophe angekommen und stieg dabei die Treppe zur ersten Etage herauf, auf der Susan mit ihrem Date saß. Während er durch den Saal lief, klatschten die Leute begeistert. So war das eben unter waschechten Countryfreunden, hier wurde niemand ausgebuht, selbst wenn sein Gesang Ähnlichkeit mit dem Geräusch einer Kreissäge hatte.

Mit pochendem Herzen drehte Susan sich herum, zu aufgeregt, um sich wieder hinzusetzen. Zum zweiten Refrain stand Paul vor ihr, und sie sah ihm an, wie nervös er war. Sie kannte ihn gut genug, um zu wissen, dass es nicht wegen des Singens war.

»Und jetzt alle zusammen«, spornte er die Menge an, als der Refrain zum Ende des Liedes erneut wiederholt wurde.

Seine strahlenden Augen waren jetzt nur noch auf sie gerichtet. In die Musik hinein fragte er: »Susan, würdest du mir die Ehre erweisen und am heutigen Wettbewerb als meine Partnerin teilnehmen?« Bedeutungsvoll hielt er ihr seine Hand hin und wartete gespannt auf ihre Reaktion.

Aus dem Augenwinkel sah Susan Richards geschocktes Gesicht. Sicher würde das auf ewig das schlechteste Date sein, das er hatte. Genugtuung machte sich in Susan breit. Diesem arroganten Schnösel hatte seit Langem mal jemand die Stirn bieten müssen.

Ohne Richard eines weiteren Blickes zu würdigen, nickte Susan knapp und ergriff Pauls Hand, von der sie niemals gedacht hätte, dass sie sie jemals wieder in ihrer halten würde.

Offenbar war Paul nicht völlig sicher gewesen, dass sein Plan aufgehen würde, weswegen seine Augen sich überrascht weiteten.

Das Lied sowie der Gesang der Gäste verstummten, und tosender Applaus flammte auf. Paul verbeugte sich mit hochrotem Kopf und deutete auf Susan, als würde der Applaus nur ihr gelten.

Eine Bewegung war auf der Tanzfläche zu erkennen. »Sehr schön, mein Bester, allerdings würde ich dich in Zukunft doch lieber wieder tanzen als singen sehen«, flachste Jimmy und bedeutete mit einer winkenden Handbewegung, dass die Paare sich aufs Parkett scheren sollten.

Während Paul sie überschwänglich die Stufen hinunterzog und es kaum erwarten konnte, auf die Fläche zu kommen, hechelte Susan ungewohnt, was wohl daran lag, dass das Kleid ihre Lungenflügel abquetschte. Wie sollte sie darin bloß tanzen?

»Hast du etwas unter deinem Hemd an?«, fragte sie Paul, während sie auf die Tanzfläche traten.

Süffisant grinste er sie an, woraufhin sofort die beiden Grübchen erschienen. Himmel, wie hatte sie die vermisst. »Ich dachte, wir wollten erst einmal tanzen?«

Die Augen verdrehend boxte sie ihn gegen den Oberarm. »Ich brauche dein Hemd zum Überziehen, um den offenen Reißverschluss dieses Schlauchs zu verbergen. Ich weiß nicht, was Liv sich dabei gedacht hat, mich in ein so enges Kleid zu zwängen.«

Anerkennend taxierte er sie. »Nun ja, man muss ihr zugestehen, dass es all deine Kurven hervorragend zur Geltung bringt.« Dabei trat eine Sehnsucht in seine Augen, die sofort ein Feuer in ihrem Inneren entfachte. Doch so einfach wollte sie ihn noch nicht gewinnen lassen.

»Gib mir schon dein Hemd, du lüsterner Vollidiot!«, forderte sie ihn streng auf, konnte sich jedoch ein Lächeln nicht verkneifen.

Ohne Widerworte schälte Paul sich das schwarze Hemd von den kräftigen Oberarmen und bot ihr somit einen Anblick, der ihre Sehnsucht hervorrief. Unter dem Hemd trug Paul ein schwarzes, hautenges T-Shirt, das an den Ärmeln beinahe zu reißen drohte. Doch das war es nicht, was sie so
fertigmachte. Es waren eher die Tätowierungen auf seinen Armen, die nun freigelegt wurden.

Wie ein richtiger Gentleman hielt er ihr das Hemd hin, und Susan schlüpfte hinein. Ohne dass sie etwas sagen musste, zog Paul ihr, im Schutz des Hemdes, den Reißverschluss ihres Kleides nach unten, wobei er ungeniert unter ihr Kleid griff und auf ihrer Haut einen regelrechten Flächenbrand verursachte.

»Puh.« Susan atmete erleichtert auf und band das offene Hemd vorne in Höhe ihrer Hüfte lässig zusammen. »Schön, wenn man wieder atmen kann.«

Mittlerweile hatten sich alle Paare auf der Tanzfläche verteilt und waren in Position gegangen. Die blöde Ziege hatte sich mit ihrem Partner direkt neben ihnen aufgestellt und starrte sie nun finster an. Dieses Mal konnte Susan nicht an sich halten und streckte ihr über Pauls Schulter hinweg die Zunge heraus. *Genugtuung, du bist jetzt mein!*

Paul ergriff ihre Hand und legte seine zärtlich auf ihre Hüfte, wo seine Berührung sich regelrecht durch ihr Kleid brannte.

»Es gelten die allgemein bekannten Regeln«, flötete Jimmy wie immer in das Mikro und erklärte, wie der Wettbewerb ablief.

»Bevor ich es vergesse, das soll ich dir geben«, flüsterte Paul ihr ins Ohr und fischte einen kleinen Zettel aus seiner Gesäßtasche.

Mit gerunzelter Stirn schaute Susan darauf und nahm ihn unsicher entgegen. Demonstrativ nickte Paul, sodass sie sich genötigt fühlte, draufzuschauen.

Eine kleine Notiz in fürchterlich schnörkliger Handschrift war darauf geschrieben, die Susan sofort als Livs ausmachen konnte.

Wenn ihr gewonnen habt,
stoßen wir mit euch gemeinsam an.

Nun war Susan völlig verwirrt. »Woher wusste sie ...«

Doch Paul unterbrach sie, indem er seine Lippen auf ihre legte. »Später«, flüsterte er, und gleich darauf begann der erste Song des Wettbewerbs.

20. Kapitel

»Auf Paul und Susan!«, grölten die Mädels und stießen schwungvoll ihre Sekttulpen gegeneinander, wohingegen Susan fassungslos auf ihr Whiskeyglas starrte.

»Seit wann bekomm ich denn einen Whiskey bei dir?« Erstaunt blickte sie auf. »Glaub nicht, dass ich mich beschwere. Ich frage mich nur, warum ich nicht schon viel früher einen bekommen hab.« Genussvoll schlürfte sie an ihrem Glas und ließ sich das rauchige Aroma auf der Zunge zergehen.

Jules verdrehte die Augen. »Weil ein Whiskey um zwölf Uhr mittags, während der Arbeitszeit, irgendwie anstößig wäre. Ein Sekt hingegen«, sie füllte sofort die halb leeren Gläser wieder auf, »ist sogar zum Frühstück erlaubt.«

»Allerdings nicht zu jedem Frühstück«, ermahnte Lauren sie streng.

Genervt stöhnte Jules auf. »Woher sollte ich denn wissen, dass es sich nicht ziemt, zu einem Fakultätsbrunch eine Flasche Sekt mitzubringen.«

»Das war kein Brunch«, entgegnete Lauren bitter, »es war eine Versammlung des Kollegiums am Montagmorgen.«

Für einen kurzen Augenblick war es totenstill, während alle sich fassungslos anstarrten.

Dann brachen sie in schallendes Gelächter aus. Selbst Paul,

der neben Susan auf der Couch in der Anprobeecke Platz genommen hatte, bekam sich gar nicht wieder ein. Er prostete Jules mit seinem Whiskeyglas zu, welche im Schneidersitz auf dem Boden vor der Sitzecke saß. Dem Himmel sei Dank, trug sie heute schwarze Jeans anstatt ihrer üblichen superkurzen Röcke.

Als sich alle wieder ein bisschen beruhigt hatten, stellte Susan endlich die Frage, die ihr, seit Paul ihr den Zettel in die Hand gedrückt hatte, auf dem Herzen lag. »Aber jetzt möchte ich doch gerne erfahren, was das heute Abend eigentlich sollte und vor allem, was ihr damit zu tun habt?« Obwohl sie sich über den Verlauf des Abends noch nicht ganz im Klaren war, sprach ihre Hand, die vertraut in Pauls lag, wahre Bände. Sicher hatte sie ihm noch nicht vollends verziehen, aber das war wohl nur eine Frage der Zeit.

Nun schlug die Stimmung schlagartig um. Spannung, die beinahe greifbar war, machte sich breit.

»Nun ja«, begann Lauren zaghaft und nippte noch einmal an ihrem Sekt, als wollte sie sich etwas Mut antrinken. »Nachdem du die Sache mit Paul beendet hattest, waren wir drei davon überzeugt, dass es das Richtige war.«

»Ja«, fuhr nun Jules fort, »der faule Michael war endlich weg, und wir sahen rosige Zeiten auf uns zukommen.« Den letzten Teil sprach sie beinahe in einem Singsang aus. »Doch was folgte, war eher das Who´s who der menschlichen Geisterbahn.« Angeekelt schüttelte sie sich.

Protestierend richtete Susan sich auf. »Kommt schon! So schlimm waren die Kerle doch nun wirklich nicht!« Sie fühlte sich irgendwie dazu bemüßigt, ihren Geschmack zu verteidigen.

Liv giggelte in ihre Hand. Das Glas Sekt schlug schon wieder an. »Nein, so schlimm, wie Jules es erzählt, waren die Männer, mit denen du dich getroffen hast, nicht, allerdings haben sie einfach nicht zu dir gepasst.«

Sich räuspernd machte Lauren nun wieder auf sich aufmerksam. »Ja, und auch wenn du es nicht laut ausgesprochen hast, wussten wir, dass du jeden Einzelnen von ihnen mit Paul verglichen hast.«

Von einer Sekunde auf die andere nahm Susans Kopf die Farbe einer Tomate an, wobei sie hoffte, dass Paul es ignorierte, doch wie könnte er.

»War doch klar, dass es kein anderer Mann mit mir aufnehmen kann«, erklärte er und warf sich stolz in die Brust.

Doch Susan nahm ihm sofort den Wind aus den Segeln. »Bild dir bloß nicht zu viel ein. Sagen wir eher, du warst der Einäugige unter den Blinden.«

Prustend hielten sich die Mädels die Hände vor den Mund.

»Jedenfalls«, fuhr Lauren nun fort, wobei sie ihre lockige Mähne mit der Hand durchfuhr, »kamen wir zu dem Entschluss, dass wir Paul wohl zu schnell verurteilt hatten. Wir hatten gerade den Plan gefasst, ihm einen Besuch abzustatten ...«

»... als ich hier im Laden auftauchte«, beendete Paul ihren Satz. Nun wandte er sich direkt an Susan und drückte liebevoll ihre Hand. »Du hattest mir einfach zu sehr gefehlt. Ständig habe ich mir eingeredet, dass es wohl so am besten wäre, doch ich konnte dich nicht vergessen. Nicht eine Sekunde lang.«

Hätte einer der Typen, mit denen sie in den letzten Wochen ausgegangen war, ihr so etwas gesagt, wäre sie schreiend davongelaufen, doch aus Pauls Mund klang es einfach nur himmlisch. Wie Balsam für ihre geschundene Seele.

Eine Weile starrten sie sich in die Augen, und Susan vergaß völlig, dass sie ja nicht alleine waren. Mit belegter Stimme fuhr er fort.

»Ich frage also die drei, ob ich auch nur den winzigsten Anflug einer Chance bei dir hätte. Du glaubst gar nicht, wie glücklich ich war, als sie mir die Frage mit Ja beantworteten.« Nun strahlte er sie an, wie ein Schulkind, das kurz vor den Sommerferien stand.

Allmählich fiel bei Susan der Groschen. »Und daraufhin habt ihr euch diesen ausgeklügelten Plan einfallen lassen. Gehörte der schmierige Richard auch dazu? Bitte sagt mir, dass sein Gehabe nur gespielt war.« Das würde nämlich so einiges erklären.

Giggelnd wie die Hühner schauten die drei sich an, während Paul ganz fest seine Lippen zusammenpresste und versuchte nicht zu lachen.

»Da muss ich dich leider enttäuschen«, erwiderte Liv grinsend, »Richard ist wirklich so ein abstoßender Kerl. Er war vor etlichen Jahren, als ich den Laden eröffnet habe, mal mein Vermögensberater. Doch nach ein paar Sitzungen habe ich ihm gekündigt, weil er mich rigoros angebaggert hat.«

Erzürnt plusterte Susan sich auf. »Und was habt ihr euch dabei gedacht, mir so einen Spinner anzuhängen?«

Jules richtete sich auf. »Na, wir wollten, dass du einen richtig miesen Typen vor Augen hast, damit du einen lieben Typen«, sie deutete demonstrativ auf Paul, der sich gleich in Pose warf, »mehr zu schätzen weißt.«

Auch wenn Susan den Einsatz ihrer Freundinnen für ihr Liebesleben durchaus zu schätzen wusste, funkelte sie die Mädels weiter finster an. »Das werdet ihr mir noch büßen«, prophezeite sie und drehte sich dann zu Paul. »Und du«, sie zog ihn so schnell an seinem T-Shirt heran, das Hemd trug Susan immer noch um ihre Schultern, dass er gar nicht reagieren konnte. »Das mit dem Singen war deine Idee, oder?«

Er zuckte mit den Schultern. Ihre Gesichter waren jetzt so nahe beieinander, dass Susan seinen Atem auf ihrer Haut spüren konnte. Er roch verführerisch nach Whiskey. »Ich wollte dir einfach zeigen, wie sehr ich dich liebe und wie leid mir alles tut.

Und das konnte ich nur, indem ich mich für dich völlig lächerlich machte.« Seine typische Albernheit war aus seinen Zügen verschwunden, und er schaute sie nun völlig ernst an.

Für einen kurzen Augenblick blieb Susan die Luft weg. Hatte er gerade tatsächlich gesagt, dass er sie liebte?

»Ich liebe dich auch«, flüsterte sie, und sie konnte aus dem Augenwinkel sehen, wie ihre Freundinnen sich abklatschten. »Aber bitte tu mir einen Gefallen.«

Fragend zog er seine Augenbrauen nach oben, wobei er jedoch nicht aufhören konnte, auf ihre Lippen zu starren.

»Bitte überlass das Singen nächstes Mal wieder Garth Brooks.« Und ohne Vorwarnung drückte sie ihre Lippen so fest auf Pauls, wie es nur irgend möglich war.

Die Mädels johlten begeistert auf, und Susan hörte ihre Gläser gegeneinanderklirren. Jetzt waren sie wohl mächtig stolz auf sich. Doch das konnten sie auch sein. Susan war einmal mehr froh darüber, so tolle Freundinnen zu haben. Sicher, sie waren nicht immer einer Meinung, und es würde auch in Zukunft Themen geben, über die sie sich stritten. Dennoch waren sie Freundinnen fürs Leben, die immer füreinander eintreten würden, komme, was da wolle.

Und Paul? Am heutigen Abend war ihr überdeutlich klar geworden, dass er zu ihr gehörte. Niemand passte so gut an ihre Seite wie dieser Cowboy mit den eisblauen Augen.